HANS ERNST

WO DER FÖHNWIND WEHT

HANS ERNST

Wo der Föhnwind weht

Roman

TITANIA-VERLAG STUTTGART

Umschlag-Foto: Dietrich
Druck und Einband:
Ueberreuter – Korneuburg/Austria
Verlags-Nr. 9447
ISBN 3 7996 9447 1
Set: ISBN 3 7996 9449 8

Ein helles, nachhaltiges Klingeln unterbricht die Stille des Dachstübchens, bis ein dunkelblonder Haarschüppel jäh aus den Kissen auffährt und eine Hand sich gegen das Nachtkästchen hinstreckt, um den Wecker abzustellen.

Es ist halb drei Uhr morgens.

Gleich neben dem Bett befindet sich der Lichtschalter. Die Glühbirne erhellt den Raum.

Franz Achleitner, der Förstersohn, streckt sich, daß die Bettstatt in allen Fugen kracht. Nur einen Fuß streckt er vorerst aus dem Deckbett heraus. Zu weiterem ist er noch nicht fähig. Schlaf und Traum halten ihn noch zu fest umschlungen. Blinzelnd schaut er um sich. Die zwei kleinen, pausbäckigen Schutzengel über seinem Bett lächeln herab. Sie wirken ein wenig kitschig in ihrem Vielfarbendruck, aber es sind immerhin Schutzengel, die nach dem Glauben seiner Mutter seine Jugend noch ein wenig behüten sollen.

Teufel, wie ihm der Schädel brummt! Da hat er gestern bei der Geburtstagsfeier seiner Mutter wirklich ein paar Viertel von diesem Niersteiner Domtal getrunken. Er verträgt noch keinen Alkohol, und es ist nicht ganz vernünftig gewesen vom Vater, ihn immer wieder an seine Mannesehre zu erinnern, die es nicht zulassen dürfte, daß er immer bloß an seinem Glase nippt wie eine züchtige Halbnonne, der es noch erlaubt ist, von den weltlichen Dingen zu genießen, bevor sie ihre Gelübde ablegt.

Nichts gegen den Vater! Er will — welcher Vater will das nicht — einen gestandenen Kerl als Buben haben, der auch einmal ordentlich über den Durst trinken kann. Aber er könnte dann wenigstens heute ein Einsehen haben und ein paar Stunden später gen Berg steigen nach so einer fröhlich durchzechten Nacht. Ja, das könnte er wohl, wenn er nicht so vollends durchdrungen wäre von einem eisernen Pflichtgefühl. Der Förster Achleitner ist noch einer aus der alten Schule. Pflicht und Treue sind ihm zwei unzertrennliche Begriffe. Niemand darf daran rütteln, und es ist nicht einmal in den Jahren des allgemeinen Zerfalls und Niedergangs möglich gewesen, ihn von seinem geraden Weg abzubringen.

Ja, es hat eine Zeit gegeben, da ist es nicht schön gewesen, Förster zu sein. Da hat man zuschauen müssen, mit Kummer im Herzen, wie Besatzungssoldaten das Wild mit Maschinenpistolen abknallten. Auch in der Schonzeit.

Später ist es besser geworden. Auch unter den Siegern hat es gerechte Weidmänner gegeben, Freunde des Waldes und des Wildes, wie etwa jenen Major Murphy, der mit einem gezirkelten Blattschuß einen Zwölfender hat hinstrecken können, daß es selbst das verbitterte Herz des Försters Achleitner fröhlich gestimmt hat. — —

Gerade will Franz wieder einschlafen, als der dröhnende Baß des Vaters über die Stiege heraufklingt:

„Was ist denn, Franzl? Raus aus den Federn!"

Mit beiden Füßen zugleich springt Franz Achleitner nun aus dem Bett, fährt in die kurze Lederhose, wirft im Hinauseilen die Hosenträger über den Kopf und eilt, zwei Stufen auf einmal nehmend, hinunter.

Als er die Haustür öffnet, schlägt ihm kühler Wind entgegen. Ein paar Sterne funkeln über dem dunklen Tann. Über den Bergen aber beginnt es schon aufzuhellen, ein zarter, rötlicher Schein ist über die östlichen Spitzen hingegossen.

Leise plätschert das Wasser im Brunnentrog. Franz legt das Hemd ab, steckt den Kopf in das Wasser und läßt sich den kalten Strahl aus der Röhre über Nacken und Rücken rieseln.

Wie gut das tut! Das Summen im Kopf ist wie weggeblasen, und als er eine Weile später das Haus betritt, haben seine Augen schon wieder den hellen, fröhlichen Glanz. Der Vater sitzt bereits fertig angezogen hinter dem Tisch. Die Mutter schenkt Kaffee in die großen, geblümten Tassen, streicht ein paar Brote zurecht und legt sie dem Buben auf den Teller.

Franz zieht die Schwergenagelten an, schlüpft in die Joppe und setzt sich ebenfalls an den Tisch.

„Was macht der Kopf, Franzl? Kater?" fragt der Förster und streicht sich seinen Bart, damit man das Lächeln nicht sehen soll, das um seinen Mund zuckt.

„Jetzt spür ich gar nichts mehr, Vater."

„Hättest ihn halt noch ein paar Stunden schlafen lassen. So pressant ist es doch auch wieder nicht", meint die Mutter mit leisem Vorwurf.

„Ja, freilich, sonst nichts mehr! Dienst ist Dienst! Wenn er woanders in der Lehre wär, dürfte er auch nicht liegenbleiben. Überhaupt — es wäre ja lächerlich, wenn der Bub mit neunzehn Jahren ein Viertel Wein nicht vertragen könnte."

„Ein Viertel?“ fragt die Försterin und zählt die Flaschen, die im Hintergrund neben der Tür noch stehen. „Es sind zwölf Flaschen.“

„Was? Zwölf Flaschen?“ Der Förster dreht das Gesicht über die Schulter. „Tatsächlich! Donnerwetter, da haben wir nicht schlecht gesoffen. Macht aber nichts, Rosalie, du wirst nur einmal im Leben fünfzig Jahre.“

Der Förster steht auf, zieht die Weste herunter und greift nach seinem Hut mit dem Spielhahnstoß. Er prüft die zwei prall gefüllten Rucksäcke, die auf der Bank liegen, ob die Frau auch alles eingepackt habe. Dann nimmt er das Gewehr vom Rechen, hängt sich das Fernglas um den Hals und greift an seine Taschen, ob er die Patronen habe. Ein paar Minuten später ist auch Franzl fertig.

Als die zwei so nebeneinander stehen, sieht man, daß der Sohn den Vater sogar schon etwas überragt. Schlank und sehnig ist die Gestalt des Jungen. Der Vater dagegen wirkt durch seine Schulterbreite etwas wuchtiger. Der kurzgestutzte schwarze Kinnbart läßt den Förster etwas älter erscheinen, als er ist. Nur die hohe, freie Stirn und das dunkle Haar haben beide gemeinsam. Sonst aber sieht der Franzl mehr seiner Mutter gleich. Er hat die graublauen Augen mit den schnurgeraden, dunklen Brauen, die schmale Nase und den festen Mund mit dem eigenwilligen Zug und der etwas stärkeren Unterlippe. Auch im Wesen gleicht er der Mutter. Nicht, daß er etwa sentimental oder weibisch gewesen wäre. Nein, nur ein gewisser Hang zum Träumen ist da. Ein junger Mensch ist er einfach, der noch unwissend vor den Rätseln des Lebens steht.

„Sind wir fertig jetzt?“ fragt der Förster. „Hast du Patronen, Revierbüchl und Bleistift?“

Franzl nickt. „Alles hab ich, Vater.“ Dann faßt er der Mutter Hand. „B'hüt dich Gott, Mutter. Am Samstagnachmittag komm ich wieder 'runter vom Berg.“

„Gib nur obacht beim Steigen, Bub!“ Die Försterin gibt nun auch ihrem Mann die Hand. „Und wann kommst du heim, Thomas?“

„Wenn der Kestler mit 'naufgeht, bin ich heut abend zurück. Wenn es schlechter geht mit seinem Kindl, gebe ich ihm heute frei und komme erst morgen wieder herunter. Vielleicht schaust du einmal nach, im Häusl beim Kestler.“

„Heut' vormittag geh ich 'nüber. Hab' schon ein Körberl voll hergerichtet.“

Die beiden Jäger treten hinaus in den Garten. Treff, der Jagdhund, zerrt winselnd an seiner Kette, aber der Förster streicht ihm nur lachend über den schönen Kopf.

„Nichts da, Treff. Heut' kann ich dich nicht brauchen.“

Das Gartentürl schlägt hinter den beiden zu, und gleich drauf sind ihre Gestalten in der Dunkelheit untergetaucht.

Still und verschwiegen liegen die Häuser zu beiden Seiten der Straße. Manchmal hört man die Kette eines Rindes aus einem offenen Stallfenster klirren. Dann schlägt ein Hofhund an, der durch das Geklapper der Nagelschuhe auf der Straße aufgeschreckt worden ist. Durch die Kirchenfenster fällt der milde Schein des

Ampellichtes. Als sie daran vorübergehen, schlägt es auf dem Turm drei Uhr.

In einem der letzten Häuser sind ein paar Fenster erleuchtet. Der Förster tritt an den Gartenzaun und läßt einen leisen Pfiff hören. Da öffnet sich schon die Haustür, und der Jagdgehilfe Kestler tritt fertig angezogen, die Büchse überm Rücken, auf die Straße.

„Was macht deine Kleine?“ fragte Achleitner. „Ich geb dir gerne noch ein paar Tage frei, Kestler, wenn du willst.“

Der andere schüttelt den Kopf.

„Was hilft es? Aufhalten kann ich es ja doch nicht, wenn sie sterben muß; das ist etwas Hartes, da bin ich lieber nicht dabei.“

„Wie du meinst. Was sagt denn der Doktor?“

„Was kann der schon sagen? So ein Kindl ist wie ein Lichtl. Der kleinste Lufthauch kann es auslöschen.“

„Deiner Frau geht es aber besser jetzt?“

„Ja, die reißt sich schon durch. Gestern ist sie das erstemal aufgestanden nach dem Kindbett. Und heut' kommt die Schwester von ihr zu Besuch, die kann ihr dann ein wenig helfen.“

„Gut, dann gehen wir.“ — —

Die drei weichen alsbald von der Straße ab und biegen in einen Feldweg ein, der zur Höhe führt. Nach einer Viertelstunde kommen sie an einem schönen Berghof vorbei. Es ist der Hof des Hochreiter, das höchstgelegene Anwesen der Gemeinde Arlberg. Unmittelbar dahinter beginnt der Wald. Der Zaun der Kälberweide ist zweimal zu übersteigen.

Bevor die Jäger den Wald betreten, bleiben sie mit einem Ruck stehen.

„Horcht! War da nicht etwas?“ fragt der Förster.

Nein, es ist nichts. Nur hinter den Haselnußbüschen schlägt eine Amsel den jungen Tag an. Es ist wie das Klingeln eines ganz fernen Glöckleins, als würde das Sakrament durch die Frühe getragen. Aber sonst ist kein Geräusch zu vernehmen.

Und doch ist da ein Laut gewesen. Beim Hochreiter hat jemand ganz vorsichtig das Stadeltor zugedrückt.

Die Jäger biegen jetzt in den Hochwald ein. Dort kann das wachsende Licht noch nicht eindringen. Tiefes Dunkel herrscht zwischen den Stämmen. Nur an den erwachenden Stimmen des Waldes kann man erkennen, daß auch hier der Tag nicht mehr fern ist. Immer eifriger und heller wird der Gesang der Vögel, da und dort huscht schon durch eine Zweiglichtung ein fahler Schein.

Auf dem ganzen Weg wird nicht viel gesprochen, denn es geht jetzt immer steiler bergauf. Als sie nach etwa anderthalb Stunden den Wald verlassen, ist es heller Morgen. Wie eine Feuerwelle liegt das Sonnenlicht über den Spitzen der Berge.

Der Förster bleibt stehen, rückt den Hut aus der Stirn und schaut auf die Uhr.

„Wir trennen uns jetzt“, sagt er. „Ich gehe zum oberen Holzschlag. Du, Kestler, du schaust einmal im Luxgraben beim Hamberger seiner Partie nach und fragst ihn, ob er nicht ein paar Mann entbehren kann. Das Brückerl beim Lerchensteig muß endlich einmal neu gebaut werden, bevor etwas passiert. Und du, Franzl, gehst durchs Revier. Nimmst vormittags den Bezirk III. Mittags treffen wir uns alle wieder in der Jagdhütte.“

Der Förster tippt an den Hutrand und wendet sich nach links. Kaum hat er ein paar Schritte gemacht, dreht er sich nochmals um. „Franzl!"

„Ja, Vater?"

„Einen Augenblick noch." Der Förster kommt heran, zieht seine Pfeife aus der Tasche und beginnt sie umständlich zu füllen. Nebenbei spricht er. „Ich hab' es vor dem Kestler nicht sagen wollen, Franzl. Also, paß auf! Ich sehe es gar nicht gern, wenn du so oft in der Hochreiteralmhütte die Veronika besuchst. Nicht, daß ich gegen das Mädl was hätte. Aber du bist mir noch zu jung für eine Liebschaft. Und außerdem — ein Jäger, wenn er einmal verliebt ist, dann hört und sieht er nur mehr die Hälfte. Das wollt' ich dir noch sagen." Der Alte dreht sich um und setzt seinen Weg fort.

Franz weiß im ersten Augenblick nicht, soll er lachen, oder soll er sich ärgern. Er ist doch höchstens erst viermal auf dieser Almhütte eingekehrt. Du lieber Gott, wenn einen halt der Weg dran vorbeiführt!

Lüg' dir nichts vor, Franz Achleitner! Einmal hat dich der Weg zufällig vorbeigeführt. Die anderen drei Male hast du ihn gesucht. Immerhin ist es komisch, daß der Vater das weiß. Nun, mag es sein, wie es will: der alte Herr nimmt es zu tragisch. Warum soll ein Jäger nur mehr halb sehen und hören, wenn er verliebt ist?

Ist er denn überhaupt verliebt? Er sagt es halblaut vor sich hin und lacht laut heraus. Wie komisch sich das anhört: Ich bin verliebt — —

Immerhin muß er über diese Worte nachdenken, als er weitergeht. Da hat ihn nun der Vater auf etwas hingestoßen, das tief und verborgen in seinem Herzen geschlummert hat. Nun haben die Worte des Vaters, gleich einer Hand, den Schleier von seinem Geheimnis weggenommen, und Franzl sieht dieses Geheimnis offen und groß vor sich liegen. Und es ist gar nichts Geheimnisvolles mehr, nein, es ist alles seines Zaubers entkleidet. Es ist plötzlich alles Klarheit, Wahrheit und Tatsache: Er liebt dieses Mädchen da oben. Diese sichere Erkenntnis bedrängt ihn nun, verwirrt ihn und stürzt gar nicht sanft über sein Herz her. Und er weiß, daß er immer wieder den Weg zu dieser Alm gehen wird, auch wenn es der Vater verboten hat. Schließlich ist er doch kein Kind mehr. Und — hat der Vater nicht selber gesagt, daß er gegen das Mädl nichts hätte? Na also!

Franz Achleitner schreitet rüstig über das Geröllfeld hinauf. Er beginnt ein kleines Lied vor sich hin zu summen, und sein Gemüt wird dabei so heiter und hell, wie der Himmel über den Bergen strahlt.

*

Die Tiefe drunten ist zu dieser Stunde noch von feinen Frühnebeln umwoben. Aber es ist schon Leben und Klang auf allen Wiesen. Das Sensenläuten geht über die Hügel hin. Dazwischen hört man das Rattern einer Mähmaschine.

Auf der großen Wiese gleich unterhalb des Hofes mäht der Hochreiter Sepp, während sein Bruder, der Luis, auf der Mähmaschine sitzt, vor die ein Paar prächtige Goldfüchse gespannt sind.

Der Hochreiter Sepp ist ein hochgewachsener, sauberer Bursche. Sein Gesicht ist wie geschnitzt und tiefgebräunt von Wind und Sonne. Auf seiner Oberlippe sproßt ein kleines, dunkles Bärtchen und gibt seinem Mund einen leichten Zug ins Spöttische.

Man sieht, die Arbeit ist für seinen muskulösen Körper nur ein Spiel. Herrlich ist der Schwung seiner Arme beim Ausholen zum Schnitt. Ebenso schön das leichte Wiegen und Beugen des riesigen Körpers. Wenn er die Sense wetzt, gehen seine Augen immer eine Weile in der Runde umher, gehen hinauf über den Bergwald zu den blauen Felsen oder sind hinweggerichtet über das Dorf mit dem funkelnden Kirchturm in eine weite Ferne.

Jetzt sieht er drunten auf dem Anger hinter den Haselnußbüschen ein weißes Kopftuch schimmern. Das ist die Magdalena vom Schmiedemeister Enzinger, der mit seinem Gesellen schon seit Tagesgrauen da unten mäht. Die Magdalena bringt den beiden gerade die Morgensuppe. Der Sepp zwirbelt an seinem Bärtchen und lacht ein wenig. Die Magdalena — ja, die Magdalena! Ist ein verteufelt hübsches Mädchen, die Magdalena.

Er mäht weiter, und es ist nun, als töne sein Arm förmlich beim Schwung. Rauschend fällt die grüne Mauer vor ihm zusammen.

Auch die Kleidung paßt zu dem herben Wesen des Burschen. Seine Füße stecken nackt in den schweren Schuhen. Die Lederhose ist abgewetzt und verschmiert. Dazu trägt er ein grobes Leinenhemd, das an der Brust offen ist. Die Knie sind zerschunden und mit Narben bedeckt und zeugen davon, daß der Sepp auch im Fels daheim ist. Die große Narbe freilich über dem linken Knie, die stammt woanders her. Die hat ein heißer Granatsplitter am Kubanbrückenkopf hinterlassen. Damals ist es knapp gestanden, ob ihm der Fuß nicht abgenommen werden müsse.

Drüben am andern Wiesenrand hält der Hochreiter Luis jetzt die Pferde an, zieht den Messerbalken hoch und steigt von der Mähmaschine. Dann schreit er dem Bruder zu, er möchte ihm das frische Messer herüberbringen.

Groß und hager ist auch der Luis. Er hat die gleichen Gesichtszüge, nur die Haare schimmern an den Schläfen schon etwas grau.

Als er das frischgeschliffene Messer in den Balken geschoben hat, richtet er sich auf, schaut den Sepp kurz an und fragt, wärend er schon wieder nach den Zügeln greift:

„Wie ist es denn gegangen heut' nacht?"

„Gut ist's gegangen", antwortet der Sepp und schaut angestrengt über den Hang hinunter, wo die Schmied Magdalena das frischgemähte Gras mit der Gabel auseinanderstreut.

„Was heißt gutgegangen? Hast ihn, den Hirsch?"

„Freilich hab ich ihn. Aber —"

„Herrgott, laß dir doch nicht jedes Wort abbetteln! Haben tust ihn — aber?"

„Helfen mußt mir heut nacht, daß wir ihn 'runterbringen zur Vroni in die Almhütte."

„Ausgerechnet heut, wo wir sechs Fuder zum Heimbringen haben!"

Der Sepp zuckt die Achseln und schaut weiterhin über den Hang hinunter.

„Ich kann auch nicht helfen. Liegenlassen können wir ihn nicht bei der Hitze. Außerdem könnte ein Jäger drüberkommen."

„Du wirst ihn doch gut zugedeckt haben?"

„Da fehlt nichts. Da kommt so leicht keiner hin", meint der Sepp, und ein spöttisches Lächeln zuckt um seinen Mund. „Heut früh wär ich ihnen beinah in die Hände gelaufen, als ich heim bin. Grad bin ich noch zum Stadeltor hineingekommen. Alle drei waren sie beieinander: der Alte, der Junge und der Kestler."

„Und du hast gesagt, der Kestler wäre jetzt nicht zu fürchten, weil ein Kind von ihm krank ist."

„Vielleicht ist es schon wieder gesund. Was weiß ich? Auf jeden Fall ist er heute früh dabeigewesen."

Der Luis schnalzt mit der Zunge, und die Pferde ziehen wieder an. — —

Gegen neun Uhr, als die Bremsen und Mücken immer lebhafter werden, bringt der Luis die Pferde nach Hause. Die anderen setzen sich in den Schatten eines Vogelbeerbaumes und machen Brotzeit, bevor sie das gemähte Gras anstreuen.

Angestrengt späht der Sepp den Hang hinunter. Nach einer Weile sieht er, daß auch der Schmied und sein Geselle die Sensen schultern und heimwärts gehen. Der Sepp leert mit einem einzigen Zug seine Bierflasche und steht auf. Zuerst schlendert er gemächlich am Rand der Wiese entlang, bis er für die andern nicht mehr sichtbar ist. Dann biegt er links zur Wiese hinunter, wo die Magdalena beschäftigt ist. Dort versteckt er sich hinter einer Haselnußstaude. Als das Mädchen, ganz in seine Arbeit vertieft, herankommt, tritt er schmunzelnd hervor.

„Guten Morgen, Lenerl. Du bist ja schon so fleißig heute."

Das Mädchen fährt erschrocken herum und lächelt ihn verwirrt an.

„Mein Gott, Sepp, hast du mich jetzt erschreckt!"

„Geh, Lenerl, du wirst doch nicht vor mir erschrekken!"

„Wenn man aber doch gar keine Ahnung hat."

Der Sepp zündet sich eine Zigarette an und schaut über das verglimmende Zündholz hinweg dem Mädchen ins Gesicht.

„Wirklich gar keine Ahnung, Lenerl? Hast mich denn nicht gesehen, oben auf der Wiese?"

„Schon — aber daß du 'runterkämst, das hab ich mir nicht denken können."

„Ah, geh, warum denn nicht? Da sieht man halt wieder, daß du immer noch nicht weißt, wie gern ich dich hab. Direkt mit Gewalt hat es mich 'runtergezogen zu dir." Ganz nahe tritt er an sie heran und rüttelt sie zärtlich an der Schulter. „Lenerl — morgen nacht komm ich an dein Kammerfenster."

Ihre Augen gehen an den seinen vorbei. Eine heiße Röte huscht über ihre Stirn, und erst nach einer langen Weile kann sie sagen:

„Das geht nicht, Sepp. Du weißt doch, daß meine kleineren Geschwister auch in der Kammer schlafen."

Sepp lacht ein wenig. Voll biederer Herzlichkeit versichert er: „Die kleinen Racker haben einen gesunden Schlaf, wenn sie den ganzen Tag an der frischen Luft umeinanderlaufen. Und überhaupt — ich tu schon recht vorsichtig, daß sie mich nicht hören." Er legt seinen Arm um ihre Hüfte. „Schau, Lenerl, das ist alles nicht so schlimm, wie du immer meinst. Wenn du es haben willst, bin ich sogar ganz brav."

„Das müßtest du sowieso sein."

„Bin ich, bin ich. Wenn es verlangt wird, kann ich brav sein, wenn es auch schwerfällt. Also, Lenerl, morgen nacht?"

Sie macht sich rasch von ihm los. „Nicht, Sepp. Schau, da drüben sind Lechners, die können uns leicht sehen."

Sie streift mit der Hand das Kopftuch in den Nacken. Eine Fülle goldblonden Haares, das in zwei Zöpfen um die Stirn gewunden ist, wird sichtbar. Dann schaut sie zu dem Burschen auf, schaut ihm fest in die Augen. Die ganze große, hingebungsvolle Liebe liegt in ihrem Blick.

„Sepp, warum kommst du denn in letzter Zeit so selten zu uns? Du weißt doch, wie schrecklich gern ich dich habe."

„Freilich, freilich, das weiß ich. Aber weißt ja, wie es jetzt ist. Mitten in der Heuarbeit, da ist man am Abend so müde, daß man am liebsten gleich ins Bett geht."

„Das schon. Aber sonntags? Hast du denn sonntags gar nie Zeit für mich?"

„Da muß ich auf meine Berg hinauf. Da hilft alles nichts. Weißt ja, wie ich bin."

„Ja, ich weiß, wie du bist", nickt sie demütig. „Und oft hab ich schreckliche Angst, daß du einmal 'runterstürzt."

„Ah, woher denn! Ich steig schon sicher. Darauf kannst du dich verlassen, Lenerl."

Das Mädchen, sie reicht ihm gerade bis ans Kinn, steht mit gesenkten Augen da. Wie gedankenverloren knöpfen ihre Hände sein Hemd an der Brust zu. Dann sieht sie ihn wieder an.

„Einen einzigen Sonntagnachmittag könntest aber doch einmal für mich übrig haben, meine ich. Darfst du dich denn beim Tag gar nicht mit mir sehen lassen? Ich denke, daß du dich mit mir nicht zu schämen brauchst."

Der Sepp runzelt unbehaglich die Brauen. Eine ist wie die andere, denkt er. Wenn man ihnen den kleinen Finger gibt, möchten sie die ganze Hand.

„Davon ist überhaupt keine Rede", sagt er. „Aber sonntags, da möcht ich auf meine Berg. Und da laß ich mir gar nichts dreinreden."

Er wirft die abgebrannte Zigarette fort und zertritt die Glut mit dem Fuß.

„Also, Lenerl, morgen nacht." Er greift ihr unters Kinn und lächelt sie an. Dann tippt er an das verwaschene Filzhütl mit der geschlitzten Bussardfeder und wendet sich zum Gehen. „B'hüt dich, Lenerl. Und mach kein so trauriges Gesicht."

Im nächsten Augenblick schlagen die Haselnußstauden hinter ihm zusammen.

*

Es hat durchaus seine Richtigkeit, wenn die Schmied Magdalena sagt, der Sepp brauche sich mit ihr nicht zu schämen. Sie ist gesund und sauber gewachsen, hat ein frisches, sonnverbranntes Gesicht und ein Paar starke Arme, die sich vor keiner Arbeit fürchten. Freilich ist sie keine von den Springlebendigen, immer Lustigen. Dazu hat das Schicksal schon zuviel Schweres über ihr junges Leben geworfen.

Sie ist noch zur Feiertagsschule gegangen, als die Mutter gestorben ist. Von diesem Augenblick an haben sich Lasten und Pflichten auf ihre jungen Schultern gelegt. Sie hat den Haushalt und den Stall versorgen müssen. Sie hat ihren kleineren Geschwistern, von denen das jüngste gerade ein Jahr gewesen, Mutter sein müssen.

Und darum liegt nicht das Heitere und Frohe der Jugend über Magdalenas Gemüt, sondern ein gewisser Ernst, der sie um ein paar Jahre älter erscheinen läßt.

Erst als der Hochreiter Sepp eines Tages vom Krieg heimgekommen ist, hat sich etwas geändert. Nie wird sie den Tag vergessen, da er mit den zwei Füchsen in der Schmiede erschienen ist, um die Pferde beschlagen zu lassen. Hohlwangig und grau im Gesicht ist er damals noch gewesen. Die Schwere des Erlebten hat auf seinem Gemüt gelegen.

Aber nach einigen Wochen hat er alles aus sich hinausgedrängt gehabt, hat sein Bärtchen gezwirbelt und sein frech-fröhliches Mundwerk spazierengehen lassen.

Sie haben sich getroffen, da und dort, wie es sich gerade so ergeben hat. Und obwohl der Sepp eigentlich nie ein Wort vom Heiraten gesprochen hat, träumt sich Magdalena oftmals an seine Seite als seine Bäuerin und Gefährtin für alle Zeiten. Die Liebe zu dem großen, herrischen Menschen hat sie demütig gemacht. Sie klagt nicht, wenn er sich wochenlang nicht sehen läßt, und ist dann von Dank erfüllt für die kargen Zärtlichkeiten, die er ihr gibt.

So ist es auch jetzt wieder. Während sie ihre Arbeit wieder aufnimmt, ist sie schon erfüllt von der Freude, morgen nacht in seinen Armen all ihre kleinen Sorgen und Nöte vergessen zu können.

Eine halbe Stunde später ist sie fertig, schultert die Gabel und geht heim. Der Schmied steht bereits unter dem Tor und hält nach ihr Ausschau.

Es wartet so eine Menge Arbeit auf sie zu Hause! Der Herd ist kalt, das Mittagessen noch nicht zugesetzt, die Stube noch nicht gefegt, die Betten noch nicht gemacht. Ach ja, ihr Leben kennt nur Arbeit und Mühen. Der einzige Lichtblick ist ihre Liebe zum Hochreiter Sepp.

*

Der Abend ist mild und schön. Die Sonne brennt hinter den westlichen Bergspitzen aus. Die Wände und Klüfte umschatten sich dunkelblau, und es geht ein kühler Hauch von ihnen aus. Die östlichen Spitzen jedoch stehen noch in leuchtender Helle. Das Hohe Wank zum Beispiel ist noch umschimmert von einem Strahlenkranz des Lichtes, das sich allmählich in leuchtendes Rot und dann in purpurnen Glanz verwandelt.

Die Luft ist lind und würzig. Mit jedem Atemzug spürt man, wie das Blut leichter wird. Man wandert beinahe gedankenlos dahin und ist nur von der stolzen und hohen Freude erfüllt, leben zu dürfen auf dieser wunderschönen, dreimal gesegneten Gotteswelt.

In solcher Stimmung kommt der Jagdgehilfe Franz Achleitner vom Berg herunter. Der Weg nach dem Latschenfeld ist nun schon sehr bequem, so daß er rascher ausschreiten kann. Erst dort, wo die Wege sich trennen, zögert sein Fuß. Rechts geht es zur Jagdhütte hinunter, und links — ja, links da ginge es zur Hochreiteralm. Gar nicht mehr weit wäre es dorthin. Gleich hinter dem Hügelrücken beginnt schon der Almzaun.

Unschlüssig, was er tun soll, setzt er sich auf einen Felsblock, legt das Gewehr über die Knie und schiebt den Hut aus der Stirn. Es riecht nach Harz und Bergkräutern um ihn herum. Die Dämmerung greift langsam aus der Tiefe herauf wie mit grauen, langen Fingern. Ein paar Habichte ziehen unter dem leuchtenden Abendhimmel hin, und im dunkelnden Fichtenwald beginnt ein Specht zu hämmern.

Drunten im Tal leuchten die ersten Lichter auf. Das sieht aus, als seien ein paar Sterne auf die Erde gefallen. Wunderbar still ist es in dieser Stunde zwischen Abend und Nacht.

Der Specht hat aufgehört zu hämmern. Nur das verschwommene Klingeln der Herdenglocken kommt deutlicher über die Hügel her. In den Latschenbüschen beginnt es zu glänzen und zu flimmern. Die Leuchtkäfer rüsten sich für ihren Flug und taumeln wie goldene Funken auf und nieder, verschwinden mit leuchtendem Zickzack drunten im dunklen Fichtenwald, über dem soeben die ersten Sterne aufglänzen.

Da sitzt er nun, ein junger, einsamer Jäger, mit heißem Herzen, klein und gebeugt im geöffneten Schrein der kommenden Nacht. Und da drunten, hinter dem Hang, liegt das Geheimnisvolle, das ihn noch nicht erfüllt und erfaßt hat, und vor dem er noch so unwissend steht, wenn andere Burschen damit prahlen. Mein Gott, für ihn hat es eben noch keine Gelegenheit gegeben, diesen Dingen nahezukommen.

Vor einem Jahr erst ist es dem Förster gelungen, beim Forstministerium zu erwirken, daß er seinen eigenen Sohn als Eleven einstellen kann. In diesem Jahr aber ist Franz Achleitner nur mit wenigen Menschen in Berührung gekommen. Jede freie Minute hat er über den Studierbüchern seines Vaters gesessen, um sich weiterzubilden und vorzubereiten für die spätere Forstlaufbahn.

Plötzlich ist aber nun etwas anders geworden, ist etwas Neues in sein Leben getreten, seit er die Hochreiter Veronika das erste Mal gesehen hat. Und haben sich seine Gedanken vorher nur zuweilen mit den Mädchen befaßt, so haben sie nun auf einmal ein festes Ziel. Nicht mehr um irgendein weibliches Wesen flattern seine Gedanken, sondern nur mehr um ein einziges Mädchen, um diese Veronika Hochreiter.

„Das ist nun allerdings nichts, Franzl", redet er sich selber zu. „Nein, das ist gar nichts, wenn du hier sitzt und träumst. Das macht nur melancholisch, aber es bringt dich nicht ans Ziel deiner Wünsche. Da ist es schon viel besser, du gehst einfach hinunter und nimmst das Mädchen kurzerhand in deine Arme und an dein Herz."

Dunkler und immer dunkler wird es um ihn. Im stahlblauen Himmel tanzen schon Tausende von Sternblumen. Von irgendwo kommt der Ruf eines Nachtvogels und verliert sich klagend in den schattendunklen Wänden.

Ob er sich wohl recht ungeschickt benommen hat beim letzten Mal? Sie hat ihn vor die Hütte begleitet. Es ist so dunkel und warm um sie herum gewesen.

Und trotzdem hat er nicht den Mut aufgebracht, sie zu küssen. Ob sie es wohl geduldet hätte?

Im Dunkel der Nacht sieht er vor seinem geistigen Auge jetzt ganz deutlich ihr Gesicht vor sich aufsteigen. Dieses kühle, beinahe strenge Mädchenantlitz, in dem zwei schwarze Augen leuchten und hinter dessen Mund zwei Reihen blendend weißer Zähne schimmern.

Und ganz plötzlich fährt es ihm in den Sinn, wie es dann wäre, wenn ein anderer bereits das Recht hätte, diesen blühenden Mund zu küssen? Wie ein heftiger Schmerz überfällt ihn dieser Gedanke. Eine schwere, traurige Welle zieht durch sein Herz. Mein Gott, das ist ja gar nicht auszudenken, wenn all seine Gedanken um dieses Mädchen nutzlos und ohne jede Aussicht wären!

Immer brennender wird der Schmerz, immer dunkler die Not, in die er sich verstrickt. Diese Ungewißheit, dieses marternde Tappen in der Dunkelheit! Oder ist es schon Eifersucht, was sich da wie Gift in sein Herz schleichen will?

Mit einem Ruck springt er auf, wirft das Gewehr hinter die Schulter, eilt den Hang hinunter und überklettert den Almzaun.

Buntscheckige Kühe mit leise bimmelnden Glocken weiden verstreut umher. Wie riesige Ungeheuer sind sie anzusehen im Dunkel der Nacht. Da werden auch schon die Umrisse der Almhütte sichtbar. Ganz versteckt liegt sie hinter einer Baumgruppe, und das Licht des erhellten Stubenfensters fällt als winziger Lichtfunken in die Nacht.

*

Als der Schritt des Jägers draußen hörbar wird, hebt drinnen die Sennerin lauschend den Kopf. Dann geht sie hin und wirft den hölzernen Querbalken zurück. Sichtbar überrascht ist sie, als sie den Achleitner Franz unter der Tür stehen sieht.

„Du bist es?“ sagt sie etwas verlegen.

„Ja, ich bin's. Hättest mich sicher nicht mehr so spät erwartet?“ Er reicht ihr die Hand mit frohen, glänzenden Augen. Wieder ergeht es ihm so wie immer bei ihrem Anblick. Ein heißer Strom fließt nach seinem Herzen und möchte es aufjauchzen lassen.

„Wenn ich ehrlich bin, Franzl — nein, dich hätt ich heute nicht mehr erwartet“, antwortet Veronika. Sie hält immer noch seine Hand und führt ihn schließlich an ihrer Hand herein in die Stube.

Groß ist sie allerdings nicht, diese Stube auf der Hochreiteralm, aber gemütlich. Dies ist noch eine von jenen Almhütten, wie sie leider immer weniger werden. Rechts, gleich neben der Eingangstür, ist eine Falltür, mit einem Vorhängschloß abgesperrt. Sie führt in den Keller. Auf derselben Seite ist der offene Herd, über dem der große Kupferkessel hängt. Daneben führen drei Stufen in die Schlafkammer der Sennerin. Im Hintergrund führt eine Tür in den Stall hinaus und links davon eine schmale Stiege auf den Heuboden hinauf. Vorn links steht ein grobgefügter, aber blitzblank gescheuerter Tisch, um den sich im Dreieck eine Bank ohne Lehne zieht. Daneben ist eine Art Vorratskammer, im letzten freien Winkel steht eine längliche Truhe, und der Rahmen darüber ist mit Geschirr angefüllt.

An den Wänden hängen freundliche Bilder. Der

Herrgottswinkel sowie die Bilder sind reich geschmückt mit Almenrausch und Latschenzweigen. Das Ganze macht einen so freundlichen Eindruck, daß man sich im ersten Augenblick schon wohlfühlt.

Die Petroleumlampe über dem Tisch erhellt nur den nächsten Umkreis. Hörte man nicht die rasselnden Atemzüge, sehen könnte man es nicht — daß da hinten auf der harten Truhe einer schläft. Das ist Sebastian Bächle, der Almbursch, der dem Mädchen beigegeben ist zur Arbeit.

Franz legt sein Gewehr auf die Bank und nimmt Platz. Veronika steht vor ihm, hoch und schlank, die braungebrannten Arme über der ruhig atmenden Brust verschränkt. Ihr pechschwarzes Haar flimmert fast bläulich im Schein der Lampe.

„Willst du dich nicht zu mir setzen?“ fragt er und rückt ein wenig in die Ecke. Veronika wirft zuerst noch einen Blick auf den Schläfer und setzt sich dann zum Jäger.

Sein Gewehr — es ist schon wahr, es ist ein wenig im Wege. Darum nimmt sie es und hängt es mit dem Riemen an den Fensterriegel, so daß die beiden Läufe über die rotgewürfelten Vorhänge, die zur Hälfte die Fenster bedecken, hinausragen. Das wäre nun doch eine Aufforderung an ihn gewesen, daß er näher heranrücken dürfe. Aber nein, er bleibt sitzen, ganz verlegen, fast hilflos. Er erkennt die Chance nicht, lächelt sie nur zaghaft an, so wie man ein schönes Bild anlächeln darf.

Da muß wohl Veronika die Initiative ergreifen. Sie rückt nahe an ihn heran und fragt: „Kommst vom Tal herauf, Franzl?“

Er schüttelt den Kopf. „Ich bin heute den ganzen Tag im Berg umeinandergestiegen, und jetzt komm ich direkt vom Dienst."

„So lang Dienst?" staunt das Mädl. „Es muß ja schon bald zehn Uhr sein."

In diesem Augenblick räuspert sich die kleine Kukkucksuhr im Hintergrund und schlägt die zehnte Stunde. Zehnmal ruft der kleine Vogel sein helles „Kukkuck" heraus und schlüpft dann wie grollend wieder in sein Verlies, ohne daß etwas geschieht. Aber um halb elf werde ich sie küssen, denkt Franz Achleitner. Denn so kann es auf die Dauer auch nicht weitergehen.

„Zuerst bin ich lang da droben am Latschenhang gesessen", beginnt er zögernd, „und habe —"

Schon räuspert er sich wieder und weiß nicht mehr weiter. Er schaut auf ihre Hände, die vor ihm auf der Tischplatte liegen. Sie spielt ganz leicht mit ihren Fingern, indem sie einen um den anderen zieht, bis es leise im Gelenk kracht.

Nun ist er froh, daß er seinen Satz nicht ausgesprochen hat. Sie gibt ja gar nicht acht, was ich spreche. Sie spielt mit ihren Fingern, und es sieht ganz so aus, als ob sie von meiner Anwesenheit gar nicht besonders beeindruckt wäre.

Doch plötzlich hebt sie den Kopf und schaut ihm voll in die Augen.

„Warum hast du nicht weitergesprochen, Franzl? Am Latschenhang bist droben gesessen und hast was —?"

„Vielleicht glaubst du mir's gar nicht, wenn ich es sage."

Ihr Blick ruht jetzt voll und warm auf ihm.

„Das kommt ganz darauf an, was es ist."

Da rafft er allen Mut zusammen und faßt nach ihrer Hand. Sie wird ihm nicht entzogen. Nein, warm und zutraulich schmiegt sie sich in die seine.

„Ach, Vroni", bricht es plötzlich aus ihm heraus. „Ich muß so schrecklich viel an dich denken. Auch heute abend wieder da oben. Und das trage ich jetzt schon seit Wochen in mir herum, Vroni, und —"

Blitzschnell legt sie ihm ihre Hand auf den Mund. „Sag nichts jetzt, Franzl, was dich hernach reuen müßte."

„Reuen? Mich reuen?" Ganz groß sieht er sie an. „Ich hab dich doch lieb, Vroni. Das mußt du mir glauben."

Schalkhaft blinzelt sie ihn an. „Zu wievielen hast denn das schon gesagt?"

„Zu keiner noch, Vroni. Wirklich noch zu keiner."

Das Mädl droht ihm mit dem Finger. „Oh, ihr Mannsbilder! Euch darf man doch nichts glauben. Da ist einer wie der andere."

Sofort ist er ernüchtert. Mißtrauen ist in seinem Blick.

„Weißt du da so genau Bescheid?"

„Ich?" Sie schüttelt den Kopf. „Ich weiß bloß, was mir andere erzählen." Plötzlich springt sie erschrokken auf. „Daß ich aber auch gar nicht dran gedacht habe! Du wirst Hunger und Durst haben, Franzl."

Schon ist sie in der Vorratskammer verschwunden. Dann hört Franzl ihre Stimme hinter der zugefallenen Tür:

„Mein Gott, ist es herinnen finster! Komm, Franzl,

halt die Tür ein wenig offen. Oder hast du ein Streichholz bei der Hand?“

Natürlich hat er ein Streichholz bei der Hand. Und er ist jetzt auch wirklich nicht mehr so dumm, die Tür zu halten. Nein, er tritt ein und läßt die Tür hinter sich zufallen. Das Streichholz flackert in seiner Hand.

Veronika nimmt eine Schüssel Milch vom Brett und stellt sie auf die Bank neben der Tür. Dann schneidet sie von dem großen Ballen ein Stück Butter ab, und dann — ja, dann ist das Streichholz erloschen. Franzl will ein zweites anstreichen, aber das Mädl sagt:

„Laß nur, Franzl, ich find mich jetzt schon zurecht.“

Eine huschende Bewegung vor ihm. Er spürt ihren warmen Atem dicht vor seinem Gesicht. Und ohne sich noch zu besinnen, greift er jetzt tapfer zu. Nichts da, kein Wehren, kein Widerstand. Im Gegenteil, sie schlingt ihre Arme mit einem dunklen, glücklichen Lachen um seinen Nacken. Ihr Mund kommt dem seinen willig entgegen. Weich und kühl sind ihre Lippen, wie ein Blumenbeet in der Frühe, wenn es vom Tau benetzt ist.

Berauscht ist der Jäger von dem Wunder, das so unerwartet auf ihn hereinstürzt.

„Du, du, du!“ stammelt er beglückt und hält ihr Gesicht ein wenig von sich ab. Ihre Augen leuchten selbst im Dunkel noch. „Hast du mich denn lieb?“
Veronika drückt ihren Kopf an seinen Hals.

„Das mußt du doch schon lang gemerkt haben, Franzl. Schon wie du das erste Mal in meine Hütte gekommen bist, hab ich es gespürt: dich könnt ich gern haben."

Nach einer Weile drängt sie ihn zur Tür hinaus. „Du kriegst ja gleich gar nimmer genug", lacht sie leise.

Dann bringt sie ihm Milch, Butter und Käse. Franz setzt die Schüssel an den Mund und leert sie zur Hälfte mit einem Zug.

„So Durst hast du gehabt, du Armer", sagt Veronika.

„Viel größer noch war der Durst nach dir", versichert er und will sie von neuem an sich ziehen. Doch das Mädchen legt den Finger an den Mund und macht eine Bewegung mit dem Kinn nach dem Hintergrund.

„Wir sind ja nicht allein. Iß und trink jetzt. Ich weck den Wastl auf und schau, daß ich ihn hinausbringe."

Damit geht sie auf die Truhe zu und rüttelt den Burschen derb an der Schulter. Endlich gelingt es ihr, ihn wachzukriegen. Schlaftrunken setzte sich Sebastian Bächle auf und reibt seine große Nase.

„Was ist denn los?" fragt er verwundert. „Aus dem schönsten Traum reißt sie mich 'raus."

„Im Heu sollst dich ausschlafen, nicht auf der harten Truhe. Müssen dir doch die ganzen Rippen weh tun."

„Mir ist es weich genug da, ich bin gut gepolstert. Was meinst, Vroni, was mir träumt hat?" In diesem Augenblick gewahrt der Wastl den Jäger am Tisch, und sein Dampfnudelgesicht hellt sich sofort auf. „Hab ich es nicht gesagt, Vroni? Hab ich es nicht immer gesagt, daß es ihn heut noch hertreibt?"

Errötend wehrt das Mädl ab. „Sei still, Lalle dummer! Wie hättest du das wissen sollen?"

„Weil ich so was einfach im Gefühl habe."

„Du und dein Gefühl! Daß ich nicht lache!"

Die Vroni geht wieder zum Tisch. Der Wastl aber bleibt hartnäckig auf der Truhe sitzen, spreizt wie in kindlichem Spiel die Zehen übereinander und hebt dann plötzlich witternd die Nase.

„Ja, was sehen denn meine Äuglein? Käs gibt's, und Butter gibt's! Und kein Mensch weckt mich auf!"

Schon ist er am Tisch, säbelt sich einen Keil Brot herunter, den er dann dick mit Butter beschmiert. Die Vroni sieht ihm kopfschüttelnd zu.

„Ich weiß nicht, Wastl, kriegst du überhaupt nie genug? Jetzt hast du erst am Abend eine große Schüssel Essigknödel gegessen. Wo du es nur grad hintust!"

„Das frag ich mich auch immer", antwortet der Wastl in aller Seelenruhe und schneidet sich ein Trumm Käse herunter. „Aber das ist doch schon wieder zwei Stunden her, daß ich die Essigknödel gegessen habe. Und in zwei Stunden, da richtet sich der Magen wieder auf einen neuen Empfang ein. Übrigens, Vroni, du hast mich ja gar nicht gefragt, was ich vorhin Schönes geträumt hab. So was Schönes hat mir schon lang nimmer geträumt. Eine ganze Schüssel voll Apfelküchel hab ich gesehen. Und alles hat mir gehört. Mir ganz allein. Ich sag dir was, Jäger: die höchste Seligkeit im Leben ist das Essen. Wenn ich den Magen richtig voll hab, dann freut mich auch die Arbeit."

„Für dich war es bloß ein Glück, Wastl, daß der Krieg zu Ende ging, sonst hättest auch noch einrükken müssen", sagt die Vroni. „Und da hättest wahrscheinlich deinen Magen nicht immer voll gehabt."

„Ich, einrücken? Ausgeschlossen. Mich hätten sie gar nicht brauchen können, weil ich einen Herzfehler hab."

„Herzverfettung vor lauter Fressen", sagt die Vroni spottend.

„Du redest bloß vom Essen, aber vom Hunger sagst du nichts", verteidigt sich der Wastl und schneidet sich nochmals vom Käse ein schönes Trumm ab. Wenn man ihm so zuschaut, wie er mit größter Seelenruhe die Brocken in seinen Mund verschwinden läßt, kommt einen unwillkürlich das Lachen an.

Sebastian Bächle ist nämlich von Natur aus recht stiefmütterlich bedacht worden. In seinem breiten, rötlich glänzenden Gesicht prangt eine Nase, die für zwei gereicht hätte. Nicht minder klein sind auch die Ohren und der Mund. Die Ohren kann er rühren, wenn er will. Die Haare läßt er sich nur alle heiligen Zeiten schneiden, und sie ringeln sich bereits hinten im Genick wieder zusammen wie die Zierfederchen eines Enterichs. Wenn er lacht — und er lacht meist mit offenem Mund — so hört es sich an, als ob er jemanden erschrecken möchte. Das Schönste an ihm sind die braunen Augen. Die können einen so aufrichtig und treu anschauen, daß man dem Burschen vom ersten Augenblick an gut sein muß. Alle Körperteile sind sonst wohlgerundet und zeugen davon, daß er bei der Vroni in guter Kost sein muß.

Ja, man muß ihm gut sein, dem Wastl. Nur im Augenblick ist er im Weg. Und das muß ihm gesagt werden, weil er es selber nicht begreift. Die Vroni sagt es ihm ganz deutlich und unmißverständlich.

„Jetzt schaust, daß du weiterkommst. Wir brauchen keine Maulaffen."

Der Wastl rührt die Ohren und schaut die beiden verständnislos an.

„Zuerst müßt ihr mich schon fertig essen lassen. Warum bin ich euch denn eigentlich im Weg?"

Schwer, diese Frage zu beantworten. Es heißt eben, sich in Geduld fassen und warten, bis der Wastl fertig ist. Das dauert eine schöne Weile. Der Wastl lockert zuerst noch einmal seinen Leibriemen und sticht sich ein Stück Butter ab.

„Jetzt geht's aber nimmer", sagt er endlich und läßt den letzten Brocken verschwinden. Langsam schiebt er sich hinter dem Tisch hervor. „Zigaretten hast keine für mich, Jäger?"

Franzl will schon in seine Tasche langen, aber die Vroni hält ihn davon zurück und sagt nun wirklich ein wenig zornig:

„Heut brauchst keine mehr. Überhaupt hast du vorhin gesagt, du hast einen Herzfehler, und da ist das Rauchen nicht gut."

„Hab ich auch", trumpft der Wastl auf. „Das ist sogar ein komplizierter Fall. Aber das verstehst du ja nicht." Er schlängelt seine Fettschicht zur Stiege hinauf. „Geh ich halt ins Heu jetzt. Essen und Schlafen, das ist das einzig Schöne, was der Mensch hat. Alles, was dazwischen liegt, ist Plag und Mühsal. Vielleicht legst mir noch eine Zigarette aufs Fensterbrettl hin, Jäger, daß ich morgen früh was hab."

Schwer atmend steigt er die schmale Stiege hinauf zum Heuboden.

„Gott sei Dank, jetzt ist er wenigstens einmal weg", sagt die Vroni und seufzt hörbar auf.

Auch der Franzl ist froh, endlich mit dem Mädchen allein zu sein. So vieles hätte er zu fragen und zu sagen, doch findet er kein Wort, das groß genug wäre und alles umschließen könnte, was an Glück in ihm ist. Er kann sie nur immerzu anschauen, ihre Hände streicheln und ihr Haar, obwohl er weiß: Ich kann auch ihren Mund küssen, so oft ich will, soviel ich will, denn — sie soll ja mir gehören, mir ganz allein.

Still ist es um sie. Nur in den Schindeln oben knistert es manchmal leise. Die Petroleumlampe flackert müde, erlischt aber nicht ganz, obwohl sie ruhig erlöschen dürfte, weil dem Mann in der Dunkelheit vielleicht soviel Mut zuströmen würde, dem größeren Geheimnis näherzukommen. Aber die Lampe brennt gerade hell genug, um die beiden Gesichter zu beleuchten.

„Wie laut dein Herz schlägt", sagt das Mädchen in die Stille hinein. Und dabei legt sie ihre Hand auf die Stelle, wo sein Herz ist. Eine ganze Weile liegt sie dort ganz still und sanft, als möchte sie sich wärmen.

„Gehört es wirklich mir allein, dein Herz, Franzl?"

„Zweifelst du, Vroni? Glaubst du denn, daß ich heute zu dir komme und morgen zu einer anderen gehen könnte?"

„Franzl, ich kenne dich noch nicht lange genug, um dir alles zu glauben."

„Du wirst mir schon noch glauben, wenn du mich länger kennst."

Dicht vor ihm sind ihre Augen. Es ist ihm, als blicke er in zwei Brunnen hinein, in denen alles klar und ohne Rätsel ist. Ihr Mund steht halb offen, wie bei einem Kinde, dem sich etwas Wunderbares offenbart.

„Was wird dein Vater dazu sagen?" fragt sie ihn plötzlich.

„Mein Vater? Was soll der sagen? Das ist mein geringster Kummer. Wenn nur wir zwei uns verstehen. Und da habe ich keine Angst, denn ich hab dich lieb, wie nie zuvor einen Menschen. Und wenn auch du —"

Sie läßt ihn nicht ausreden, sondern drängt sich noch näher an ihn.

„Du mußt von mir das gleiche glauben, Franzl. Ich hab dich auch gern — es kommt bloß alles so überraschend für mich."

Ihre Brauen schieben sich plötzlich hart zusammen. In ihrem Gesicht ist ein horchender Ausdruck. Aber nur einen kurzen Augenblick, Franz merkt es gar nicht, denn sie drückt sogleich ihr Gesicht an seinen Hals. Und so verharrt sie mit geschlossenen Augen. Seine Stimme schwingt leise und zärtlich über sie hin.

„Schau, Vroni, ich denke mir das so schön — später einmal, nicht wahr? Ich werde zwar wahrscheinlich noch mal auf ein paar Jahre fort müssen, auf eine Forstschule. Aber wenn ich dann wiederkomme, dann werde ich bald selbständig sein und krieg irgendwo einen Posten. Das Warten auf das Glück ist ja nicht mehr schwer dann, wenn man es schon fest in der Hand hat. Und wenn ich dann vom Berg herunterkomme, dann stehst du unter der Tür und lachst mich an —"

„Hör auf, Franzl, ich kann es nicht glauben, daß es so was Schönes geben darf."

Franz Achleitner aber läßt sich nicht entmutigen. Der Quell in seinem Herzen ist nun aufgebrochen und sprudelt hurtig weiter. Er baut seine Luftschlösser mit kühnem Schwung, bis er sich plötzlich besinnt, daß es schon ziemlich spät sein müsse.

Er schaut auf die Uhr. Zwölf Uhr ist es bereits geworden.

„Jetzt darf ich aber schauen, daß ich heimkomm. Er wird ja so sein, daß du mich —"

„Was meinst du?"

„Ich meine — du wirst mich doch nicht behalten wollen über Nacht."

Eine Weile starrt das Mädl vor sich hin. Dann schüttelt es heftig den Kopf. „Nein, Franzl —"

Sie sagt auch nicht, daß er noch ein wenig bleiben solle. Aber sie begleitet ihn hinaus, küßt ihn drei-, viermal hintereinander wie wild und lehnt sich dann an die Scheiterbeige, bis seine Schritte sich im Dunkeln verlieren. Dann geht sie wieder in die Hütte zurück, schiebt aber den Querbalken nicht vor, sondern setzt sich auf die Bank und lehnt sich wie müde an die Mauer.

Da hat ihr Leben nun eine jähe Wendung erfahren. Veronika hat durchaus nicht die Absicht, mit dem Jäger ein Spiel zu treiben. Sie ist zwar nicht das erste Mal verliebt, aber es ist anders diesmal. Es sitzt tiefer, und es singt und klingt in ihrem Innern, und sie gelobt sich in dieser Stunde, ihm treu zu sein und ihn nicht zu enttäuschen.

Ach, Veronika Hochreiter, du weißt wohl gar nicht, was du dir da gelobst. Bist du wirklich so tief und restlos erfüllt von deiner Liebe zu dem jungen

Jäger, daß es dir nicht bewußt wird, in welchen Zwiespalt du dabei kommst, kommen mußt? Die Ruder deines Schicksals sind in anderen Händen, und du wirst hilflos umhertreiben wie ein kleines Schifflein auf unendlich weiter See.

Doch, doch, sie weiß es. Und diese Gedanken pressen ihr einen Augenblick das Herz in einem fremden, wilden Schmerz zusammen. Sie schließt die Augen, und um ihren Mund sammelt sich ein Zug von Qual.

So mögen etwa zehn Minuten vergangen sein, als draußen plötzlich Schritte hörbar werden. Die Tür wird aufgerissen, ihr Bruder Sepp und der Luis betreten die Stube. Luis bleibt unter der halbgeöffneten Tür stehen und lauscht in die Nacht hinaus.

Die Vroni rührt sich nicht, blinzelt nur in das Lampenlicht, das nun doch erlöschen will.

„Bist du narrisch geworden?“ fährt der Bruder sie an. „Du bist ja nett. Lockst uns den Jäger in die Hütte ’rein!“

Die Veronika schaut gleichgültig an ihm vorbei. „Kann ich was dafür, wenn er kommt? Soll ich ihm vielleicht die Hütte verbieten?“

„Red nicht so dumm daher!“ fährt ihr der Sepp ins Wort. „Ich kenn dich schon. Hast ihm halt wieder deine verflixten Augen hingemacht.“

Jetzt schaut sie ihn an. Ihre Augen funkeln im Zorn.

„Sei du nur still! Kehr vor deiner eigenen Tür, ist viel gescheiter. Und daß du es gleich weißt, von dir lasse ich mir in den Sachen schon gar nichts dreinreden.“

„Schrei nicht so, das vertrag ich nicht. Bist du denn wirklich so dumm, daß du nicht begreifst, wie leicht wir mit dem Jäger da herinnen hätten zusammentreffen können?"

„Hab ich euch nicht ein Zeichen gegeben? Hab ich nicht sein Gewehr so ans Fenster gehängt, daß ihr es von draußen habt sehen müssen? Und jetzt kommst du so daher."

Jetzt schließt der Luis mit einem heftigen Ruck die Tür. Dann tritt er vor das Mädchen hin und umklammert mit eisernem Griff ihr Handgelenk.

„Der Sepp hat ganz recht. Und ich will dir jetzt was sagen. Als Spielzeug kannst du ihn haben, den Jäger. Das paßt noch in unsere Pläne. Aber laß dir ja nicht träumen von ernsten Absichten! Da könntest den Vater grantig machen. Und jetzt schau, daß du den Schlüssel herbringst zum Keller."

Veronika steht auf und geht in ihre Kammer, kramt unter ihrem Kopfkissen einen kleinen Schlüssel hervor, den sie dem Bruder aushändigt, der ihr gefolgt ist. Sie bleibt gleich in der Kammer und beginnt die schweren Zöpfe zu lösen.

Draußen ein dumpfes Poltern, das sich in der Tiefe des Kellers verliert. Kurz darauf kommt der Luis in die Kammer und bringt ihr den Schlüssel wieder.

„Morgen nacht wird der Hirsch abgeholt. Du weißt, was auf dem Spiel steht. Ich warne dich. Ein dummes Wörtl von dir in deiner Verliebtheit kann uns alle verraten."

Veronika richtet sich in den Kissen auf.

„Wie oft hab ich euch schon gesagt, ihr sollt mich aus dem Spiel lassen. Ich will nichts wissen von eurem

Handel." Sie verbirgt den Schlüssel unter ihrem Kissen und fährt dann mit dem Kopf herum. „Warum muß das überhaupt sein? Was geht dich und den Sepp die Jagd und das Wild an?"

„Das verstehst du nicht. Aber wenn du mir mit solchen Fragen kommst, dann weiß ich, wieviel es geschlagen hat. Du bist in den Jägerbuben vernarrt. Und das wie. Das paßt wie die Faust aufs Aug. Ja, sag einmal, wie stellst du dir denn das eigentlich vor? Weißt du vielleicht nicht, was sie jetzt für saftige Strafen fürs Wildern haben?"

Müde und gequält sagt Veronika: „Ich stell mir gar nichts vor. Laßt mich aus dem Spiel. Ich will überhaupt nichts wissen."

„Du brauchst auch nichts zu wissen, brauchst bloß zu tun, was du bisher schon getan hast: Maul halten und Schlüssel gut verstecken. Morgen nacht hängst ihn hinter den zweiten Fensterladen und sperrst die Hüttentür nicht ab. Du wirst dann überhaupt nichts hören, und wenn du in der Früh aufwachst, ist der Hirsch längst über die Grenze. Vor allem aber mußt obacht geben, daß der andere Depp, der Wastl, nichts merkt."

Damit geht der Luis hinaus und entfernt sich mit dem Sepp. — —

Veronika sitzt auf dem Bettrand und wehrt vergebens die Gedanken ab, die wie bissige Hunde auf sie hereinstürzen. Der Zwiespalt, in dem sie sich nun befindet, macht sich bemerkbar in einer tiefen Niedergeschlagenheit. Da müßte sie nun ehrlich sein zu dem jungen Mann, dessen Liebe sie auf eine seltsame Weise beglückt; sie müßte ihm sagen, welch dunkles Handwerk ihre Brüder treiben. Und sie selbst?

Nein, sie selbst weiß nur wenig von den dunklen Machenschaften. Sie hängt nur den Schlüssel hinter den Fensterladen, wenn sie weiß, daß Wild im Keller ist. Es ist manchmal ein Kommen und Gehen in den Nächten, ohne daß sie das geringste davon merkt. Im Grunde genommen hat sich ihr Gewissen deswegen bisher auch nicht beschwert. Sie hat sich gefreut an dem schönen Fuchspelz, den der Bruder ihr zu Weihnachten gekauft hat, hat sich aber nicht weiter darum gekümmert, woher dieser gekommen ist.

Aber jetzt — jetzt ist plötzlich alles ganz anders. Sie wird kaum mehr ruhig sein können und dem Echo nachlauschen, wenn in den Bergen droben ein Schuß fällt. Und einmal — das fühlt sie mit unbarmherziger Deutlichkeit — einmal wird die Stunde kommen, wo sie aufeinandertreffen. Sie kennt ihre Brüder. Beide sind wild und verwegen und schrecken vor nichts zurück. Auch nicht, wenn es um ein Menschenleben geht. Dieses Menschenleben aber steht ihr sehr nahe, steht ihr näher als die Brüder. Wirklich näher? Sie weiß es selbst noch nicht. Sie weiß nur, daß sie an seinem Herzen geruht hat und daß es noch nicht einmal eine Stunde her ist. Sie weiß auch um die Flamme, die in ihm glüht, und möchte nichts anderes als versinken in diesem Feuer, das aus seinem unverdorbenen Herzen kommt.

Da sind nun ihre Gedanken schon wieder glücklich bei ihm angelangt. Merkwürdig, wie das Bewußtsein, von ihm geliebt zu werden, sofort alles Dunkle und Schwere wegnimmt und fortträgt.

Ob er jetzt schon daheim ist in seiner Jagdhütte? muß sie denken. Sie sieht ihn auf die Hütte zuschreiten, jetzt steckt er den Schlüssel ins Schloß. Sie tritt in Gedanken mit ihm ein, und dann ist alles fremd für sie, denn sie ist noch niemals in der Jagdhütte gewesen. Krampfhaft bemüht sie sich, sich vorzustellen, wie es dort aussehen mag. Darüber aber fallen ihr die Augen zu, und sie nimmt den jungen Jäger Franz Achleitner mit hinüber ins Land der Träume.

Ein einzelner Stern leuchtet durch das kleine Fenster zu der Schlafenden herein. Der Bergwind singt fein in den Gräsern und Büschen, und wie der Hauch einer fernen Melodie kommt das Läuten der Herdenglocken aus dem tieferen Talgrund.

*

Gerade um diese Zeit geht Franz Achleitner auf die Jagdhütte zu. Er zieht schon vor der Tür die Schuhe aus, um den Kameraden nicht aus dem Schlaf zu wekken. Ganz leise sperrt er auf und tritt ein. Tiefe Stille ist im Raum. Nicht der leiseste Atemzug ist zu hören, obwohl der Kestler sonst ziemlich laut schnarcht. Sollte der Kestler gar nicht da sein?

Franz zündet die Lampe an und findet auf dem Tisch einen Zettel, den der Kestler für ihn hinterlassen hat.

„Lieber Franz!

Habe hinunter müssen, weil heute nachmittag mein Kindl gestorben ist. Komme erst am Donnerstag wieder rauf. Oberhalb vom Lerchensteig gleich rechts drin in der Schonung hab ich heut einen frischen Aufbruch gefunden. Der Hirsch kann erst gestern geschossen worden sein. Schau morgen einmal nach, gell. Vielleicht kannst du noch eine Spur finden. Xaver Kestler."

Franz Achleitner zieht die Brauen zusammen. Beim Lerchensteig? Das kann wirklich nur gestern gewesen sein. Und es muß einer gewesen sein, der genau unterrichtet war, daß keiner der Jäger im Revier gewesen ist. Na, der Vater wird ja wieder ein heiliges Donnerwetter loslassen, wenn er es erfährt. Jedenfalls wird er morgen gleich nachsehen, obwohl er sich wenig Erfolg davon verspricht. Es wird wieder so sein wie in den meisten Fällen, daß sich die Spur hinter der nahen Grenze verliert.

Während er sich langsam entkleidet und seine Schuhe noch mit Tran einfettet, überlegt er, wie es wohl sein mag, wenn er plötzlich einmal so einem Menschen gegenüberstände. Er hat keine Angst, nein, der Vater hat ihm gerade diese Situation immer genau eingeprägt. Keinen Schritt zuviel, niemals ohne Deckung, den Gegner im Auge behalten. Und eine ruhige Hand — das sei das Wichtigste von allem, weil es oft um Sekunden gehe.

Ob so ein Augenblick einmal kommt? Ganz sicher wird er kommen. Den Vater will heute noch die Scham in den Boden hineinziehen, wenn er erzählt, wie er in den Jahren nach dem Krieg einige Male hilflos mit seinem Stecken vor so einem Wilddieb gestanden, wie dieser auf ihn angelegt und höhnisch verlangt hat, daß er sich trolle.

Es ist gottlob jetzt anders geworden. Ein Förster

ist wieder ein Jäger mit Büchse und Patronen. Es wird auch nicht mehr soviel gewildert wie in jenen Jahren, es ist eine gewisse Ordnung in den Wäldern eingekehrt. Nur hin und wieder trifft man auf eine Spur, hin und wieder fällt ein Schuß aus fremdem Gewehr. Aber das ist sogar in den besten Zeiten geschehen und wird immer wieder geschehen, solange es Wälder gibt, Berge und Wild.

Eine Weile beschäftigt sich Franz noch mit diesen Gedanken, dann kehren sie zu Veronika zurück. Sein Leben kommt ihm plötzlich viel reicher vor, und es ist ihm, als sei er bisher blind durch die Welt gegangen. Das also ist die Liebe. So groß und himmelstürmend hätte er sich dieses Gefühl nicht vorgestellt.

„Es muß schön werden", flüstert er vor sich hin. Und obwohl er einen anstrengenden Tag hinter sich hat, kann er lange keinen Schlaf finden. Ein paar Stunden sind es nur, dann beginnt der Dienst wieder.

Endlich fallen ihm die Augen zu. Sanfte Traumbilder umgeben ihn. Die Zukunft an Veronikas Seite ist es, die in wunderschönen Bildern an ihm vorüberwechselt. Zuletzt sieht er sich mit ihr auf einem blühend umstandenen Wiesenweg dahinschreiten im warmen Sommersonnenschein.

Als er erwacht, ist es vor den Fenstern bereits hell. Es ist jedoch kein Sonnentag wie der vergangene. Vor der Jagdhütte liegen graue Nebelschwaden. Als Franz die Tür öffnet und prüfend nach dem Wetter Ausschau hält, weiß er, daß es Regen geben wird. Manchmal zerreißen an den Flanken der Berge oben die Wolken, und dann wird für ein Weilchen ein armseliges Stück des blauen Himmels sichtbar. Aus den wehenden Dünsten geht ein leises Geriesel nieder, alles mit feinem Tau beschlagend.

Ein paar Minuten später ist Franz fertig. Er sperrt die Hütte ab und geht zur Steindlalm hinunter. Die Steindlalm liegt der Jagdhütte am nächsten, und die Jäger decken dort ihren Bedarf an Milch und Butter. Die dortige Sennerin heißt Liesl, ein Mädchen so um die Zwanzig herum. Gott hat sie nicht mit Schönheit gesegnet, er hat ihr nur eine gütige, sanfte Seele gegeben, aber kein Gesicht, auf das die Burschen scharf gewesen wären.

Die Liesl ist gerade mit dem Melken fertig geworden, hat die Kühe auf die Weide hinausgetrieben und sitzt nun auf der Kante des Herdes und flicht ihr braunes Haar, zwei armselige, dünne Strähnen, in Zöpfe.

Als der Jäger eintritt, geht ein freundliches Lächeln über ihr sommersprossiges Gesicht.

„Hast verschlafen heut, Franzl?"

Er legt Gewehr und Rucksack auf die Bank.

„Bei dem Wetter macht es nichts aus. Hast ein Tröpferl Milch, Liesl? Der Kestler hat ins Dorf hinuntermüssen und hat wahrscheinlich vergessen, Milch und Butter zu holen."

„Wart, ich bring dir gleich was."

Rührend und mütterlich bemüht sie sich um ihn, denn er ist ja einer von den wenigen, die gut und freundlich zu ihr sind. Niemals hat er gespottet über ihr Gesicht und ihre kümmerliche Figur. Und darum ist sie von Dank erfüllt gegen ihn und verschönt ihm durch manche Handreichung die Einsamkeit seines

Berglebens. Sie geht auch sonntags hinauf zur Jagdhütte und fegt sie sauber. Sie ist mit Nadel und Faden zur Hand, wenn einer der Jäger beim Klettern im Fels Joppe oder Hemd zerrissen hat. Dafür fällt manchmal ein Stück Wildbret für sie ab oder ein paar Mark, die sie zusammen mit ihrem Lohn in einem rotgestrickten Strumpf im Strohsack verwahrt.

Franz ist bald gesättigt und macht sich weiter auf den Weg. Grau und schwer hängt das Gewölk umher und verhängt die Spitzen der Berge.

Gegen Mittag kommt er in den Holzschlag und läßt sich am Feuer der Holzknechte nieder, die gerade ihr Mittagsmahl verzehren. Während er Brot und Wurst aus seinem Rucksack nimmt, stellt er einige vorsichtige Fragen. Ob sie vielleicht einen Schuß gehört hätten, gestern oder vorgestern?

Im selben Augenblick bereut er die Frage auch schon. Denn wie sie hier um das Feuer sitzen, keiner würde es ihm sagen, weil wahrscheinlich jeder von ihnen selber schon einmal den Finger krumm gemacht hat.

„Das rentiert sich kaum mehr, bei den Strafen, die sie jetzt 'rausbringen", meint der Partieführer. „Der Anderl Hias hat gleich zwei Jahre kriegt. Und bevor ich mich zwei Jahre ins Loch setze, verzicht ich lieber auf einen Rehschlegel."

„Was mich betrifft, mag ich überhaupt kein Wildbret. Mir ist ein richtiger Schweinsbraten lieber", versichert der Merkl Balthasar, von dem es einwandfrei feststeht, daß er früher „hinausgegangen" ist.

Franz schaut sich die Gesichter der Reihe nach an und hat plötzlich das Gefühl, als ob diese Männer ihn überhaupt nicht ernst nähmen. Zuckt da nicht um den bärtigen Mund des Brandl Vinzenz ein spöttisches Lächeln? So ein Jagerl, mag er wohl denken. Der Jäger fühlt die Röte, die ihm langsam in die Stirn steigt. Es prickelt ihn direkt, seinen Standpunkt klarzumachen:

„Das kann sein, wie es mag — wenn mir einer vor den Lauf kommt, ich fackel nicht lang 'rum. Bei mir kracht es schnell."

„Das kommt immer auf das Motiv an, warum einer 'nausgeht", meint der Partieführer.

„Ja, ja, das kenn ich schon, Hunger und Not wird meistens vorgeschoben. Dabei ist das in den wenigsten Fällen der wirkliche Grund. Ich kann es ansehen, wie ich will, Diebstahl ist es auf alle Fälle."

Darüber wird nun eine heftige Debatte geführt, ob das Wildern mit einem gewöhnlichen Diebstahl zu vergleichen wäre, ob es nicht doch nur ein Mundraub sein könnte, und ob denn der liebe Gott das Wild nur für die Herren habe wachsen lassen.

Franz bleibt ihnen nichts schuldig und führt seine Argumente mit präziser Treffsicherheit ins Feld.

Plötzlich deutet einer von den Holzknechten den Berg hinauf. „Da schaut hin, da rennt eine aufs Hohe Wank, bei dem Wetter!"

„Die kann es doch nicht recht beieinander haben", lacht der Partieführer, während er aufsteht und nach seiner Axt greift. „Auf geht's, Männer, packen wir es wieder an."

Franz setzt sein Fernglas an die Augen und verfolgt die rüstig Ausschreitende. Sie scheint jung zu sein und nicht fremd in den Bergen, das merkt man an dem ruhig sicheren Schritt, der Bergsteigern eigen ist. Deshalb glaubt Franz auch nicht, daß die Touristin auf das Hohe Wank will, denn sie müßte doch wissen, daß dafür dieses Wetter nicht geeignet ist. Vor dem Einstieg in die Felsen zweigt ein schmaler Weg ab und führt in die Tiefe zu den Almen. Sicher will sie dort irgendwohin. Er kann es nur nicht verfolgen, ob sie abbiegt, denn die Nebel beginnen sie zu verhüllen.

Franz kümmert sich auch weiter nicht darum, sondern beginnt seine Arbeit, indem er die gefällten Stämme fein säuberlich in sein Notizbüchlein einträgt, damit den Holzfällern auf Grund ihres Akkords am Wochenende im Forsthaus drunten der Lohn ausbezahlt werden kann.

Eintönig und grau ist der Nachmittag. Die Stille wird nur unterbrochen, wenn einer der Baumriesen krachend umstürzt. Und das geschieht beinahe jede Viertelstunde. Dazwischen ist das helle, kriegerische Klingen der Äxte und das Kreischen der Sägen.

Gegen vier Uhr beginnt es zu regnen, und als Franz am Abend auf die Jagdhütte kommt, ist er durchnäßt bis auf die Haut. Kalt und unfreundlich ist es in der Hütte, und Franz empfindet eine große Sehnsucht, daß eine freundliche Hand da sein möchte, die den Tisch bereitet. Wärme müßte einfach da sein, Wärme und Behaglichkeit und dazwischen viele Küsse.

Lange steht er am Fenster und überlegt, ob er zur Hochreiteralm gehen solle. Wie eine magnetische Gewalt ist es, die ihn hinzieht. Aber er kann doch nicht jeden Abend bei dem Mädchen sitzen! Zudem fühlt er sich ausgefroren und schläfrig. Sind es nun doch schon zwei Nächte, in denen er jeweils nur ein paar Stunden Schlaf haben konnte.

So beginnt er Feuer zu machen, stellt Teewasser auf und zündet die Lampe an. Es wird schnell warm in der Hütte, doch das Alleinsein ist nicht behaglich. Sein Blut ist unruhig geworden seit gestern. Zu dumm, daß der Kestler nicht da ist. Dann hätte er wenigstens eine Ansprache, und er müßte nicht immerzu an die heißen Küsse denken. Herrgott, wie man nur immerzu an einen Menschen denken kann? So voll heißen Begehrens an einen einzelnen Menschen, der doch hier inmitten der gewaltigen Berge nur ein Winziges ist, ein Sandkorn nur, ein Nichts, das eine einzige Lawine hinwegwischen könnte.

Trotzdem, er muß einfach an Veronika denken, an ihre weiche Wange, an den tröstlich ruhigen Schlag ihres Herzens. Wie herrlich muß dieser Sommer nun für ihn werden! Wie einen Traum wird er ihn durchleben. Und doch ist alles beglückende Wirklichkeit.

Draußen peitscht der Wind die Tropfen an die Fensterläden. Franz sperrt die Tür ab, und während er die nassen Kleidungsstücke über die Herdstange hängt, überkommt ihn plötzlich eine schwere Müdigkeit. Als die Wanduhr die neunte Stunde schlägt, hört er es schon nicht mehr.

*

Mitten in der Nacht wacht Franz Achleitner plötzlich auf. Draußen ist es still geworden. Der Regen hat aufgehört. Nur Wind rüttelt noch an den Fensterläden. Und während Franz zwischen Schlaf und halbem Bewußtsein dahindämmert, glaubt er, irgendeinen Laut vernommen zu haben, einen Laut, fern und verschwommen.

Er richtet sich im Bett auf und lauscht angestrengt. Da — schon wieder! Diesmal langgezogen und kläglich. Sofort springt er auf und öffnet die Tür.

Tatsächlich hat es zu regnen aufgehört. Durch das zerrissene Gewölk blinzeln vereinzelte Sterne. Im Hochwald drunten braust der Wind, und zwischen den einzelnen Stößen hört man immer wieder den Schrei.

Schon hat Franz die kurze Lederhose von der Herdstange genommen. Sie ist noch feucht, ebenso die Joppe. Aber was tut das? Ein Mensch ist in Gefahr, das ist im Augenblick viel wichtiger. Er nimmt die Taschenlaterne vom Sims. Sein Blick fällt auf die Uhr. Es ist genau Mitternacht.

Solange der Weg nicht steil ist, läuft der Jäger beinahe. Aber auch dann, als es den steilen Latschenhang hinaufgeht, verhält er nur zuweilen den Schritt, um zu lauschen, woher die Rufe kommen. Es ist plötzlich ganz still. Und so laut er auch rufen mag: „Hallo! Hallo!“ — es kommt keine Antwort mehr.

Zum Glück weiß er wenigstens ungefähr, woher die Rufe vorhin gekommen sind. Er geht weiter und kommt an den Einstieg zum Hohen Wank. Eine sonderbare Kühle weht ihn an. Die Wände sind kalt und naß.

Immer wieder hält er im Steigen inne und ruft. Totenstill wie in einer Kirche ist es. Nur manchmal hört man ein dünnes Geriesel, wenn ein paar Steine irgendwo niedergehen.

Er weiß, daß sein Suchen mitten in der Nacht vergebens sein wird, zumal der oder die Verunglückte nun keinerlei Zeichen mehr von sich hören läßt. Er verläßt sich lediglich auf seinen Instinkt, errechnet die Möglichkeit eines Absturzes vom Hohen Wank und geht weiter.

Wenn es doch nur wieder rufen möchte, ein einzigesmal wenigstens! Aber es bleibt alles still. Der Lichtkegel seiner Taschenlaterne tastet immer wieder jeden Felsvorsprung, jede Geröllhalde ab. Und plötzlich sieht er auf einer solchen einen dunklen Schatten liegen. Mit ein paar Sprüngen ist er dort und beugt sich über den leblosen Körper.

Gott sei Dank, der Schlag des Herzens ist noch zu spüren! Jetzt erst leuchtet Franz Achleitner das Gesicht ab. Es ist ein Mädchengesicht. Die Augen sind fest geschlossen wie der Mund. Aus einer klaffenden Stirnwunde sickert Blut und rinnt über die linke Gesichtshälfte zum Hals hinab.

Behutsam hebt er sie auf, und doch entringt sich ein leises Stöhnen ihrem Mund.

Der Rückweg zur Jagdhütte ist mühsam. Und obwohl der Jäger sehr kräftig ist, rinnt ihm der Schweiß vom Leibe, als er mit seiner Last in der Hütte ankommt.

Dort bettet er die Verunglückte auf sein Bett, holt Wasser und beginnt das Blut aus ihrem Gesicht fortzuwaschen. Anschließend säubert er die Wunde und verbindet sie.

Mitten unter seiner Arbeit erwacht das Mädchen. Nur einen Moment schaut sie in die Augen über sich, dann fallen ihr die Lider wieder zu. Aber nun ist es keine Ohnmacht mehr, sondern der Schlaf einer tiefen Erschöpfung.

Franz Achleitner steht vor ihr und betrachtet sie.

Mein Gott — muß er denken — so jung noch und so zart! Wie kann so ein Kind nur auf einen Berg wollen wie das Hohe Wank?

Wer sie wohl sein mag? Vielleicht, daß in ihrem Rucksack irgendwelche Papiere sind, die sie legimitieren könnten. Aber was geht es ihn an? Was geht ihn überhaupt dieses fremde Mädchen an? Sollte ihr nichts Ernsthaftes fehlen, wird er sie gleich morgen früh ins Tal schicken. Andernfalls müßte er die Rettungskolonne verständigen, daß man sie abholt.

Er wendet sich ab und räumt Wasser und Verbandzeug auf. Dann zieht es ihn wieder hin zu ihr. Er betrachtet ihr Gesicht, so wie man ein schönes Bild betrachtet. Das Gesicht ist schmal und bleich. Er hat die Verbandwatte vorhin nur ganz leicht auf die Wunde gelegt. Bei einer Bewegung ihres Kopfes muß sie verrutscht sein. Er nimmt sie ganz weg und betrachtet die Wunde, die sich nun doch als unbedeutend herausstellt. Es ist nur ein schmaler Riß, der sich oberhalb der linken Augenbraue dunkelrot hinzieht, bis zum Ansatz des aschblonden Haares. Man könnte eigentlich Leukoplast draufkleben, fällt ihm ein. Es ist gut, daß er ein wenig Verbandzeug bei der Hand hatte. Behutsam verrichtet er die Arbeit. Er spürt, als er sich über sie neigt, ihren Atem leicht über sein Gesicht streichen. Und da wird ihm plötzlich das Eigenartige der Situation bewußt. Ganz allein ist er mit einem fremden Mädchen in der Hütte. Ein junges und — sehr schönes Mädchen sogar.

Es ist nun nicht so, daß ihn dies verwirren würde. Nein, er muß nur denken, wie seltsam es ist, daß er gerade zur rechten Zeit hat aufwachen müssen, obwohl er doch sonst immer mit dem schweren, gesunden Schlaf der Jugend die ganze Nacht durchschläft.

Da kam ein Ruf vom Berg um Mitternacht, der ungehört verhallt wäre, wenn er nicht zufällig wach geworden wäre. Ist das nicht sehr seltsam? Er wird es morgen gleich Veronika erzählen. Nein, heute noch, denn soeben bemerkt er, daß es vor den Fenstern schon grau wird. Der neue Tag kommt herauf.

An Schlaf ist nun nicht mehr zu denken. Deshalb macht sich Franz gleich fertig für die Morgenpirsch. Leise verläßt er die Hütte, um das Mädchen nicht zu wecken.

Als er über das Almfeld hinuntergeht und sich einmal umwendet, spielt um den Gipfel des Hohen Wank der erste helle Schimmer des Tageslichtes. Der Himmel ist nun wie reingefegt. Blinzelnd erlöschen die Sterne in ihm.

Bei der Steindlalm klopft er ans Fenster der Liesl und bringt sie nach langer Mühe wach.

„Nein, nein, Liesl, bleib nur liegen“, lacht er, als er drinnen die Bettstatt knarren und die nackten Füße auf den Boden klatschen hört. „Es ist noch früh am Tag. Aber wenn du fertig bist mit deiner Arbeit, dann schau ein wenig in die Jagdhütte droben. Ich hab da eine ’runtergeholt heute nacht vom Berg. Schlimm, glaube ich, steht es nicht mit ihr. Aber nimm ihr Milch mit hinauf und was zu essen. Bis zum Mittag bin ich dann selber zurück.“

*

Als er gegen Mittag zurückkommt, sitzt das fremde Mädchen auf der Bank vor der Hütte. Franz Achleitner sieht sie schon, als er über das Geröllfeld herunterkommt. Die Sonne umspielt ihre Gestalt, leuchtet in ihrem Haar, rieselt um ihre Schultern. Er betrachtet sie durch sein Glas. Sie scheint ihn noch nicht bemerkt zu haben, denn ihr Blick geht in die andere Richtung, geht hinaus in die Ferne. Sie muß überhaupt sehr in Gedanken versponnen sein, denn sie wendet erst den Kopf, als sein Schritt schon auf dem Steig hörbar ist.

Franz Achleitner lupft sein Hütl auf freundliche Art. „Na, es geht ja schon wieder ganz gut, wie mir scheint?"

Das Mädchen erhebt sich nicht, sondern betrachtet den Ankommenden ein wenig verlegen. Erst als er vor ihr steht, schaut sie ihn an und fragt: „Sind Sie es gewesen, der mich heute nacht 'runtergeholt hat von da oben?"

„Ja, ich war so frei", sagt er belustigt.

Nun streckt sie ihm die Hand hin. „Wie soll ich Ihnen nur danken?"

„Gar nicht, weil es doch eine Selbstverständlichkeit ist, daß man hilft, wenn ein Mensch in Not ist."

„Gestürzt muß ich eigentlich nicht tief sein", meint sie nach einer Weile. „Meiner Schätzung nach vier Meter."

„Stimmt ungefähr", gibt er zu. „Aber wie geht es denn eigentlich? Haben Sie irgendwo Schmerzen?"

„Nicht so schlimm. Die Schramme an der Stirn, und dann scheint der rechte Knöchel verstaucht zu sein." Sie streckt den bandagierten Fuß ein wenig vor.

„Das Mädchen da unten hat mir Kräuter draufgelegt. Ich weiß nicht, ob das was helfen wird.“

„Wenn die Liesl meint, daß es gut ist, wird es auch so sein“, antwortet er kurz und wendet sich zur Tür. „Man wird sich ängstigen um Sie. Wo sind Sie denn eigentlich hergekommen?“

„Ich bin in Riedling drunten zur Sommerfrische.“

„Das habe ich mir gedacht. Und da meinen die Herrschaften, es braucht sonst nichts, als einfach auf das Hohe Wank zu kraxeln.“ Er sagt dies ein wenig unwillig und spöttisch. „Die werden jetzt Leute ’raufschicken von Riedling und werden Sie suchen lassen.“

„Kann man denn niemand hinunterschicken?“

Franz zuckt die Achseln. „Vielleicht geht einer von den Holzknechten heut noch hinunter. Ich werde mich erkundigen. Und jetzt essen wir einmal zusammen, hernach können wir weiterreden. Dableiben können Sie auf keinen Fall.“

Er sieht ihren erstaunten Blick nicht mehr, denn er hat sich abgewendet und ist in die Hütte gegangen. Erst nach einer Weile kommt er wieder mit Brot und Käse und Butter.

„Jetzt sagen Sie einmal, Fräulein —“

„Heydenreich“, unterbricht sie ihn. „Gisela Heydenreich.“

„Franzl heiße ich“, gibt er knapp zurück. „Jetzt sagen Sie mir einmal, wollten Sie denn wirklich auf das Hohe Wank?“

„Natürlich wollte ich auf das Hohe Wank. Und ich wäre auch hinaufgekommen, wenn es nicht zu regnen begonnen hätte.“

Er lächelt, wie man über ein Kind lächelt, das etwas sehr Dummes dahergeplappert hat.

„Auf das Hohe Wank. Mein Gott, habt ihr Städter so Vorstellungen!" Dann verschwindet er wieder, um nachzusehen, ob noch etwas Wurst im Keller ist.

Der Spott des Jägers hat Gisela ein wenig verletzt. Überhaupt — ein sonderbarer Mensch, dieser Jäger. Jung noch, sehr jung noch und absolut nicht höflich. Mein Gott, denkt sie, wo soll er es auch herhaben? Und doch muß sie sich gestehen, daß ihr diese knappe, wenig höfliche Art sympathischer ist als das Süßholzraspeln anderer junger Männer. Wenn sie einen Vergleich anstellt zwischen den jungen Männern, die sie kennt, und dem Jäger, den sie nicht näher kennt, dann fällt dieser Vergleich zu seinen Gunsten aus. Nein, sie kennt ihn nicht näher. Sie weiß nur, daß er sie nachts vom Berg heruntergeholt hat und daß er sie nun wieder forthaben will. Fast will sie deswegen eine kleine Traurigkeit überkommen. Sie wehrt sich dagegen, aber sie ist nun einfach plötzlich da, diese kleine Traurigkeit, deren Ursprung sie nicht erkennen kann.

Da kommt er schon wieder, setzt sich zu ihr an den Tisch, schneidet große Scheiben Brot ab, beschmiert sie dick mit Butter und legt Wurst darauf. Das erste Brot schiebt er ihr zu.

„Sie werden zwar was Besseres gewohnt sein", sagt er ein bißchen spöttisch. „Aber da heroben gibt es halt keinen Komfort."

Behaglich beißt Gisela Heydenreich in das dicke Brot.

„Wissen Sie denn, ob ich Komfort beanspruche, Herr — Franzl?"

Der Jäger hebt rasch den Kopf und schaut sie an. Ihr Gesicht ist jetzt leicht gerötet.

„Herr brauchen Sie zu mir nicht zu sagen", meint er, ein wenig benommen von dem seltsamen Glanz ihrer Augen. Groß und klar und seetief sind diese Augen.

Sie streckt ihm die Hand über den Tisch hin.

„Also Franzl dann, nicht wahr? Und Sie sagen zu mir Gisela, ja?"

Eine Weile ist Schweigen zwischen ihnen. Die Sonne scheint mild und warm auf den Platz vor der Hütte. Giselas Haar leuchtet bei jeder kleinen Bewegung auf wie flimmerndes Gold.

Um das kleine Jagdhaus wuchten die Berge. Wie trotzige Ungeheuer stehen sie da, versteinert und ewigkeitsnah. Und tief vom Talgrund herauf läuten die Glocken der Herden.

„Warum darf ich denn eigentlich nicht hierblieben?" fragt Gisela in die Stille hinein. „Bis morgen ist es mit meinem Fuß vielleicht schon wieder soweit, daß ich hinuntergehen kann."

„So? Doch nicht wieder hinauf?" fragt er lachend, indem er mit dem Daumen über die Schulter nach der Spitze des Hohen Wank zeigt.

„Spotten Sie nur — Franz!"

„Ich spotte gar nicht. Aber ich hab einfach eine Abneigung gegen die Bergfexerei."

„Ich auch", sagt das Mädchen ganz ruhig und lacht dann. „Sehen Sie, Franzl, in einem verstehen wir uns nun doch schon recht gut."

Der Jäger schaut sie unsicher an. Will sie ihren Spott treiben mit ihm? Aber da lehnt sie sich an die

Hüttenwand, richtet den Blick über den Jäger hinweg und beginnt leise zu sprechen:

„Ja, ja, Franzl, da haben Sie nun doch ein wenig daneben getappt bei mir. Ich bin nicht irgendein beliebiger Bergfex, der das Bergsteigen als krankhaften und ehrgeizigen Sport betrachtet. Ich war als Kind mit meinem Vater und meinen Brüdern schon in den Dolomiten, war in den Schweizer Bergen, und Sie dürfen mir ruhig glauben, daß ich wahrhaftig schon auf anderen Bergen gewesen bin als auf dem Hohen Wank. Damit will ich über den Berg absolut nichts sagen. Man darf keinen leichtnehmen, sondern schwer, wie die Berge nun einmal sind. Ich steige auf keinen Berg aus Rekordsucht; die Größe, die Einsamkeit zieht mich hinauf. Vater lebt ja nun nicht mehr, und meine Brüder — nun ja, wie es halt so geht. Jeder hat seine eigenen Interessen. Übrigens ist einer auch in Ihrer Branche beschäftigt. Ja, darum bin ich also allein gegangen. Und nun ist mir dieses kleine Unglück passiert. Mein Gott, wenn niemals etwas passieren würde in den Bergen! Lediglich der einfallende Regen ist schuld, daß ich abgeglitten bin. Sie tun ja sonst keinem ein Leid, der sich ihnen bescheiden naht, der erfüllt ist von ihrem Frieden und demütig Gott erkennt in ihrer Hoheit. Und ich weiß auch, daß es mich immer wieder in die Berge ziehen wird, trotz des kleinen Mißgeschicks von gestern."

Wie einer, der etwas sehr Schönes und Seltsames gefunden hat und sich nicht daran sattsehen kann, so blickt der Jäger nun das Mädchen an. Wie muß er staunen über ihre tiefe Erkenntnis und über die heiße Liebe zu den Bergen.

„Da habe ich Ihnen dann schwer Unrecht getan, Fräulein Gisela", sagt er nach einer Weile. „Aber ich nehme alles zurück. Bitte, seien Sie mir nicht böse!"

„Durchaus nicht. Wie könnte ich meinem Lebensretter denn böse sein?" fügt sie lächelnd hinzu und wischt mit der Hand ein paar Brotkrumen vom Tisch. „Sind Sie denn immer so ganz allein hier heroben?" fragt sie dann.

Das sei nur zufällig jetzt für ein paar Tage der Fall, erklärt er. Aber heute oder spätestens morgen müsse sein Kamerad wiederkommen. Und deshalb — ja, deshalb habe er auch vorhin gemeint, daß es nicht schicklich sei, wenn sie allein mit ihm die Hütte teile. Ob sie denn nicht auf ihren guten Ruf bedacht sei?

„Oh, doch", gesteht sie schnell, errötet dabei ein wenig und schaut ihm in die Augen. „Oder sehe ich so aus, als ob ich nicht auf meinen Ruf bedacht zu sein brauchte?"

„Nein, nein, im Gegenteil", versichert er.

„Na, also. Und soviel ich gesehen habe, haben Sie ja auch ein Gastzimmer. Im übrigen ist es mir gleich, was die Menschen denken. Recht machen kann man es ihnen nie. Ich gehe nur, wenn Sie es unbedingt haben wollen. Dann nehme ich eben an, daß Ihnen die Gesetze der Gastfreundschaft nicht bekannt sind, oder — daß Sie auf Ihren Ruf bedacht sein müssen."

Nein, auf keinen Fall dürfe sie das annehmen. Weder das eine noch das andere. Er bestehe jetzt sogar darauf, daß sie bleibe, weil er ihr doch einen Weg von fünf Stunden nicht zumuten könne. Er müsse sie jetzt bis zum Abend allein lassen, weil er noch

Dienst habe. Aber er werde sehen, daß er spätestens bis um sechs Uhr zurück sei.

Er reicht ihr die Hand und sagt noch, daß sie nur ruhig sitzenbleiben solle, weil dann der Knöchel um so schneller wieder gesund werde. Dann geht er.

Längst ist seine Gestalt nicht mehr sichtbar, aber immer noch sitzt Gisela Heydenreich unbeweglich, die Augen zum Wald hinüber gerichtet, hinter dessen Stämmen er verschwunden ist.

Schwüle Nachmittagssonne liegt über dem Almfeld. Kein Laut, nur ein fernes Quellengemurmel. Keine Bewegung, nur über dem Dach der Steindlalm das blaue Gekräusel des Rauches.

Als sie heute früh in dieser fremden Hütte aufgewacht ist, hat sie sich erst allmählich erinnern können, was eigentlich geschehen ist. Gewiß, es ist leichtsinnig gewesen, einen Berg anzupacken, zumal zu sehen war, daß es zum Regnen kommen werde. Wie es dann geschehen ist, das weiß sie auch jetzt noch nicht genau. Der Stein, an dem ihr Fuß Halt gesucht, ist plötzlich ausgebrochen und hat sie stürzen lassen. Dann hat sie nichts mehr gewußt. Als sie später zu sich gekommen, ist Nacht um sie gewesen, rabenschwarze Nacht. Der Regen ist ihr über das Gesicht gelaufen. Und in den Regen hat sie ihre Angst hineingerufen. Sie weiß nicht, wie lange, eine Stunde vielleicht oder zwei. Dann sind ihr abermals die Sinne geschwunden.

Beim Wiedererwachen hat sie dann in diesem Bett mit dem blaugewürfelten Überzug gelegen. Es ist Tag gewesen, und ein Mädchen ist gekommen, hat eine Schüssel voll Milch gebracht und ihr den Fuß bandagiert. Dabei hat es ihr erzählt, daß ein gewisser Franzl sie aus der Bergnot gerettet hat.

Ist es ein Wunder, daß sie den ganzen Vormittag in brennender Ungeduld auf diesen Menschen gewartet hat, damit sie ihm danken könne für seine Hilfe?

Und nun ist sie wieder allein — bis zum Abend. Warum sie überhaupt so viel an ihn denken muß? Gisela lächelt vor sich hin und denkt: Ich bin doch nicht verliebt? Das fehlte mir gerade noch! Im Grunde genommen ist er auch nicht anders als die jungen Männer, die sie kennt. Er ist nur einer von jenem Typ, wie sie hier aufwachsen, trägt kurze Lederhosen und gewürfelte Bauernhemden.

Und doch — und doch! Immer wieder drängt sich sein junges, schmales Gesicht in ihre Gedanken. Da hat er heute mittag vor ihr gesessen, hat ihr Wurstbrote zugeschoben, so dick, als hätte er einen ausgehungerten Wanderburschen vor sich und nicht Gisela Heydenreich, eine Gutsbesitzerstochter aus dem Hannoverschen.

Sie sieht die Hände des Jägers wieder vor sich, wie er das Brot schneidet. Und sie sieht seine Augen. Niemals vorher hat Gisela solche Augen gesehen. Augen voll Lachen und Sonne, Augen, in denen eine junge schöne Menschenseele sich spiegelt. Und sie sieht seinen Mund, der so kindlich lächeln und so männlich spotten kann.

Aber es sind doch nur die Augen, die ihr nicht aus dem Sinn gehen, die sie nicht loslassen wollen und an die sie wohl immer denken muß, obwohl er nur ein kleiner Jagdgehilfe ist, der nichts hat als seine Büchse und ein karges Gehalt.

Während sie noch über den Jäger nachdenkt, wird hinter der Hütte ein Schritt hörbar. Es ist die Liesel von der Steindlalm, die aus dem Wald kommt mit frischen Kräutern.

„Na, was macht denn jetzt das Haxerl?“ fragt sie und nimmt den Umschlag fort. Dann beginnt sie den Fuß zu massieren und legt wieder frische Kräuter auf. Beim Massieren muß Gisela die Zähne zusammenbeißen, obwohl das Mädchen wirklich sachkundig umgeht. Das Auflegen der Kräuter aber ist eine Wohltat. Kühl umschlingen sie den heißen Knöchel, und man kann wirklich die heilende Kraft fühlen. Um die Kräuter bindet die Liesl noch ein wollenes Tuch. Dann richtet sie sich auf.

„Bis morgen können Sie wieder laufen“, sagt sie.

„So schnell geht das?“ fragt Gisela, und es hört sich beinahe enttäuscht an.

„Na, ja, gebrochen ist ja nichts. Nur verstaucht. Und die Huflattichblätter nehmen die Hitze weg.“

„Sie haben sehr geschickte Hände. Ein Arzt ist oft nicht so behutsam. Wahrscheinlich wären die gleich mit Gips gekommen.“

Die Liesl errötet unter diesem Lob bis unter die Haarwurzeln. Es kommt so selten vor, daß ein Mensch ihr ein gutes Wort gibt.

„Setzen Sie sich doch ein bißchen zu mir“, fordert Gisela sie auf.

„Lang hab ich aber nicht Zeit“, meint die Liesl und setzt sich schüchtern auf die Bank.

Gisela fragt sie, wie lange sie schon auf der Alm sei, wann sie wieder ins Tal müsse, ob es ihr hier gefalle und noch zwanzig andere Fragen, bis sie doch bei dieser Frage ankommt, die sie als erste gleich hatte stellen wollen.

„Wo ist denn dieser Jäger — Franzl heißt er doch? — wo ist er zu Hause?"

Die Liesl gibt bereitwillig Auskunft, singt das Lob des Franzl in höchsten Tönen, und als das Fräulein dann noch wissen will, ob der Jäger auch ein Mädchen habe, schüttelt die Liesl energisch den Kopf.

„Nein, der Franzl hat sich noch mit keiner eingelassen." Sie schaut Gisela scharf an. Ihr sommersprossiges Gesicht wird ganz dunkel vor Mißtrauen und Unwillen. „Und Sie sollen ihm auch seine Ruhe nicht nehmen", sagt sie, als sei sie für das Seelenheil des Achleitner Franzl verantwortlich.

Gisela muß unwillkürlich lachen.

„Sehe ich denn so aus, als ob ich ihn verführen wollte?"

Die Liesl betrachtet sie abwägend und zuckt dann mit den Schultern.

„Ausschauen tun Sie grad nicht so. Aber die Eva hat auch dem Adam den Apfel so lang hingehalten, bis er dann doch angebissen hat." Daraufhin wischt sie sich mit dem Handrücken über die Nase und verschwindet um die Ecke.

Etwas später klingt ihre Stimme mißtönend über das Almfeld herauf: „Kuhlei, geh! Kuhlei, geh!"

Sie treibt die Kühe zusammen, um sie zu melken.

*

Der schöne Abend dämmert. Die Mondsichel steht blaß und schmal am Abendhimmel, der sich gegen Westen hin bereits in zitterndes Gelb verwandelt.

Gisela Heydenreich und der Jäger Franz Achleitner sitzen vor der Jagdhütte und essen zu Abend. Er ist vor einer halben Stunde heimgekommen, und da hat Gisela bereits den Tisch gedeckt, die Eier und den Tee gekocht, die Brotscheiben geschnitten — zwar nicht so dick wie der Jäger am Mittag — und hat sogar am Hang hinter der Hütte ein paar Blumen gefunden, die nun freundlich den Tisch schmücken.

Franz nickt anerkennend. „Sauber haben Sie das hingekriegt. Genau wie bei der Mutter daheim. Da schmeckt alles gleich noch mal so gut. Entschuldigen Sie, daß ich das am Mittag nicht gemacht habe."

„Bitte, bitte. Sie sind ja auch ein Jäger und keine Hausmamsell."

„Hausmamsell sind Sie auch keine!"

„Wie wollen Sie das wissen?"

„Die steigen nicht auf die Berge. Was macht denn übrigens unser Fußerl?"

„Danke, ausgezeichnet. Unser Fußerl, sagten Sie. Nett, daß Sie wenigstens etwas mit mir gemein haben wollen, wenn es auch nur ein verstauchter Knöchel ist. Das Mädchen drunten hat ihn nochmals massiert und frisch bandagiert. Sie meint, in — in drei Tagen könnte ich schon wieder talwärts gehen."

„In drei Tagen? Und wie haben Sie das da gemacht?"

„Ich bin gehumpelt."

„Mein Gott, das ganze Abendbrot, einschließlich der Blumen, zusammengehumpelt! Alle Hochachtung!" Er ißt eine Weile und sagt dann mehr zu sich selbst: „So, so, drei Tage also noch."

Gisela sieht ihn aufmerksam an. „Wie Sie das sagen, Franz, möchte man meinen, es täte Ihnen leid, daß ich noch drei Tage bleiben muß."

„Nein, nein, Sie verstehen mich falsch, Gisela. Mir ist die Hauptsache, daß alles so gut abgegangen ist. Und die Schramme da in Ihrem hübschen Gesicht — freilich ist es ein kleiner Schönheitsfehler — aber sie wird sicher auch ganz gut verheilen."

„Das sollten Sie nicht sagen, Franz. Das paßt nicht zu Ihnen, Schmeicheleien."

„Sie sind aber schön", sagt er, plötzlich ernst werdend. „Ich habe keine Ursache, Ihnen zu schmeicheln. Aber Sie sind schön und — tapfer."

„Warum tapfer?"

„Weil Sie auf das Wank gegangen wären. Und überhaupt, andere Mädchen schreien, wenn sie den Knöchel verstauchen. Und die Wunde an Ihrer Stirn ist auch nicht so harmlos gewesen. Sie haben stark geblutet. Wissen Sie, mit was ich die Wunde ausgewaschen habe?"

Sie zieht die Schultern hoch.

„Mit Alkohol."

„Ja, es hat fürchterlich gebrannt."

„Haben Sie es denn gespürt?"

„Ich habe alles gespürt. Nur, daß Sie mich heruntergetragen haben, davon habe ich nichts gewußt."

Nach einer Weile steht er auf und holt sich in der Hütte seine kurze Pfeife.

„Nein, nicht Pfeife", sagt Gisela. „In meinem Rucksack, in der linken Seitentasche sind Zigaretten. Bitte, ich möchte mit Ihnen gern eine Zigarette rauchen."

„So, so, rauchen auch noch“, lacht er. „Krank sein wollen und Zigaretten rauchen, das paßt zusammen.“

Gisela wickelt die Banderole von der Schachtel, nimmt sich eine Zigarette heraus und reicht Franz die Schachtel hin.

„Behalten Sie nur“, sagt sie. „Ich bin schon noch eingedeckt. Und übrigens rauche ich nur alle drei oder vier Tage mal eine, wenn es zu Ihrer Beruhigung dient.“

Eigentlich hätte er ja nun sagen können, daß es ihn nichts anginge. Am Vormittag hätte er das auch wahrscheinlich noch gesagt. Aber seitdem ist einiges anders geworden. Es ist nichts geschehen, nichts Überwältigendes wenigstens. Aber doch ist es eine Kleinigkeit anders als gestern oder heute früh noch. Er sieht das Mädchen mit anderen Augen, hält es nicht mehr für das, für was er es ursprünglich halten zu müssen glaubte. Es ist eine junge Dame. Ein Mädchen aus einer anderen Welt als jener, in der er aufgewachsen ist. Ein sehr schönes Mädchen sogar, das gefährlich werden könnte, wenn nicht die Veronika so tief in seinem Herzen säße.

Er sieht den blauen Wölkchen seiner Zigarette nach, die langsam aufsteigen und zu wandern beginnen. Dann sagt er:

„Wo sind Sie denn eigentlich zu Hause? Ihren Vater haben Sie verloren, sagten Sie doch.“

„Verloren? Nein. Man kann niemanden verlieren, den man liebgehabt und der so fest im Herzen gelebt hat. Die Toten leben in der Erinnerung weiter und stehen oft neben uns, daß man meint, man könne ihnen die Hand reichen. Sie werden lachen, Franz, aber gestern, im Augenblick, als ich stürzte, da war mir, als reiche mir mein Vater die Hand aus dem Abgrund herüber."

Franz schlägt mit der flachen Hand den Rauch vor seinem Gesicht weg und schaut das Mädchen flüchtig an. Aber da spricht sie schon weiter.

„Mein Vater stammt auch aus Bayern. Aus der Inntaler Gegend. Als Landwirtschaftspraktikant kam er auf das Gut der Eltern meiner Mutter. Was brauche ich Ihnen mehr zu sagen? Er blieb dort und heiratete meine Mutter. Wurde Herr auf Großwischen. Meine Mutter starb sehr früh. Ich war so klein, daß ich noch nicht begriff, was Tod und Sterben heißt. Und so wuchs ich mit meinen Brüdern zusammen auf. Als ich zehn Jahre alt war, nahm mich mein Vater das erstemal mit in die Berge. Da begann ich ihn zu begreifen. Ich fühlte, daß ihm das Land da oben, die Ebene, niemals Heimat geworden ist im richtigen Sinne. Sein Herz war bei den Bergen geblieben. Obwohl — Sie dürfen nicht glauben, daß es da oben nicht schön wäre. Sie müßten die Heide einmal sehen, wenn sie blüht. Oder das Meer, an dem wir jeden Sommer einmal waren. Meine Mutter hat das Meer geliebt wie Vater die Berge."

Tief Atem holend, schweigt Gisela eine Weile. Franz hat sie mit keinem Wort unterbrochen. Er schaut nur in ihr Gesicht, dann auf ihre Hände, die wie zum Gebet gefaltet auf der Tischplatte liegen. Heller leuchtet jetzt schon die Mondsichel in der wachsenden Dämmerung. Eine Fledermaus raschelt im Gebälk und flattert dann über das Almfeld. Eine Ruhe sondergleichen liegt über den Bergen. Da fällt Giselas dunkle Stimme wieder in das Schweigen.

„Jedes Jahr nahm uns Vater mit in die Berge. Wir waren auf dem Cristallo, auf der Tofana, auf der kleinen Zinne und auf der Fleischbank im Kaiser. Das Totenkirchl wollten wir vor zwei Jahren noch machen, aber Vater hat die Zeit nicht mehr erleben dürfen. Er starb im Frühjahr vorher, viel zu früh. Außer dem Gut hat er uns Kindern nichts hinterlassen als seine Liebe zu den Bergen. Und darum will ich das beibehalten und jedes Jahr ein paar Wochen irgendwohin in die Berge gehen. Mein Bruder, mit dem ich sonst immer gegangen bin, hat heuer leider nicht abkommen können. Daß ich allein hierhergekommen bin, liegt daran, weil mir das Hohe Wank von Bekannten als lohnender Berg empfohlen worden ist. Ich darf es meinen Brüdern gar nicht sagen, daß ich an so einem Berg abgestürzt bin. Sie würden es einfach nicht verstehen können."

Die Mondsichel steht jetzt genau über dem Gipfel des Hohen Wank. Vieltausend Sterne sind aus dem Tor des Himmels getreten, zittern und flimmern leise, als streiche der Nachtwind unter ihnen hin und möchte sie wieder zum Erlöschen bringen.

Der Jäger weiß selbst nicht, warum er es tut. Er muß einfach ihre Hand in die seine nehmen und behutsam drücken. Eine große, feierliche Ruhe ist in seinem Herzen.

„Sie haben Ihren Vater liebgehabt?" fragt er leise.

„Man mußte ihn liebhaben. Sie hätten ihn kennen sollen, Franz. Unfaßbar war es uns, daß der Tod diesen großen, starken Mann bezwingen konnte. So leicht bezwingen. Groß und stark war er auch in seiner letzten Stunde noch; er lehrte uns, daß der Tod kein Grauen sei, sondern nur ein Wandel in der Form, das Hineingehen in eine schöne, verläßliche Ruhe. Ach, ich sehe ihn noch oft vor mir —" ihre Stimme schwankt ein wenig, „nur still ist er — so still und kalt."

Einen Augenblick neigt sie den Kopf, wie von der Erinnerung an den Vater überwältigt. Und da spürt der Jäger einen heißen Tropfen auf seiner Hand. Erschrocken stammelt er: „Nicht weinen, Gisela!"

Sie hat sich sofort wieder in der Gewalt und nimmt den Kopf zurück.

„Da habe ich nun meinen Kummer vor Ihnen ausgebreitet. Entschuldigen Sie vielmals. Mitunter überkommt es mich eben. Und gerade gestern, als der kalte Fels mich nicht heranlassen wollte, da habe ich deutlich gefühlt, wie sehr mir Vater fehlt. — Aber nun ist es spät geworden." Sie steht auf, streicht mit einer Handbewegung das Haar zurück und reicht ihm die Hand.

„Gute Nacht, Franz. Ich danke Ihnen vielmals für den schönen Abend."

„Ja — aber ich habe doch — gar nichts dazu getan."

„Doch, doch", lächelt sie. „Sie haben mir so still zugehört. Auch das kann ein Geschenk sein."

Einen Augenblick stehen sie voreinander. Das fahle Mondlicht hat ihr Gesicht ein wenig verändert. Wie streng gemeißelt sieht es jetzt aus. Beide sind sie gleich groß und können sich genau in die Augen sehen. Sie tun es auch. Wie ein schönes, stilles Leuchtfeuer gehen ihre Blicke ineinander, als suche einer das Spiegelbild des andern. Aber plötzlich wendet das Mädchen sich ab und geht in die Hütte. Gleich darauf klirrt der Riegel an der Tür des Gastzimmers, das sonst nur von Jagdgästen benutzt wird.

Franz Achleitner lächelt vor sich hin, als er den Riegel klirren hört. Hat sie Angst? Angst vor ihm vielleicht, daß er nachts bei ihr eindringen könnte?

Er muß nun doch recht intensiv über das Mädchen nachdenken. Seltsam, seltsam! Er schüttelt den Kopf, stellt sich vor, was sie wohl gesagt haben würde, wenn er sie geküßt hätte. Irgend etwas Feines, Wunderzartes klingt von ihren Worten in ihm nach. Er zündet die erloschene Pfeife wieder an und wandert vor der Hütte hin und her. Da saust mit flammendem Strahl eine Sternschnuppe am Himmel herunter und versinkt in der Richtung, wo die Hochreiteralm liegt.

Und schon sind seine Gedanken schlagartig bei Veronika. Das fremde Mädchen Gisela ist vergessen. Nur der eigenartig dunkle Klang ihrer Stimme scheint irgendwo noch in der Luft zu hängen. — —

Gisela Heydenreich steht an dem kleinen Fenster ihres Stübchens, die Stirn an die kühle Scheibe gelehnt, in Gedanken versunken. Sie denkt an das seltsame Bekanntsein und Vertrautsein mit dem jungen Jäger auf den ersten Blick. Das liegt nicht allein in der Dankbarkeit begründet, daß er sie aus Bergnot gerettet hat. Nein, nein, das kommt viel tiefer her. Hat sie sich jemals schon einem Mann so voll und ganz anvertraut? Und warum hat sie geschwindelt, indem sie drei Tage gesagt hat, wo sie aller Voraussicht nach morgen schon ins Tal gehen könnte? Will sie denn noch bleiben?

Sie merkt plötzlich — und zwar merkt sie es mit einem leisen Erschrecken — daß sie zum erstenmal in ihrem Leben verliebt ist. So verliebt wie andere Mädchen, die sie darum schon oft belächelt hat. Zwar versucht sie, diese Gedanken zu korrigieren. Denn es schaut doch etwas kitschig aus — man stürzt ab, wird gerettet und verliebt sich in den Lebensretter!

Sie sieht ihn draußen hin und herwandern, sieht auch den leuchtenden Stern über den Himmel gleiten und wünscht sich heiß, jetzt neben ihm da draußen sein zu dürfen. An seiner Seite zu gehen, irgendwohin in diesem Land der Berge, auf verschwiegenen Wegen, die ebenso alt sind wie das Einssein von Mann und Weib, auf Wegen des Geheimnisses, des Sichverbergens vor fremden Blicken.

Sie hört ihn dann in die Hütte gehen und die Tür verschließen. Wenn sie nur wüßte, was er von ihr denkt! Sie spricht ganz leise seinen Namen vor sich hin: „Franz Achleitner —" Und nach einer Weile noch leiser: „Gisela Achleitner —"

Das ist schön zu denken. Hastig wendet sie sich vom Fenster ab. Wie sie nur auf so verrückte Gedanken kommen kann! Ach Gott, das wird sich alles vergessen lassen. Wenn sie erst wieder daheim ist und hinter den Gutsbüchern zu rechnen hat, dann wird der Alltag diese kleine Episode genau so verschlucken wie andere Dinge.

„Also vernünftig sein, Gisela!" redet sie sich zu. „Du bist nur durch eine Laune des Schicksals hierhergekommen und darfst dein zukünftiges Leben davon nicht abhängig machen. Vielleicht ist es gar nicht die große Liebe, die dir jetzt ins Herz gefallen ist. Du bist ein wenig verliebt, weiter ist es nichts. Das vergeht wieder, so wie die Jahreszeiten vergehen. Wenn du erst wieder daheim bist, wirst du alles vergessen. Höchstens, daß dich die Narbe auf deiner Stirn an den Jäger erinnert, der dir das Leben gerettet hat und der inzwischen bereits vergessen haben wird, wie du heißt. Darum sei auch du ruhig, du kleines Herz, denn es ist nicht der letzte Sinn dabei in diesem Verliebtsein."

*

Ja, versuche es nur einer und mache so einem kleinen Herzen etwas weis! Es läßt sich nicht so leicht mit Gründen der sogenannten Vernunft abspeisen. Es ist ein eigensinniges Ding, das sich wie eine Kletterwurzel an steilem Mauerwerk festhängt.

Als Gisela am andern Morgen aufsteht und die Jagdhütte leer findet, verspürt sie Sehnsucht. Auch das ist ihr fremd, denn sie hat bisher nie Sehnsucht gekannt, oder höchstens nach fernen Dingen, die sich nicht erfassen lassen. Diesmal aber konzentriert sich dieses Sehnen einzig und allein auf einen Menschen.

Sie kommt sich verloren vor in diesem Alleinsein und fühlt zum erstenmal in ihrem Leben eine große und traurige Verlassenheit. Und weil sie so gar nichts anzufangen weiß mit der Zeit, bringt sie die Hütte in Ordnung, schüttelt den Strohsack des Jägers auf und streicht die Decke glatt. Sie empfindet es zwar als kindisch, daß sie ihre Wange eine Weile auf das Kopfkissen legt, auf dem er geruht, allein sie kann nicht anders. Sie muß es einfach tun, aus einem unerklärlichen Zärtlichkeitsbedürfnis heraus.

Vergeblich sucht sie nach einem Zettel, den er nach ihrer Meinung wohl hätte zurücklassen dürfen. Aber keine Zeile, kein kleiner Hinweis, wann er zurückkomme. Es liegt ihm offenbar gar nichts an ihr. Und wenn sie jetzt geht, für immer geht, so wird er sich beim Heimkommen darüber vielleicht gar nicht einmal wundern, sondern wird eben nur trocken feststellen, daß sie nicht mehr da ist.

Mein Gott, wohin hat sie sich mit ihrer Liebe verirrt? Sie merkt plötzlich, daß sie gar nicht fortgehen könnte, ohne ihn vorher noch einmal gesehen zu haben.

Sie probiert nun ihren Knöchel aus. Tatsächlich, sie kann gehen, ohne zu hinken. Folglich könnte sie jetzt ihren Rucksack packen, ein paar freundliche Zeilen schreiben und davongehen. Es wäre sicher ganz gut, wenn sie es könnte. Aber sie kann es nicht.

In diesem Augenblick sieht sie die Liesl über den Berg heraufkommen. Sofort hinkt sie wieder ein wenig. „Muß doch nachschauen, wie es heut geht", lacht die Liesl, und man kann ihre schlechten Zähne mit den Lücken sehen.

„Danke, es geht schon besser. Ich glaube, bis morgen ist alles gut, Liesl."

„Laß einmal sehen", sagt die Sennerin und kniet nieder, um das Tuch zu lösen. Sie streicht mit vorsichtigen Fingern über den Knöchel hin. „Der ist ja wunderbar geheilt", sagt sie und ist ein wenig stolz auf ihren Heilerfolg. „Aber es schadet nichts, wenn wir noch mal was drauflegen."

Hernach sitzen beide auf der Bank.

„Hören Sie einmal, Liesl —"

„Geh, jetzt schneidest aber ab. Sie sagt sie zu mir! Das hat meiner Lebtag noch niemand zu mir gesagt."

„Na, also dann du. Ja — was wollte ich jetzt gleich sagen? Der Franzl — ich meine, ich kann ihm doch nicht gut Geld anbieten für seine Arbeit, die er mit mir gehabt hat."

Die Liesl schaut perplex auf.

„Möchtest ihn nicht gar noch beleidigen auch! Und daß du es gleich weißt, mir brauchst du auch nichts zu geben, so gern ich sonst das Geld mag. Aber für so was laß ich mich nicht bezahlen."

„Ich will dich doch nicht bezahlen, Liesl, obwohl es nicht mehr als recht und billig wäre. Was meinst du, was mir da der Arzt für eine gesalzene Rechnung geschickt hätte!"

„Das kann schon sein. Aber die Huflattichblätter haben mich nichts gekostet, und sonst hast du mir ja keine Mühe gemacht."

„Dann danke ich dir von ganzem Herzen, Liesl. Und — der Franzl — weißt du da Bescheid? Kommt er zu Mittag immer heim?"

„Selten, ganz selten. Aber was hast denn immer mit dem Franzl? Ich glaub gleich gar, der geht dir im Kopf um, was?"

„Ich weiß es nicht. Aber wenn es so wäre, Liesl?"

Diesmal schaut die Liesl das fremde Mädchen lange an. Ihre Brauen bewegen sich nachdenklich dabei. Nach einer Weile entspannt sich ihr Gesicht, und es hört sich an wie eine trockene Feststellung, als sie sagt:

„Dir tät ich es vergönnen — dir schon. Weil du keine so frechen Augen hast wie die anderen, die oft daherkommen und unsere Burschen gleich mit den Augen verschlingen."

Über diese Feststellung muß Gisela herzlich lachen. „Hast du da so genau achtgegeben, Liesl?"

„Unsereinem kommt allerhand unter. Ein Sommer ist lang, und es kommt oft allerhand Menschenware auf die Alm. Berg, sagen sie, und Almleben. Auf der Alm, da gibt's kei Sünd, singen sie und gehen bloß 'rauf zum Sündigen. So ein Almheuboden, wenn er erzählen könnt, er müßte sich verkriechen vor Schande und Scham."

Betroffen von dem jähen Ausbruch schaut Gisela das Mädchen von der Seite an.

„Deine philosophischen Betrachtungen sind scharf, Liesl. Das hätte ich dir gar nicht zugetraut."

„Meine was sind scharf?"

„Deine — ach so, das verstehst du nicht. Aber wie ist es denn mit dir selber? Du lebst den ganzen Sommer so allein da heroben in der Einsamkeit, bist jung und stark, und — Burschen gibt es doch genug."

„Ist nicht so viel", erwidert die Liesl eifrig. „Irgendwo hab ich gelesen, daß sieben Frauen auf einen Mann treffen. Und da gehen zuerst die sechs andern reißend weg, bis die Reihe an mich kommt."

„Das glaub ich nicht ganz, Liesl. Wie willst du denn diese Theorie begründen?"

„Weil ich nicht schön bin. Meinst, daß ich nicht oft genug in den Spiegel schau? Sommersprossen und Haar wie ein Schnittlauchstöckl. Hat mir einmal einer gesagt, ich soll eine Schnecke über meine Sommersprossen laufen lassen, dann vergehen sie. Nicht wahr ist es gewesen. Nichts ist vergangen, und der unverschämte Kerl hat mich hernach noch recht ausgelacht auch."

„Arme Liesl!“ sagt Gisela.

„Arm ja, da hast du recht. Es ist nicht ganz richtig vom lieben Gott, daß er seine Sachen so ungerecht verteilt. Wenn eins nicht schön ist, soll es wenigstens Geld haben. Ich bin aber nicht schön und hab auch kein Geld. Drum krieg ich auch keinen Burschen.“

„Weißt du, Liesl, das kann man oft gar nicht sagen, was das Schicksal für den einzelnen Menschen noch bereit hält. Wie alt bist du denn jetzt?“

„Vierundzwanzig bin ich im Mai geworden.“

„Na, schau her. Bis du dreißig bist, kannst du immer noch einen Mann bekommen.“

„Meinst?“ fragt die Liesl zweifelnd. „Wenn ich es halt gewiß wüßte, dann tät ich mir meine Zähne richten lassen.“

„Das solltest du sowieso tun, Liesl. Du steckst nämlich voller Minderwertigkeitskomplexe.“

„Was ist denn das wieder?“

„Ich meine, du getraust dich oft nicht zu tun, was du gern tun möchtest, weil du voller Hemmungen bist.“

„Ja, da hast du recht.“

„Die fallen aber weg, wenn du — entschuldige bitte, Liesl, wenn ich dir das sage — aber wenn du äußerlich mehr auf dich halten würdest, würde dir manches im Leben leichterfallen. Du bist doch sonst ein grundbraver Kerl. Warum solltest du keinen Burschen bekommen?“

„Gelt, das sagst auch. Freilich, warum soll ich keinen bekommen? Muß ich halt ein bißl besser auf mich schauen und mich schöner zammenrichten.“

„Und die Zähne nicht vergessen!“

Seufzend steht die Liesl auf. „Jetzt muß ich wieder an meine Arbeit gehen. Brauchst du was? Milch oder Butter?"

„Ich glaube, es ist noch alles da."

„Wenn was fehlt, brauchst mir bloß zu schreien. Und jetzt will ich halt einmal schauen, ob es was hilft. Mögen tät ich schon gern einen Burschen. Aber wenn halt keiner anbeißen mag, in Gottes Namen, tröst' ich mich halt und denk' mir: Als alte Jungfrau gestorben ist auch nicht verdorben." — —

Gedankenverloren sieht Gisela ihr nach. Immer hat sie geglaubt, solche einfachen Menschen, denen es vergönnt ist, einen ganzen Sommer in solcher Freiheit, inmitten dieser schönen Bergwelt leben zu dürfen, seien wunschlos glücklich. Anscheinend aber gibt es überhaupt keinen Menschen, der wunschlos glücklich ist.

Plötzlich besinnt sie sich, daß sie doch ein Mittagessen bereiten müsse. Aber sie weiß ja gar nicht, ob er heimkommt. „Selten, ganz selten", hat die Liesl gesagt. Wenn er aber heute heimkommt, tut er es dann vielleicht doch ihretwegen?

„Mein, Gott, was soll denn das bloß werden mit mir?" fragt sie sich. Sie ist nun schon soweit, sich einzureden, daß auch sie ihm nicht gleichgültig sei. Die kleinsten Anzeichen ruft sie sich ins Gedächtnis zurück, auch das, daß er gestern noch so lange vor der Hütte umher gewandert ist. Warum nur? Ist auch er nicht fertig geworden mit dem, was da Neues in sein Leben gekommen ist?

So träumt und sinniert Gisela Heydenreich. Von einem Wunder träumt sie. Und das Wunder hat seltsame Augen und sieht Dinge, die bisher für Gisela noch nicht auf der Welt gewesen sind. Zwanzig Jahre ist sie alt, aber es ist ihr noch kein großes Wissen gegeben um die Dinge, die Mann und Liebe heißen.

Wohl zwanzigmal läuft sie während des Kochens vor die Haustür, um Ausschau zu halten, ob Franz nicht kommt. Und als sie ihn dann wirklich weit oben über das Kar wandern sieht, da macht ihr Herz ein paar wilde, hastige Schläge. So schmerzhaft ist das, daß sie ihre Hand aufs Herz legen muß. So steht sie eine Weile, wie in den Boden gerammt, unfähig sich zu rühren. Erst als Franz nun vom Kar ins Latschenfeld niedersteigt und fast zu laufen beginnt, besinnt sie sich, daß sie schnell den Tisch noch festlich decken müsse.

Dann empfängt sie ihn, unter der Tür stehend, mit frohen, glänzenden Augen, daß ihm zumute ist, als kenne er sie seit Jahren und sei gut Freund mit ihr.

Gisela bewirtet ihn voll lebendiger Heiterkeit. Und er sonnt sich an ihrem Wesen, lacht und scherzt mit ihr, als seien sie schon seit ihrer frühen Kindheit miteinander vertraut.

Während sie noch beim Essen sind, kommt Xaver Kestler den Steig herauf. Der macht zwar verwunderte Augen, als er das fremde Mädchen sieht, nickt aber dann nur, als ihm Franz schnell erzählt, wie er zu dieser „Wirtschafterin“ gekommen ist.

„Wissen Sie was, Gisela?“ lacht Franz jungenhaft lustig. „Am besten ist es, Sie bleiben den ganzen Sommer bei uns. Dann haben wir nicht erst die Arbeit und müssen uns im unser Essen kümmern, wenn wir heimkommen von der Jagd."

„Wirklich?" fragt Gisela ruhig, während ihr Herz aufgeregt zappelt. Dann ruht ihr Blick voll und warm auf ihm. „Und gestern erst haben Sie gesagt, ich müßte gleich wieder weiter."

„Gestern hab ich Sie noch nicht so gut gekannt. Aber heut, da fühl ich mich schon so wohl bei Ihnen, als wenn ich bei meiner Mutter daheim wäre."

„Das freut mich, Franzl." Sie faßt schnell nach seiner Hand. „Dafür dank ich Ihnen."

Da kommt der Kestler wieder aus dem Keller herauf, wohin er den Inhalt seines Rucksacks gebracht hat, und Franz fragt ihn, ob ihm sein Vater nichts aufgetragen habe.

„Der Förster ist gestern verreist", antwortet der Jagdgehilfe.

„Verreist? Wohin denn?"

„Das hat auch deine Mutter nicht gewußt. Nur, daß er dienstlich hat fort müssen, hat sie gesagt."

„Wahrscheinlich wieder einmal ins Ministerium", meint Franz, und damit ist für ihn der Fall erledigt.

Eine Stunde später bricht er mit dem Kestler auf. Beim Abschied reicht er Gisela die Hand.

„Heute abend werde ich ein wenig später kommen", sagt er.

Mit ihren beiden Händen umschließt sie seine Rechte. Der stille, leuchtende Blick ist wieder in ihren Augen.

„Ich bin so froh, daß ich noch ein wenig bleiben darf. Aber nun hätte ich noch einen Wunsch. Darf ich?"

„Nur 'raus damit!"
„Ich möchte mit Ihnen so gern auf das Hohe Wank."
Da nickt er ihr lächelnd zu.
„Ja, wir zwei. Bloß, damit Sie oben waren!"

*

Nun muß das Glück zu mir kommen! denkt Gisela den ganzen Nachmittag. Und während sie in der warmen Sonne mitten unter den Almenrosen liegt, die Hände hinter dem Nacken verschränkt, denkt sie immerzu an ihn, den einzigen, den das Schicksal in ihr Leben geführt hat. Auf eine etwas seltsame Weise allerdings. Aber gerade deshalb fühlt sie, daß der junge Jäger ihr Schicksal sein wird.

Als der Kestler gegen fünf Uhr zurückkommt, fragt sie ihn sofort, wann er meine, daß Franz da sein könnte.

„Mein, Fräulein, da laßt sich gar nichts Genaues sagen in unserem Dienst. Es kann sein, daß er bald kommt, es kann aber auch sein, daß er nicht so bald kommt."

Die Antwort, so unbestimmt sie ist, nötigt ihr ein Lächeln ab. Sie will ein Gespräch beginnen. Aber der Kestler ist nicht besonders gesprächig. Für ihn existiert jetzt nach Feierabend nur seine Pfeife.

Nach einer Stunde fragt Gisela wieder: „Meinen Sie, daß er noch nicht bald kommt? Ist er denn immer noch im Dienst?"

„Wann er kommt, das kann ich nicht sagen. Aber daß er im Dienst ist, das ist so gewiß, wie zweimal zwei vier ist. Was sollte er denn sonst tun?"

„Wissen Sie nicht, von welcher Richtung er kommen könnte?“

Der Kestler deutet mit der Pfeifenspitze zum Latschenhang hinauf.

„Meiner Schätzung nach muß er von dort oben kommen.“

„Meinen Sie, daß ich ihm entgegen gehen kann?“

„Warum denn nicht?“

„Würden Sie mir Ihr Glas leihen?“

Als sie dann mit raschen Schritten den Hang emporeilt, sieht ihr der Kestler schmunzelnd nach und pfeift durch die Zähne.

„Die ist stockverliebt, das sieht ja ein Blinder“, stellt er sachlich fest. Er wiegt den Kopf hin und her, kommt aber dann zu dem Ergebnis, daß die beiden gar nicht so schlecht zusammenpassen würden. „Aber jung halt, alle zwei, verdammt jung.“ — —

Gisela klettert den Hang hinauf und hält erst Rast da oben, wo der Weg abzweigt zum Hohen Wank. Nun sucht sie mit dem Fernglas die Stelle, wo sie abgestürzt ist. „Aha“, sagt sie vor sich hin. „Ich hätte dort bei dem Kamin mehr rechts gehen müssen. Das war es.“

Die Wand ist schon halb verschleiert von den Schatten des Abends. Nur der Gipfel flammt noch in hellem Licht. Kleine weiße Wolken ziehen über sein steinernes Haupt, das so zerklüftet ist, als hätten es hundert Granaten zerfetzt. Nun wechselt das Licht in ein hauchfeines Rosenrot. Gleich einem fremden Nordlichtschein flutet es darüber hin.

„Wie schön!“ flüstert Gisela vor sich hin und sieht sich in Gedanken schon mit Franz Achleitner da oben auf der windumbrausten Höhe, nur sie beide allein, einsam und weltenfern. — —

Nun wirft sie auch einen Blick in die Tiefe. Da drunten liegt eine Almhütte, ganz von den Schatten des Abends eingesponnen, wie ein kleines Märchenreich. Mit dem bloßen Auge kann man gerade noch unterscheiden, daß vor der Hütte ein paar Menschen sitzen. Es ist bestimmt nicht Neugierde, daß Gisela ihr Glas dort hinunter richtet. Sie will nur dieses Idyll in sich aufnehmen.

Jetzt hat sie wohl das Glas etwas verschraubt. Das Bild da unten ist ja ganz verschwommen. Sie schraubt und schraubt, aber erst, als sie das Glas wieder auf die richtige Sehschärfe eingestellt hat, merkt sie, daß es auch vorher schon richtig gewesen ist. Sie kann es nur nicht glauben. Und doch ist ein Irrtum nicht möglich. Nein, es ist wirklich keine Täuschung: der Mann da unten, der den Arm um das Mädchen gelegt hat und es so zärtlich an sich zieht — ist Franz Achleitner, von dem sie vor einer Minute noch geträumt hat, sie werde mit ihm einmal da oben auf dem Gipfel stehen. Franz Achleitner, um dessentwillen sie hier heraufgestiegen ist, um ihn zu erwarten.

Das ist also sein Dienst! Deshalb hat er gesagt, er käme heute später heim!

Gisela spürt, wie sich ihr Herz schmerzhaft zusammenpreßt. Die Hände, die das Glas halten, sinken kraftlos herunter. Merkwürdig, daß jetzt nichts geschieht, daß die Welt nicht zusammenbricht oder der Berg herunterstürzt und alles begräbt — auch sie.

Warum denn? Das alles, um das du dich jetzt betrogen wähnst, Gisela Heydenreich, das alles hast ja nur du selber in dir aufgebaut wie eine Fata Morgana. Der Jäger hat dir dazu keine Ursache gegeben. Wie hätte Franz Achleitner wissen sollen, was in dir vorgeht, klingt und aufblüht? Du hast wirklich keine Ursache, über ihn enttäuscht zu sein.

Das alles bedenkt Gisela in diesem Augenblick nicht. Sie fühlt sich nur verlassen wie noch nie. Etwas Schönes, Leuchtendes ist in ihr Leben gekommen und liegt nun schon wieder zertrümmert vor ihr. Eine große, schwere Traurigkeit will sie fast erdrücken. Und dann weiß sie, daß sie ihm nicht mehr begegnen kann.

Wie eine Steinsäule steht sie noch eine lange Zeit. Selbst ihr Gesicht ist unbewegt, wie erstarrt. Keine Träne will kommen, um den Schmerz zu lindern, der sie betäubt. Aber sie wartet vergebens auf irgendeine Regung, die jetzt ganz natürlich gewesen wäre: Haß oder Zorn gegen das Mädchen da unten oder gegen den Mann, der sie in dem falschen Glauben gelassen hat, daß sein Herz noch frei sei.

Hat er das wirklich? Nein, Gisela Heydenreich, sei auch jetzt ganz ehrlich zu dir selber! Der Jäger hat dir keinen Anlaß gegeben, so dazustehen wie eine Betrogene, denn du hast dir nur selber etwas vorgegaukelt.

Trotz allem aber kann und will sie ihn jetzt nicht mehr sehen. Sie rennt mit einer Hast den Hang hinunter, daß man Angst haben könnte, ihr kaum verheilter Knöchel könnte diese Prozedur nicht überstehen.

Drunten sitzt der Kestler noch immer vor der Hütte.

„Immer noch nichts zu sehen?“ fragt er, und ein feines Schmunzeln fliegt dabei um seinen bärtigen Mund.

„Nein —" antwortet sie mit gedrosseltem Laut. „Aber ich muß jetzt sofort hinunter ins Tal."

Der Kestler nimmt langsam die Pfeife aus dem Mund.

„Heut noch? Sie kommen ja in die Nacht hinein."

„Der Mond muß bald aufgehen. Ich habe guten Weg."

Sie geht in die Hütte und erscheint nach kurzer Zeit schon mit ihrem Rucksack unter der Tür.

„Richten Sie bitte noch Grüße aus an Franz Achleitner. Ich lasse ihm vielmals danken für seine Hilfe." Sie reicht dem Kestler die Hand. „Leben Sie wohl."

Der schaut sie nun aufmerksam an. „Aber Fräulein, was ist denn passiert, daß Sie jetzt auf einmal auf und davonrennen wollen?"

„Passiert? Gar nichts. Wenigstens nichts Weltbewegendes."

„Dann bleiben's doch wenigstens über Nacht noch da. Der Franzl muß ja alle Augenblick kommen."

„Nein, nein, es geht wirklich nicht. Ich muß heute noch hinunter. Man ängstigt sich sonst um mich."

Sie geht rasch davon, weil sie nicht mehr sehen lassen will, wie ihr das Wasser in die Augen steigt.

Bevor sie in den Hochwald einbiegt, bleibt sie noch einmal stehen und schaut zurück. Alles umfängt ihr Blick noch einmal — das flache Schindeldach der Jagdhütte, die drei Bäume davor. Sie sieht den Kestler immer noch bewegungslos auf der Bank sitzen. Seine Hemdsärmel fludern leicht im Wind, und die Wölkchen aus seiner Pfeife schlängeln sich wie dünne Fäden davon.

Weiter wandert ihr Blick zur Steindlalm hinüber. Dort hantiert die Liesl noch mit den Milchkübeln am Brunnen.

„Du hättest keine Angst zu haben brauchen, Liesl", spricht Gisela mit einem bitteren Lächeln vor sich hin. „Dem Achleitner Franz braucht keine mehr gefährlich zu werden. Der hat sein warmes Glück schon fest in den Händen —"

Plötzlich wendet sie sich ab und fängt wie wahnsinnig zu laufen an, weil sie die Vision gehabt hat, Franz Achleitner stehe da oben am Hang und winke ihr zu.

Das ist aber nur eine Täuschung ihrer Sinne gewesen. Vielleicht hat sie auch in dem Kronwittstrauch in der fallenden Dämmerung eine menschliche Gestalt gesehen.

Jedenfalls kommt Franz Achleitner erst viel später heim. Es mag schon Mitternacht sein, und Xaver Kestler liegt in tiefem Schlaf, so daß Franz es erst am anderen Morgen von ihm erfährt, daß Gisela fort ist.

Zwar macht er etwas verblüffte Augen und fragt: „Warum das? Sie wollte doch noch ein paar Tage bleiben."

„Weiß nicht. Ganz plötzlich ist es ihr eingefallen, daß sie hinunter müsse."

„Komisch. Am Mittag hat sie erst noch zu mir gesagt, sie möchte mit mir auf das Hohe Wank. Da kenn sich einer mit den Weibern aus!"

Damit ist für ihn der Fall erledigt. Er ist auch noch viel zu sehr erfüllt von den Stunden des gestrigen Abends bei Veronika.

*

Das Gasthaus im Ort ist fast ganz besetzt an diesem Samstagabend. Droben im Saal ist eine Hochzeit. Der Mooshuber Vinzenz und die Schröder Gabriele haben geheiratet, und alles junge Volk aus dem Dorf ist da oben. Auch eine Menge Sommerfrischler. In der Stube unten aber sitzen die wenigen Bürger des Dorfes und gesetzte Bauern, denen es nicht mehr in den Füßen kribbelt, wenn sie einen Walzertakt hören.

Dicker Pfeifenqualm zieht unter der niederen Holzdecke hin, über der es zuweilen so stark rumpelt, daß man meint, die Decke müsse nun herunterfallen. Und wenn die Kellnerin, beide Arme mit Tellern und Schüsseln beladen, ins Nebenzimmer hinausgeht, schlenkert sie sofort mit dem Fuß die Tür hinter sich zu, weil sich die Sommerfrischler, die da draußen ihr Abendbrot einnehmen, über die schlechte Luft beschweren.

Am Ofentisch sitzen die Bürger, unter ihnen der Förster Achleitner. Sie unterhalten sich, nachdem sie über das Wetter und die Preise schon ausgiebig gesprochen haben, über die Politik.

Die beste Politik wird immer im Wirtshaus betrieben, nach der vierten oder zehnten Halben, je nachdem, wieviel der einzelne braucht, um den Schwung und Auftrieb zu haben, daß er todernst versichern kann, wenn er was zu reden hätte, er würde es anders machen.

„Ist's vielleicht nicht wahr, meine Herren?“ fragt der Sparkassenverwalter Schöpflein und wirft dabei seinen Kopf so heftig empor, daß ihm beinahe der Zwicker von der Nase fällt. „Jahr und Tag sieht man von den Herren keinen, aber wenn eine Wahl vor der Tür steht, dann überfluten sie uns und versprechen uns das Blaue vom Himmel."

„Besonders die von den extremen Parteien", sagt der Pfarrer mit Würde, der schon den ganzen Abend an einem Viertel Tiroler Roten schlürft. Der Sparkassenverwalter aber hat bereits die achte Halbe, und darum hat er Schneid und Elan, dem Pfarrer zu erwidern:

„Da dreh ich die Hand nicht um. In diesem Stadium sind alle gleich. Zum Schluß weiß man dann gar nicht mehr, was man eigentlich wählen soll."

„Ein guter Christ weiß immer, was er wählen soll", antwortet ihm der Pfarrer mit Nachdruck und nicht mehr soviel Würde.

Der Förster Achleitner sagt gar nichts. Er sitzt weit zurückgelehnt, raucht seine Virginia und schaut zufrieden aus.

Am andern Tisch geht es viel lebhafter zu. Besonders des Hochreiters kräftiges Organ überschreit die andern immer wieder. Sie spielen Tarock, der Hochreiter Luis und Sepp und der Schuller von Oed, auch ein großer Bauer. Wenn der Luis seine Karte auf den Tisch hinhaut, wackeln die Krüge, die Kartenschüsserl und das Salz- und Pfefferbüchserl. Wenn man die Karte behutsamer hinlegt, sticht oder verliert sie genauso. Aber der Hochreiter Luis ist ein Bursch von Temperament. Jetzt schreit er gerade den Schuller wieder an:

„Warum haust du denn einen Trumpf aus? Hast denn du nicht gemerkt, daß ich ihm den seinen außerkitzeln möchte?"

„Ich kann doch nicht schmecken, daß der Sepp noch

einen Trumpf hat", verteidigt sich der Schuller schwach.

„Ach, Schmarrn! Geht er schon mit dem Grasober, anstatt daß er schmiert. Du kannst ein guter Bauer sein, Schuller, aber vom Kartenspiel verstehst du nicht viel."

„Sei nur wieder still jetzt, Luis. Was geschehen ist, ist geschehen."

„Ist ja wahr auch. Hättest nicht warten können mit deinem Grasober?"

Drüben am andern Tisch steht jetzt der Förster auf, geht durch die Gaststube und dann durch eine gewisse Tür, die mit 00 bezeichnet ist. Als er zurückkommt, bleibt er hinter dem Hochreiter Sepp stehen, als interessiere auch ihn das Kartenspiel.

Der Sepp hebt seine Karten ein wenig empor, so daß der Förster sie sehen kann, und sagt: „Keine schlechte Karte, was, Herr Förster?"

„Nein, nicht schlecht. Und der da —" der Förster fährt mit gespreizten Fingern durch den mächtigen Gamsbart, den der Sepp auf seinem Hut trägt, „und der da ist auch nicht schlecht. Wo hast denn den her?"

„Ah — den hab ich schon lang. Den hab ich einmal von einem Tiroler gekauft, unter der Hand."

„Wirklich ein schöner Bart, feine Haar und gar nicht hoch geschürft", lobt der Förster mit dem Blick eines Kenners und begibt sich wieder auf seinen Platz.

Der Luis klappt den Deckel seines Krügels hoch, nimmt einen herzhaften Schluck und blinzelt dabei mit dem linken Auge verständnisinnig seinem Bruder zu.

Immer lebhafter wird es in der Gaststube, so daß man bald sein eigenes Wort nicht mehr versteht. Vom Tanzsaal herunter kommen ein Dutzend Burschen mit ihren Mädchen und bestellen etwas zu essen. Als der Hochreiter Sepp einmal aufschaut, sieht er den Achleitner Franzl neben seinem Vater sitzen. Er muß durch die Küchentür hereingekommen sein, daß er ihn nicht bemerkt hat. Jedenfalls ist es eine große Seltenheit, wenn man den Achleitner Franz einmal in der Wirtschaft sieht, und der Sepp zwinkert seinem Bruder vielsagend zu. — —

Ja, es ist wirklich eine Seltenheit, daß Franz ins Gasthaus geht. Aber der Tag ist so schwül gewesen, und als er ausgedörrt vor Hitze daheim angekommen ist, hat er das Biertragl, welches das Brauereiauto alle vierzehn Tage im Forsthaus abstellt, leer gefunden.

„Gehst halt zum Wirt vor", hat die Mutter gemeint. „Es schadet übrigens gar nicht, wenn du ein bissl unter die Leute kommst. Der Vater ist auch dort."

Ja, aber der Förster hat bereits bezahlt und ist schon im Begriff heimzugehen. Nach seinem Hut greifend, sagt er so laut, daß es die Hochreiters ohne weiteres hören können:

„Bleib nur noch ein bißl sitzen, Franzl. Morgen hast sowieso dienstfrei."

Dann reicht er dem Sparkassenleiter, dem Kaufmann Roidl und dem Friseur Birneichner die Hand. Der Pfarrer geht mit ihm.

Bald darauf hören sie auch am Nebentisch zu spielen auf, und auf einmal sitzt der Hochreiter Sepp neben dem Achleitner Franz.

„Sieht man dich auch einmal im Wirtshaus?“ fragt er freundlich.

„Ja, heut hab ich einen Mordsdurst gehabt.“

„Ist auch heiß gewesen. Da mag man schon ein paar Maß auf die Nacht. Prost, Franzl!“

„Prost, Sepp“, sagt Franz beglückt und stößt mit dem Sepp an. Ganz glückselig ist ihm zumute, weil der Bruder der Veronika so freundlich zu ihm ist. Sogar der Luis lächelt ihm vom Nebentisch her zu und hebt sein Krügl zum Prost. Und da hat er sich immer so dumme Gedanken gemacht, er könnte gerade bei den Hochreiters auf Widerstand stoßen! Immer heller sieht er seine Zukunft. Am liebsten hätte er gleich ein wenig auf den Zahn gefühlt. Aber es ist wohl noch zu früh. Er will sein Geheimnis noch eine Weile bei sich behalten.

Sie unterhalten sich weiter ganz ausgezeichnet. Der Sepp weiß interessant zu erzählen aus Krieg und Gefangenschaft. Aber auch sonst geht ihm der Gesprächsstoff nicht aus. Sprunghaft hüpft er von einem Thema aufs andere, und als der Franzl sagt, daß er nun doch heimgehen müsse, bezahlt auch der Sepp, indem er die Kellnerin am Handgelenk packt und zu sich herzieht.

„Geh her zu mir, du Schmacherl, du lieb's, und mach mich unschuldig. Jetzt hab ich sechs Halbe und ein Schweinernes mit Kraut!“

Während die Kellnerin auf einem Block zusammenrechnet, hat der Sepp ungeniert seinen Arm um ihre Hüfte gelegt.

„So was, wie du bist, soll mir halt der Doktor einmal verschreiben für meine Gesundheit“, lacht er.

„So was Molliges wär grad mein Geschmack. Was meinst du, Franzl?"

„Ja, ja", lacht der ein wenig verlegen, bewundert aber insgeheim die draufgängerische Art seines zukünftigen Schwagers.

Dann verlassen sie beide zusammen die Gaststube. Draußen zündet sich der Sepp eine Zigarette an und blinzelt zum Himmel hinauf.

„Soviel Stern", sagt er. „Soviel Stern. Demnach bleibt's Wetter noch schön. Obwohl, ein paar Tag Regen tät gar nicht schaden. Kartoffeln werden schon bald zu trocken. Wirst auch froh sein, Franzl, wenn du einmal einen Tag ausschnaufen kannst, was?"

„Wenn man die ganze Woche in der Hütte war, ist man gern auch einmal einen Tag daheim", gibt er zu.

„Also, gute Nacht, Franzl!"

„Gute Nacht, Sepp. Schlaf gut."

„Da wird's nicht fehlen. Wenn ich sechs Halbe gehabt hab, dann schlaf ich wie ein Roß."

Eine Weile geht der Sepp noch auf der Straße dahin, bis die Schritte des anderen verhallen und die Tür beim Forsthaus zufällt. Dann macht er kehrt, schwingt sich über den Zaun und klopft an das Fenster der Schmied Magdalena.

*

Am Montag sitzt der Förster Achleitner schon seit dem frühen Morgen in seiner Kanzlei, einem jagdlich ausgestatteten Raum, und arbeitet. So wichtig hat er es, daß er sich gar nicht Zeit nimmt zum Frühstück. Seine Frau bringt es ihm in die Kanzlei.

„Ist der Franzl schon auf?“ fragt er.

„Grad ist er ’runter, er trinkt eben seinen Kaffee.“

„Wenn er fertig ist, soll er zu mir kommen.“

Etwa zehn Minuten später tritt der Franzl bei seinem Vater ein. Der Förster zündet sich eine Zigarre an, stellt sich ans Fenster, als möchte er nach dem Wetter Ausschau halten, und dreht sich dann plötzlich um.

„Also, Franzl, heut hab ich eine besondere Mission für dich. Heut kannst du dir deine Sporen verdienen. Der Kestler hat mir gemeldet, daß gestern in der Früh zwischen fünf und sechs Uhr wieder ein Schuß gefallen ist, und zwar im Revier II.“

„Ausgerechnet gestern früh, weil ich nicht oben war!“ antwortet Franz und stampft ärgerlich mit dem Fuß auf. „Grad, als wenn sie es gewußt hätten, die Lumpen!“

„Wahrscheinlich haben sie es gewußt!“

„Hast du einen Verdacht, Vater?“

Der Förster lehnt sich im Stuhl zurück. Dann deutet er mit dem Brieföffner zum Fenster hinaus und sagt, jede Silbe langsam betonend: „Die da droben, die hab ich in Verdacht, und den laß ich mir nicht nehmen.“

„Ich glaub es nicht, Vater. Die Hochreiters waren doch am Samstag alle zwei beim Wirt.“

„Ich hab ja gesagt, daß es gestern früh, also am Sonntag war.“ Der Förster geht ein paarmal im Zimmer hin und her und bleibt dann kanpp vor seinem Sohn stehen. „Hab ich dir nicht frühzeitig gesagt, du sollst dich von der Hochreiteralm fernhalten? Dein

Erschrecken vorhin hat mir deutlich gezeigt, wie es mit dir steht. Du bist verliebt in das Mädl bis über alle zwei Ohren. Jetzt trag auch die Konsequenzen."

Franz steht da, als hätte ihn der Schlag getroffen. Das ist so unerwartet und jäh über ihn hereingebrochen wie eine Lawine, die alles unter sich begräbt. Und er sieht alles begraben, sein Glück, seine Liebe, sein ganzes Vertrauen. Doch dann ringt sich wieder der eine Gedanke durch: Das kann und darf nicht wahr sein! Ein Verdacht sagt noch gar nichts. Wie ein Ertrinkender klammert er sich an die Hoffnung. Abermals stellt er es in Zweifel:

„Und ich kann es einfach nicht glauben, Vater, daß die Hochreiters —"

„Was du glaubst", unterbricht ihn der Vater, „ist im Augenblick ganz belanglos. Ja, sag einmal, meinst du denn, ich schick dich aus Laune da 'nauf, nur weil es mich eben freut? Nein, Franzl, die Sache ist doch ein bißl ernster. Ich hab dir bloß nie was gesagt, weil ich hab ganz sicher gehen wollen. Damals, bei der Rehgeiß, die wir in der Schlinge gefunden haben, ist mir der erste Verdacht aufgestiegen. Dann hab ich Luis einmal in der Früh um einen Fuchsbau 'rumschleichen sehen. Wie mir dann vorige Woche der Kestler den Aufbruch am Lerchensteig gemeldet hat, da hab ich mir gedacht: Jetzt will ich mich doch einmal erkundigen in der Gemeinde, wo die Hochreiters früher seßhaft waren. Und darum bin ich ein paar Tage verreist gewesen. War draußen in der Erdinger Gegend und hab genug gehört. Zweimal ist der Luis schon wegen Wilderns gesessen. Einmal ist er freigekommen, weil man ihm nichts hat beweisen können.

Das zweite Mal ist er unter eine Amnestie gefallen. Bald darauf haben sie den Hof hier gekauft und sich hier ansässig gemacht. Das alles ist nun freilich schon fünfzehn Jahre her. Und glaubst du, Franzl, wer das einmal in sich drinnen hat, der kann es so leicht lassen? Ich sag dir, der geht hier noch viel eher, weil hier mehr Gelegenheit ist zum Wildern als draußen in der Moosgegend. So — jetzt mein ich, hab ich dir mehr gesagt, als notwendig gewesen wäre."

„Und was willst du jetzt tun, Vater?"

„Was ich tun hab müssen: meinen Verdacht der Gendarmerie gemeldet. Die werden wahrscheinlich Haussuchung halten auf dem Hof. Dir aber geb ich noch einmal den guten Rat: Bleib dem Frauenzimmer auf der Hochreiteralm fern. Du kommst sonst noch in Teufels Küche. Und jetzt mach dich fertig für deinen Dienstgang."

Franzl taumelt hinaus wie einer, dem man sein Todesurteil verkündet hat. In der Kammer oben packt er seine Sachen zusammen und meldet sich dann unten ab. Ganz ruhig und gefaßt scheint er jetzt zu sein. Nur etwas bleicher ist er als sonst, und sein Mund ist wie im Schmerz zusammengepreßt.

*

Der Hochreiter Luis sitzt in seiner Stube und macht Brotzeit. Er hat schon seit den frühen Morgenstunden auf den Wiesen draußen geschafft, so daß ihm seine Maß Bier jetzt gut schmeckt. Nebenbei liest er die Zeitung und schaut nur immer einen Augenblick auf, wenn er wieder einen Brocken Brot in das Salzbüchserl eintaucht.

Hell und freundlich ist diese Stube. Alle Möbel bis auf das breite Ledersofa sind in Blau mit schönen Rosenmustern gehalten. Die Decke ist braun und die hölzernen Balken an den Rändern weiß gesäumt. Überall im Licht der Fenster stehen Blumen: Hortensien, Geranien, Begonien. Vorn im Erker, wo der Tisch steht, sind ein paar Efeutöpfe, deren Ranken man an die Wand hinaufgebunden hat. Neben den alten, großen Blättern gibt es hundert junge, frische Triebe, die sich sehnsüchtig nach dem Licht der Fenster hinstrecken. Die Sonne, die breit durch die Fenster flutet, wirft das wunderliche Gezack der Blätter als Schatten auf den Stubenboden.

In der hintersten Ecke trillert ein Kanarienvogel, als gelte es um die Wette zu singen mit den Lerchen draußen, die manchmal auf einen Husch am Fenster vorüberflitzen, um dann wieder jubelnd in die Lüfte zu schnellen.

Der Hochreiter steht jetzt auf, schält einen Apfel und steckt ein kleines Schnitzel davon in den Käfig.

„So, Hansi, da kannst jetzt hinpicken."

Der Kanarienvogel läßt zuerst eine ganze Tonleiter herunterschwirren, dann macht er sich über das Apfelstück her.

Draußen im Flur ein huschender Schritt. Die Tür wird aufgerissen. Die Hochreiterin, eine abgerackerte Frau mit Kummerfalten im Gesicht, steckt den Kopf herein und flüstert heiser:

„Die Gendarmen kommen, Luis!"

Der Bauer fährt mit dem Gesicht herum, wirft einen Blick zum Fenster hinaus und rennt in seine Schlafkammer. Dort zieht er ein halbes Dutzend

Schlingen unter dem Bett hervor, die er im Vorbeigehen an der offenen Küchentür der Frau vor die Füße wirft. „Ins Feuer damit, und 's Maul halten!"

Dann reckt er sich in den Schultern, geht durch den Flur, tritt unter die Haustür und schaut gelassen nach dem Wetter aus.

Erst als die beiden Gendarmen um das Hauseck biegen, wendet er den Kopf und zieht verwundert die Brauen hoch.

„Hoho? Was ist denn heut schon los? Ich glaub gleich gar, ihr kommt's zu mir?"

Der Kommissär nimmt das Wort: „Ja, Hochreiter, zu Ihnen. Es tut mir leid, aber wir müssen bei Ihnen Haussuchung halten."

Der Hochreiter steht wie ein Baum unter der Tür, wirft einen kurzen, scharfen Blick auf den Kommissär. „Haussuchung? Bei mir? Wegen was denn?"

„Sie stehen im Verdacht, Hochreiter, zu wildern."

Kein Muskel zuckt im Gesicht des Bauern.

„Ach, du mein Schreck", sagt er leichthin. „Wer kommt denn auf so eine verrückte Idee?" Wieder der huschende Blick. „Das ist ja direkt zum Lachen." Er lacht, daß seine Schultern zucken.

„Da gibt es gar nichts zu lachen, Hochreiter", verweist ihn der Kommissär. „Gehen Sie von der Tür weg, daß wir hineinkönnen."

„Bitt schön", sagt der Hochreiter mit übertriebener Höflichkeit und tritt beiseite.

Der jüngere Wachtmeister hat bisher noch kein Wort gesprochen. Er wirft jetzt einen Blick durch die Küchentür und bleibt einen Augenblick stehen. Auf der Herdmauer sitzt die Hochreiterin, die Schüssel mit dem Nudelteig zwischen den Knien, regungslos, die Hände darum geklammert.

„Haussuchung soll gehalten werden“, sagt er, wie wenn er sich entschuldigen möchte.

Keine Antwort. Nur aus großen, leidenschaftslosen Augen schaut die Frau auf ihn.

Sie gehen zuerst auf den Dachboden hinauf, dann durchsuchen sie alle Kammern. Der Wachtmeister nimmt es sehr genau. Er öffnet alle Schubladen, langt unter die Wäsche, legt sich auf den Boden und leuchtet mit seiner Taschenlampe unter die Kästen und Betten. Allein es läßt sich nichts finden. Auch im Stall und in den übrigen Gebäuden nicht.

„Ich glaube, es ist wirklich umsonst gewesen“, meint der Kommissär.

„Ich habe es gleich nicht glauben wollen“, meint der Wachtmeister.

„Na, na, ganz so hasenrein ist der Hochreiter nicht. Haben Sie nicht gesehen, mit welchem Blick er Sie angeschaut hat? Ich denke, der Hochreiter ist schlau genug und räumt alles zur rechten Zeit fort. Jetzt wollen wir den Stadel dort noch untersuchen.“

Der Hochreiter schafft im Hof und richtet die Wagen her, die am Nachmittag wieder gebraucht werden zum Heueinfahren.

Als die beiden Gendarmen jetzt an ihm vorübergehen, kann er sich nicht enthalten zu sagen: „Na, habt ihr dann recht viel gefunden?“

„Bis jetzt noch nicht. Was ist denn dort drinnen?“ Der Wachtmeister deutet auf eine Tür neben dem Milchraum.

„Das dort? Das ist das Waschhaus.“

„Da schauen wir auch noch ’rein. Kommen Sie, Horstmann.“

Im Waschhaus finden sie einen großen Zuber mit schmutziger Wäsche. Der Wachtmeister stochert mit einem Stecken darin herum. Plötzlich werden seine Augen scharf, er beugt sich nieder.

„Was ist das, Herr Kommissär? Blut, nicht wahr? Na also.“

Er zieht ein blaugewürfeltes Männerhemd heraus, dessen linker Ärmel voll Blutspritzer ist. Damit tritt er unter die Tür.

„Hochreiter, kommen Sie einmal her!“

Das Hemd hinter dem Rücken verbergend, wartet der Wachtmeister, bis der Bauer heran ist. Dann zieht er es schnell hervor.

„Wem gehört dieses Hemd hier? So, so, Ihnen. Wie kommt das Blut daher? Ich nehme an, daß —“ mitten im Satz eine scharfe Wendung: „Sie waren in der Nacht vom Samstag auf Sonntag nicht daheim?“

„Wer sagt Ihnen denn das? Ich war am Samstag bis um zehn Uhr beim Wirt, dann bin ich heimgegangen.“

„So? Und Ihr Bruder, der Sepp?“

„Der war auch beim Wirt“, antwortet der Hochreiter und sieht die beiden an. „Im übrigen ist das Buberl schon längst aus der Schul, und ich hab mich nicht zu kümmern, wo der hingeht nach Feierabend.“

„Also, schön. Wo kommt das Blut an diesem Hemdärmel her?“

Der Hochreiter hat sich inzwischen längst gefaßt „Einen Gockel hab ich geköpft am Samstag, und da muß mir was hingespritzt sein.“

„Mit was haben Sie denn dem Gockel den Kopf abgehauen? Mit dem Beil?“

„Nein, mit dem Daxenkrai.“

„Kann ich den einmal sehen?“

„Warum denn nicht?“

Der Hochreiter geht voran zum Werkzeugschuppen, wo an der Wand ein halbes Dutzend solcher scharfgeschliffener Eisen hängen, wie sie zum Kleinmachen der Fichtenäste verwendet werden. Davon nimmt er einen herunter.

Der Wachtmeister untersucht das Ding ganz genau, er tritt damit sogar noch hinaus ans Licht und meint dann: „Blutspuren sind zwar sichtbar, aber sie scheinen schon älter zu sein.“

„Am Samstag in der Früh war es“, antwortet der Hochreiter in stoischer Ruhe.

Der Wachtmeister hängt das Eisen wieder an die Wand und staubt sich die Hände ab.

„Ja, dann ist also die Haussuchung ergebnislos verlaufen.“

„Das hätte ich euch gleich sagen können.“

„Diesmal wenigstens“, fügt der Kommissär noch hinzu und schaut den Hochreiter scharf an. „Kommen Sie, Horstmann, wir sind fertig.“

Der Kommissär tippt an den Mützenrand, schiebt sein Notizbüchlein in den Ärmelaufschlag, richtet sein Koppel zurecht und geht mit dem anderen. Beim Hauseck aber dreht er sich nochmals um, als hätte er sich auf etwas besonnen. Er tritt auf den Bauern zu. „Ich möchte Ihnen gern allein noch etwas sagen, Hochreiter. Ganz so unbegründet ist der Verdacht nämlich nicht. Ich erinnere Sie nur an das Erdinger Moos.“

„Da hab ich einmal zwei Hasen geschossen, weil sie mir soviel Schaden angerichtet haben in meinem Krautacker. Aber seitdem hab ich keine Büchse mehr angerührt."

„Gut für Sie, denn Sie kennen ja das Sprüchl vom Krug, der solange zum Brunnen geht, bis er bricht. Übrigens — es sind damals zu den zwei Hasen auch noch vier Rehböcke gekommen. Ich bin genau informiert. So, Hochreiter, das wollte ich Ihnen noch unter vier Augen sagen."

Er tippt wieder an den Mützenrand wie ein junger Leutnant, der von seinem Stiefelputzer weggeht, und eilt dem andern nach.

Der Hochreiter starrt ihnen mit halbzugekniffenen Augen nach.

Dann widmet er sich wieder seiner Arbeit, schmiert Rad und Deichsel, hängt jeweils zwei der Wagen zusammen und bindet die Wiesbäume fest. Darüber will es langsam Mittag werden. Die Sonne steht schon hoch über den beiden Nußbäumen hinter dem Hof.

Da kommt der Sepp mit dem Traktor von den Wiesen heim. Als er ihn abgestellt hat, geht er auf den Bruder zu.

„Was waren denn das für zwei, die heut auf dem Hof waren? Von der Wiese aus hab ich sie nicht genau erkennen können."

„Die Polizei war es."

Kaum merklich zuckt der Sepp mit der linken Augenbraue. „Was haben die denn wollen?"

„Haussuchung haben sie gehalten. Wir müssen ein paar Wochen aussetzen, Sepp. Die haben was in der Nase. Das von Erding hat er auch gewußt."

„Teufl, sakra! Das ist saudumm. Meinst, daß sich die Veronika verplappert hat?“

„Dann schlag ich ihr das Kreuz ab. Aber die weiß ja das von Erding gar nicht, weil sie damals noch viel zu klein war.“

„Wie gesagt, wir müssen jetzt eine Zeitlang aussetzen. Hab schon einmal was läuten hören, daß der junge Achleitner im Herbst einrücken muß. Dann geht es wieder leichter. Der Alte kann doch nicht mehr so nachgehen, und der Kestler kann nicht überall sein. Gefährlich könnt uns bloß der Junge werden. Jetzt gleich gar, wo die Veronika mit ihm angebandelt hat.“

„Ich tät es ihr halt verbieten.“

„Du Narr, du! Verbiet nur einem Weibsbild etwas. Und gar unserer Veronika. Die hat den gleichen Dickschädel wie du.“

„Oder wie du.“

„Kann auch sein. Auf alle Fälle ist sie auch eine gute Hochreiterrasse, und wenn sie dem Jäger verliebte Augen hinmacht, laß sie doch, kann uns vielleicht zum Nutzen sein.“

Die Hochreiterin tritt unter die Haustür und wischt sich die Hände an der Schürze ab. Ihr Alter ist schwer zu schätzen; sie ist aber jünger, als sie aussieht. Kummer und Sorgen haben ihr Gesicht gezeichnet, die Last der Arbeit hat ihre Schultern bereits leicht gebeugt. Sie stammt aus dem Nachbardorf Eimhofen, und ihre Ehe ist nicht das geworden, was sie sich erhofft hat. Es ist ihr nicht gelungen, das Wilde an ihrem Mann, dem Luis zu zähmen. Und zuweilen ist es so, als bekäme ein dumpfer Haß über sie Gewalt, Haß gegen ihren Schwager, den Sepp, von dem sie meint, daß er der böse Geist sei, der den ältern Bruder beherrsche.

Mißmutig schreit sie herüber: „Das Essen steht auf dem Tisch."

Die zwei Mannsbilder kommen über den Hof. Der Luis wäscht sich am Brunnen die Hände, schaut seine Frau an und seufzt:

„Herrgott, ein Gesicht machst du wieder, als wenn dir ein Ochs hineingetreten wäre."

„Wundert dich das? Wenn jetzt die Polizei schon ins Haus kommt!"

„Gefunden haben sie nichts, und das ist wichtig."

„Aber eines Tages werden sie was finden. Luis, ich bitt dich, hör auf, bevor es zu spät ist!"

„Also gut, daß du endlich Ruhe gibst." Der Hochreiter stößt seinen Bruder Sepp in die Rippen.

*

Der nächtliche Wanderer bleibt, als er aus dem Hochwald heraustritt, wie gebannt stehen. Vom Licht des Mondes übergossen steht das Hohe Wank. Wie silbergetrieben schimmern seine Wände, und das Eis in den schmalen Einschnitten flimmert wie grünliches Glas, auf das die Sonne scheint. Langsam treiben Wolkenfetzen über den Gipfel des Berges, weiß und leicht im Licht des Mondes, nur unten dunkel, wo kein Licht sie trifft.

Fast kein Laut ist zu hören. Nur leises Quellrieseln und einmal im Latschenfeld droben der flüchtige Sprung eines Wildes. Wie klein und unscheinbar steht doch der Mensch in diesem gewaltigen Schweigen der Natur.

In stiller Betrachtung versunken steht der Achleitner Franz eine ganze Weile da. Dann setzt er seinen Weg fort und steht nach einer Viertelstunde vor der Hochreiteralm.

Auch hier ist alles wie verzaubert vom Mondlicht: das Wasser im Trog, die Milchkübel, die über die Bank gestülpt sind, und die kleinen Fenster der Hütte. Es ist, als brenne ein Licht dahinter, so reflektiert das Mondlicht an den Scheiben.

Ein einziges von den Fenstern steht weit offen. An dieses tritt Franz jetzt heran. Es ist groß genug, um bequem in die Kammer schauen zu können. Alle Dinge im Raum sind berührt vom weißen Licht, und der Schatten des Fensterkreuzes liegt auf dem Boden — wie ein Grabkreuz. Nur das Bett, von woher die ruhigen Atemzüge zu vernehmen sind, steht in der hintersten Ecke, wohin das Mondlicht nicht mehr dringen kann.

Wie gut sie schläft! denkt Franz und überlegt, ob er sie wecken soll. Aber Qual und Sorge der Ungewißheit haben den ganzen Tag so an ihm genagt, daß er die Stunde fast schmerzhaft herbeigesehnt hat, in der ihm Veronika mit einem einzigen Wort alle Zweifel fortnehmen kann.

So klopft er an die Scheibe, einmal, zweimal. Beim drittenmal regt es sich drinnen, und mit schlaftrunkener Stimme fragt Veronika, wer draußen sei.

„Ich bin's, Vroni. Nimm es nicht krumm, daß ich so spät noch komme. Aber ich habe — nicht vorbeigehen können —"

Drinnen raschelt es. Veronika schlüpft schnell in Rock und Spenzer. Während sie diesen noch zuknöpft, kommt sie barfuß ans Fenster und reicht ihm die Hand.

„Nett von dir, Franzl, daß du noch kommst. Komm, hilf mir, ich möchte zu dir hinaus."

Er nimmt sie vom Fensterbrett weg und trägt sie vor zu den Stufen, die zur Hütte hinaufführen. Ihr Arm liegt fest um seinen Hals, und bevor er sie behutsam niederläßt, hat ihr Mund sich an seinem festgesaugt.

Du lieber Gott, wie schnell da alles Dunkle und Drohende wieder versinkt! Vergessen ist alles, was ihn den ganzen Tag gemartert hat. Nur diesen Augenblick atmet er ein, lebt ihn mit tiefem Bewußtsein. Kaum, daß sie zu Atem kommen. Heiß strömen die Zärtlichkeiten, und der Jäger trinkt sich dem Wunder nahe.

Erst nach einer langen Weile, während sie auf seinem Schoß sitzt, sagt er dann:

„Heut waren die Gendarmen auf eurem Hof."

Langsam nimmt er ihr Gesicht in seine Hände und hält es von sich ab, sucht ihre Augen und wartet vergeblich darauf, daß sie vielleicht ein wenig erschrecke und die Augen niederschlagen würde — aber nichts geschieht. Entweder sie weiß wirklich nichts, denkt er, oder sie hat sich so in der Gewalt. Es bestätigt sich wohl seine eigene Meinung, daß überhaupt nichts an der Sache sei.

Mit einem befreiten Atemzug sagt er dann: „Es hat sich um deine Brüder gehandelt."

Nun erst läuft eine unruhige Bewegung wie ein leises Zittern über ihre Schultern hin.

„Was ist mit den beiden?“

„Wildern sollen sie. Mein Vater hat sie im Verdacht. Ich hab es nicht glauben wollen, hab es aber nicht hindern können, daß man Haussuchung gehalten hat.“

Mit einem Ruck ist sie von seinem Schoß, steht hochaufgerichtet vor ihm und streicht sich mit der Hand über die Stirn.

„Jetzt weiß ich es — du willst mich aushorchen!“

„Nein, Vroni, das ist nicht wahr“, entgegnet er und steht ebenfalls auf. „Aber es hat mich hergetrieben zu dir, weil es mir keine Ruhe gelassen hat.“

„Ach, so, deswegen bist du gekommen“, sagt sie enttäuscht und langgezogen.

„Vroni, verstehst du denn nicht, was das für mich, für dich — für uns alle bedeutet, wenn es so wäre? Schließlich bin ich doch Jäger und dürfte keine Rücksicht nehmen.“

Veronika antwortet lange nicht. Sie reckt sich nur ein wenig und blickt an ihm vorbei den Almhang hinauf. Dann nickt sie ein paarmal, wie aus tiefen Sinnen heraus.

„Ich fang schön langsam an zu begreifen, wo du hinaus willst, Franz!“

„Ich will nirgends hinaus, Vroni, und ich glaube, du begreifst mich nicht ganz. Es geht mir doch bloß um uns zwei und um unser Glück. Was meinst du denn, was das für mich hieße, wenn es wahr wäre?“

Da wendet sie sich ihm zu, ruckartig, als habe sie jetzt erst ihren Entschluß endgültig gefaßt. Beide Arme schlingt sie um seinen Hals und küßt ihn, wohin sie gerade trifft. Es kann eine Antwort sein auf sein banges Fragen. Einen ganz kleinen Augenblick ist sie nahe daran gewesen, ihm die Wahrheit zu sagen. Aber dann hat sie erkannt, daß dies ganz tief in ihr verschlossen bleiben muß, daß er von ihr niemals die Wahrheit erfahren darf. Gewiß hat es schon von der ersten Stunde an schwer auf ihr gelegen, und ist es nicht so gewesen, daß sie immer in einer leise wehenden Angst auf diese Stunde gewartet hat? Nun ist der Augenblick dagewesen und — ist glücklich vorübergegangen. Ja, sie spürt es, daß auch ihn die Zweifel verlassen, daß er versinken will mit ihr in die große, leuchtende Stunde des Glücks. Weit und fern von ihnen liegt, in graue Schleier gehüllt, der Ernst des Lebens, stehen Kummer und Verzicht. Aber das können und wollen sie jetzt nie und nimmer wahrhaben, nicht den leisesten Gedanken daran wollen sie in sich aufkommen lassen. Ein Singen und Klingen ist in der silbernen Mondnacht in ihren Herzen.

„Ich lebe von deinem Leben — und du lebst von dem meinen —“

Es mag wohl schon recht spät sein, als Franz Achleitner sich auf den Heimweg macht. Der Steig ist so klar vom Mondlicht erhellt, daß man jeden einzelnen Stein sehen kann. Von seinem Schritt aufgeschreckt, springt ein Rudel Rehe aus dem Gebüsch und hetzt in wildschöner Flucht den Hang hin.

Da hört er plötzlich Schritte auf dem Steig. Sie kommen hinter der Biegung her. Mit einem Sprung duckt sich Franz hinter einen Busch, nimmt die Büchse von der Schulter und spannt den Hahn.

Im selben Augenblick kommt einer um die Biegung des Steiges, und Franz läßt sein Gewehr sinken. Denn der da kommt, sieht wirklich nicht so aus, als ob er nächtlicherweise hinter Wildbret her wäre.

Es ist der Wastl von der Hochreiteralm. Franz wirft die Büchse wieder hinter die Schulter und tritt vor. Da stößt der andere einen Schrei aus und steht mit schlotternden Gliedern wie angewurzelt.

„Jessas, hast du mich jetzt erschreckt! Ich glaub, ich hab keinen Tropfen Blut mehr." Der Wastl wischt sich mit dem Ärmel über die Stirn und macht ein paar tiefe, erleichterte Atemzüge. „Wie kannst du einen armen Menschen so erschrecken, Jager!"

„Erschrecken tut man bloß, wenn man ein schlechtes Gewissen hat. Wo kommst du denn so spät noch her?"

Wastl sieht sich nach allen Seiten um, ob auch gewiß niemand in der Nähe ist, der es hören könnte.

„Sagst auch ganz gewiß nichts, Jager?"

Franz schüttelt den Kopf.

„Auch der Vroni nicht?"

„Auch der Vroni nicht."

„Also paß auf. Auf der Steindlalm bin ich gewesen, bei meiner Liesl."

„Bei — deiner —" Franz bricht in ein herzliches Lachen aus.

„Lach nicht so leicht, Jager. Es könnt sein, daß das gute Madl noch nicht schläft und uns hört."

„Schau mir so einen Duckmäuser an! So heimlich könnt ihr zwei das?"

„Die Lieb ist am schönsten, wenn sie heimlich ist", versichert der Wastl.

„Da kannst du schon recht haben, Wastl. Wie lange — mein ich —"

„Noch gar nicht lang“, unterbricht ihn der Wastl gleich. „Seit vorige Woche. Ja, da hat sich einmal ein Kälberl von uns verlaufen, und wo meinst, daß das Luderviecherl war? Ausgerechnet bis zur Steindlalm ist es kommen. Ja — und da hab ich die Liesl gesehen. Schön ist sie grad nicht, hab ich mir denkt, aber für mich tut's es leicht.“

„Das mein ich auch“, stimmt der Franz zu.

„Aber wie ich sie dann länger angeschaut hab, hat sie mir immer besser gefallen“, flüstert der Wastl mit heißem Eifer und entwickelt dabei eine ganz gesunde Lebensphilosophie, indem er den Jäger aufklärt: „Mußt bei einem Weibsbild nie auf das Äußere schauen, Jager. Das Innere ist maßgebend, ob eine ein gutes Herz hat, weißt. Und die Liesl hat ein gutes Herz. Hat mich gleich gefragt, ob ich ein Topfenkaserl mag. Die waren so gut, daß ich gleich zwanzig davon hätt essen können.“

„Aha“, lacht der Franz erheitert, dem der gesunde Appetit des Wastl hinreichend bekannt ist, „über die Topfenkaserl ist dann die Lieb gekommen.“

„Indirekt, ja. Aber auch ohne Topfenkaserl hätt es mich nimmer losgelassen. Auf einmal war die Lieb da. Und jetzt ist auch der Druck weg von meinem Herzen. Das war kein Herzfehler, sondern bloß versteckte Liebe, die nicht gewußt hat, wo sie 'naus soll. Ist schon ein recht g'spaßiger Zustand, wenn man verliebt ist. Bald wird einem heiß, dann lauft es wieder ganz kalt über den Buckel 'nunter. Und allweil kribbelt es so g'spaßig im Blut. Und immer hab ich jetzt so merkwürdige Träume!“

„Was denn zum Beispiel?“

„Das laßt sich nicht so leicht erzählen, alles kommt einem durcheinander.“

„Und die Liesl? Ich kann mir das gar nicht recht vorstellen. Mag sie dich denn auch?“

„Und wie, die ist ganz verrückt mit mir. Ich bin der ganze Inhalt von ihrem Leben, hat sie mir heut gesagt. Und immer muß sie an mich denken, und gar nie brauch ich meinen, daß sie einen andern anschaut.“

Der Wastl wäre durchaus bereit gewesen, dem Jäger noch einen stundenlangen Bericht über seine Liebeserlebnisse zu geben, denn er setzt sich jetzt gemütlich an den Rand des Steiges und läßt seine Füße baumeln. Aber der Jäger verspürt keine große Lust dazu und wendet sich zum Gehen, mit dem Bemerken, daß es doch schon ziemlich spät sei.

„Also dann gute Nacht, Franzl“, sagt der Wastl und rappelt sich umständlich wieder in die Höhe. „Und sag fei niemand was!“ Er geht ein paar Schritte und dreht sich nochmals um. „Und wenn es dich auch so g'spaßig kribbelt im Blut, dann weißt, wieviel es geschlagen hat.“

Es kommt keine Antwort mehr. Nur ein leises Lachen klingt durch den Silberglanz der Nacht.

Nun trottet der Wastl heimzu, froh und beglückt, einen Menschen aufgeklärt zu haben über den wahren Sinn der Liebe.

*

Es bleibt merkwürdig still in den Bergen, wenigstens im Jagdrevier des Försters Achleitner. Das aber ist gerade für den Förster ein untrügliches Zeichen, daß sein Verdacht begründet ist.

„Sie setzen jetzt nur eine Zeitlang aus", sagt er zu Franz. „Aber eines Tages wird es sie wieder packen. Da werden sie denken, mein Verdacht wäre wieder eingeschlafen, und werden ihre Büchsen aus dem Versteck hervorholen."

In Franz steckt seit Tagen eine merkwürdige Neigung zum Widerspruch, wenn der Vater auf die Hochreiters anspielt. Immer ist ihm dann zumute, als schnitte der Vater dieses Thema nur absichtlich an, um ihn zu ärgern. So antwortet er auch jetzt ziemlich laut:

„Ich weiß gar nicht, Vater, was du gegen die Hochreiters hast. Einen kleinen Anhaltspunkt hätte man doch finden müssen bei der Haussuchung, wenn es so wäre, wie du denkst."

Der Förster merkt sofort den widerspenstigen Geist, der aus dem Jungen spricht, und gerät ein wenig in Zorn.

„Lehr du mich die Menschen kennen! Du freilich, du willst eben nichts sehen, weil du blind bist vor lauter Verliebtheit. Weil wir schon davon sprechen, Franzl — das paßt mir absolut nicht. Du könntest eine andere auch finden, es muß doch nicht grad die Schwester vom Hochreiter sein."

„Was hast du eigentlich gegen das Mädl? Ich hab die Veronika gefragt, Vater, und hab ihr auch gesagt, daß ich keine Rücksichten nehmen dürfte, selbst wenn es ihr Bruder ist."

„So, so! Aha! Da sieht man wieder, wie weit du in deiner Verliebtheit schon gekommen bist. Weißt du, ob sie es nicht schon weitergetragen hat?"

„Du bist maßlos ungerecht, Vater!" braust Franz

auf. „Auf dieser Basis können wir uns nie verständigen."

Einen Moment schaut der Förster verblüfft auf.

„Verständigen? Wir zwei? Jetzt auf einmal?"

Das ist für den Vater so unfaßbar, als habe man ihm soeben gesagt, daß im nächsten Jahr Pfingsten vor Ostern falle. Was ist denn bloß in diesen sonst so gutmütigen, fügsamen Buben gefahren? Hat ihn seine Verliebtheit schon so weit verblendet, daß er meint, er dürfe Gott und aller Welt trotzen und gegen seinen Vater aufbegehren? Nun gut, dann will er es darauf ankommen lassen. Vorerst versucht er es aber noch mit Güte.

„Schau, Franz, ich will dir einmal was sagen. Du bist soweit ein ganz brauchbarer Jäger geworden. Aber es ist nicht damit abgetan, zu wissen, wie man einen Rehbock aufbricht oder wie man den Borkenkäfer bekämpft. Das Wichtigste mußt du noch lernen, nämlich in die Menschen hineinzuschauen. Das lernst du auch auf der Forstschule nicht. Dazu gehört von Natur aus eine gute Menschenkenntnis. Das Äußere schaut oft ganz anständig her, recht solid und gutmütig. Aber das kann den schlechten Charakter verdecken, der im Innern sitzt. Ich kenne das Mädchen nicht genau, bin nur ein paarmal dort vorbeigekommen. Und es mag auch sein, daß sie eine Ausnahme ist. Ich hab auch gar nichts dagegen, wenn du dich verliebst. Warum — ich war auch einmal jung und weiß, wie so was kommt. Aber du mußt dir auch diejenigen ansehen, die zu ihr gehören. Schau sie dir einmal genau an, den Luis und den Sepp. Gebändigt liegt das Verschlagene und mühsam gedämpfte Wilde hinter ihrem Blick auf der Lauer. Wenn du einmal soviel mit Spitzbuben zu tun gehabt hast wie ich, dann findest du das sofort heraus."

Franz kann darauf nichts sagen. Es ist nur immer noch der Zorn da, weil der Vater ihn mit solchen Worten bloß in eine größere Unsicherheit und Wirrnis hineintreibt. Und es trifft ihn ganz empfindlich, daß der Vater über die Veronika urteilt, ohne sie genau zu kennen. Und überhaupt, woher weiß denn der Vater alles so genau? Er hat doch nichts erzählt. Also kann er ihm nur selber aufgelauert haben, oder es hat der Kestler etwas ausgeplaudert. Von neuem übermannt ihn Zorn, und unbeherrscht fährt es ihm heraus:

„Es ist ungerecht von dir, Vater, über das Mädl zu schimpfen, ohne daß du sie genau kennst."

Da ist es mit der Geduld des Försters zu Ende.

„Ich hab gar kein Interesse, sie kennenzulernen, verstehst du mich? Wie redest du mit mir überhaupt? Hat sie dich schon soweit herumgebracht, daß du meinst, es müßte alles nach deinem Kopf gehen? Da wirst du dich aber ganz gewaltig täuschen, das kann ich dir versichern. Von heut' an ist es aus mit dem Bergdienst."

„Nein, Vater, das kannst du mir nicht antun!"

„Meinst du? Da lebst du aber in einem gewaltigen Irrtum. Zu deiner Ausbildung gehören auch drei Monate Bürodienst. Von morgen an beginnt dein Dienst hier in der Kanzlei, und damit basta."

In diesem Augenblick wird die Tür aufgerissen, und die Försterin erscheint auf der Schwelle.

„Was schreit ihr denn so laut? Man könnte meinen, ihr streitet."

„Wir streiten nicht, aber du kannst deinem Herrn Sohn beibringen, wie er mit seinem Vater zu reden hat."

„Mein Gott, Franzl, was habt ihr denn gehabt?"

Franz zuckt nur die Schultern. Sein Gesicht ist von einer Blässe überzogen.

„Sag's ihr doch, daß dir das Mädl mehr wert ist als dein Dienst und alles, was daranhängt!" Wütend greift der Förster nach seinem Hut und Gewehr. „So ein Weiberlapp", brummt er im Hinausgehen und wirft die Tür hinter sich zu.

Die Försterin ist untröstlich. Seit sie denken kann, hat es zwischen Vater und Sohn noch nie eine Auseinandersetzung gegeben. Sie meint, ganz plötzlich zwischen zwei Feuern zu stehen, ohne zu wissen, welches von beiden ihre Hilfe notwendiger hätte.

„Jetzt sag mir einmal, Bub, was war denn mit euch beiden?"

Aufstöhnend verläßt Franzl seinen Platz und läßt sich an dem altmodischen Schreibtisch nieder.

„Ach, Mutter, ich kenn mich ja selber nimmer aus. Ich möchte dem Vater rechtgeben und hänge aber mit allen Fasern an der Veronika."

„Aha, darum geht es also." Die Försterin streichelt über sein Haar hin. „So gern hast du sie?"

„Ja, Mutter. Mehr als mein Leben!"

„Das ist ein großes Wort, Bub. Aber der Vater wird schon seinen Grund haben."

„Gar keinen kann er haben, als den, daß er meint, die Hochreiters wildern. Aber selbst, wenn es so wär,

Mutter, könnte dann die Veronika etwas dafür? Und jetzt — jetzt will er mich hier einsperren. Bürodienst soll ich machen, bloß daß ich sie nicht mehr sehe. Ich halte das nicht aus, Mutter!"

„O ja, der Mensch hält viel aus, Bub. Es wird sich schon einrenken lassen. Wenn ich kann, helf ich dir schon. Jetzt kommst 'rüber zu mir in die Küche, wir trinken eine Schale Kaffee miteinander, und du mußt mir alles ganz genau erzählen. Dann wird's auch leichter. War sowieso nicht schön, daß du deiner Mutter bisher gar nichts gesagt hast."

*

Es ist ein heißer Tag, die Luft zittert förmlich auf dem Weg, und die Försterin ist froh, als sie in den Schatten des Bergwaldes gelangt. Rüstig schreitet sie bergan, denn sie muß am Abend wieder daheim sein, wenn der Förster von seinem Reviergang zurückkommt.

Daheim sitzt der Franzl in der Kanzlei und starrt, den Kopf in die Hände gestützt, zum Fenster hinaus. Er kommt sich wie ein Gefangener vor, der eine Strafe wegen groben Unfugs abzusitzen hat.

Seit zwei Tagen hat er nun schon Kanzleidienst, den er eintönig und langweilig findet bis zum Überdruß. Der Vater soll nur nicht meinen, daß er ihn dadurch klein machen kann! Seit zwei Tagen haben sie sich nicht mehr viel zu sagen. Außerdienstlich überhaupt nichts. Eine gespannte Atmosphäre liegt über dem sonst so friedlichen Försterhaus. — —

Mittlerweile ist die Försterin bei der Hochreiteralm angekommen. Hinter der Hütte ist der Wastl beim Holzhacken beschäftigt. Den fragt sie, ob die Veronika daheim sei.

„Wohl, wohl", sagt der Wastl. „In der Hütte ist sie drinnen, sie richtet hoffentlich schon bald die Brotzeit her."

Als die Försterin um die Ecke biegt, tritt das Mädel aus der Tür. Betroffen bleibt sie auf der Schwelle stehen. Die Försterin mustert das Mädchen schweigend, sie prüft und scheint nicht aufhören zu wollen mit Prüfen. Aber die Augen der Jungen halten stand. Nur die Unterlippe schiebt sich ein bißchen vor, dadurch verstärken sich die Grübchen in ihren Wangen. Jung und blühend steht sie da, mit dem trotzig unsicheren Lächeln, bis die Försterin freundlich sagt: „Grüß dich Gott. Kennst du mich?"

„Die Frau Försterin?" fragt die Veronika mit leisem Zweifel.

„Ja, die Försterin. Mich hättest du wahrscheinlich nicht erwartet, wie? Aber wie ist es, willst du mich in der Hitze da stehen lassen?"

Die Veronika stößt die Tür auf und läßt die Försterin eintreten. Sie wischt schnell mit ihrer Schürze den Stuhl ab und schiebt ihn hin.

„Ja, das Sitzen tut mir gut, Mädl. Dank dir schön." Die Försterin wischt sich den Schweiß von der Stirn und fährt dann fort: „Ein weiter Weg ist's da 'rauf zu dir. Aber ich hab ihn tun müssen. Muß mir doch einmal die anschauen, die meinem Buben das Herz so verdreht hat."

Da lacht die Veronika, obwohl nach Meinung der

Försterin solch ein lautes Lachen nicht recht am Platz wäre.

„Sagt er das?" fragt die Veronika.

„Leider sagt er zu wenig", antwortet die Försterin. „Jedes Wort muß man ihm 'rausbetteln. Bei dir wird er wahrscheinlich mehr reden?"

„Das kommt grad drauf an, um was es geht."

Neugierig schaut Frau Rosalie sich jetzt in der Hütte um. Nickt dann anerkennend.

„Wirklich sauber hast alles beisammen. Respekt, Mädl! Nein, nein, mach dir nur keine Umstände. Kaffee hab ich daheim auch immer. Wenn ich eine frische Milch haben könnte, die wäre mir lieber."

Dann sitzen sie zusammen und unterhalten sich. Meist redet nur die Försterin. Und aus allem, was sie spricht, klingt die große, törichte, mütterliche Liebe zu ihrem Sohn, klingt die zitternde Hoffnung um sein Glück, das in den Händen dieses Mädchens liegen soll.

Und als die Frau nach Stunden heimgeht, ist sie so erfüllt vom Glauben an dieses Glück, als sei sie selber noch ein junges Mädchen, das heute endgültig sein Jawort gegeben hat. Jawohl, ganz fest ist sie entschlossen, ihrem Buben beizustehen, obgleich sie bei ehrlicher Betrachtung sich sagen muß, daß sie sich die zukünftige Frau ihres Sohnes ganz anders vorgestellt hat. Gewiß, die Veronika ist blitzsauber, ist gesund und stark, aber es fehlt ihr das rein Mädchenhafte, das stille Verhaltensein einer wirklich mit ganzer Seele Liebenden. Es ist etwas Hochmütiges an dem Mädchen Veronika, und manchmal hat die Försterin gemeint, in ihrem Lachen sei ein überheblicher Spott und in ihren Augen ein kalter Glanz.

Nun, sie kann sich täuschen. Hauptsache, daß der Franzl sie liebt und daß er sich ein Leben ohne sie nicht vorstellen kann. Und sie will ihm also helfen. Natürlich braucht weder der Franzl noch der Förster um ihren Gang auf die Alm zu wissen. Sie hat ihn lediglich zu ihrer eigenen Information unternommen und sagt zum Franzl, der sie fragt, wo sie denn gewesen sei, sie habe nur der Arztwitwe Weber den längst fälligen Besuch abgestattet. — —

Spät am Abend kommt der Förster heim, verdrossen und wortkarg, weil er im Revier einige Unregelmäßigkeiten entdeckt hat und dies auf die Nachlässigkeit des Franzl schiebt, der in seiner Verliebtheit schon die kleinsten Dinge vergesse.

Franzl gibt keine Antwort, ißt nur wenig, steht dann auf und geht hinaus. Da kann es die Försterin nicht mehr aushalten.

„Immer hackst du auf dem Buben herum!" sagt sie böse. „Als ob du nicht auch einmal jung und verliebt gewesen wärst! Das willst du bloß nicht mehr wissen. Du warst sogar so verliebt, daß du einmal dein Gewehr bei mir vergessen hast."

Dem Förster bleibt vor Überraschung fast der Brokken im Munde stecken. „Was hätt ich? Mein Gewehr vergessen? Jawohl, das hab ich vergessen. Aber bloß aus Absicht, daß ich einen Grund gehabt hab, noch mal zu dir zu kommen."

„Das kannst heute leicht sagen, weil es schon so lange her ist. Ich könnte dir schon noch mehr sagen, was du alles gemacht hast in deiner Verliebtheit."

„Ich hab gar nichts gemacht. Und überhaupt ist das

schon so lange her, daß ich mich nicht mehr daran erinnern kann."

„Gar nicht mehr leben möchtest, hast gesagt, wenn du mich nicht kriegtest."

„Ja, ja, ist ja recht", gibt er zögernd zu. „Das war auch was ganz anderes. Da ist es ja um dich gegangen. Und du wirst dich doch nicht mit der vergleichen wollen vom Hochreiter?"

„Ich weiß gar nicht, was du gegen das Mädl immer hast."

„Gegen das Mädl gar nichts, aber gegen ihre Brüder."

Da platzt die Försterin unbedacht heraus: „Der Franzl will ja nicht einen von den Brüdern, sondern die Veronika. Und ich muß sagen, ich hab mich ganz gut unterhalten mit ihr."

„So? Wann denn?"

„Heut nachmittag. Jawohl, daß du es weißt. Heute nachmittag bin ich bei ihr gewesen, weil ich mir das Mädel einmal genau anschauen wollte. Es geht ja schließlich um das Glück von unserem Buben. Und ich muß schon sagen, das Mädl ist nicht unrecht und hat ihr Hauswesen sauber beisammen."

Der Förster hat Messer und Gabel fortgelegt. Er ist so verblüfft, daß er zunächst überhaupt kein Wort findet. Erst als die Frau schweigt, platzt er los:

„Das ist ja recht schön, daß du hinter meinem Rükken zu dem Mädl 'naufgehst! Da sieht man es wieder: Hinter meinem Rücken wird da mit dem Buben was zusammengesponnen, und ich bin der Depp!"

„Da wird gar nichts zusammengesponnen."

„Ach, Alte, wenn ich dich nicht kennen tät! Aber

das sag ich dir", er klopft nachdrücklich mit den Knöcheln seiner Hand auf den Tisch, „wenn er mir im Dienst Dummheiten macht, dann spuckt es in der Fechtschul!"

Wütend steht er auf, greift nach seinem Hut und geht, was sonst eigentlich ausnahmsweise nur am Sonntag einmal geschieht, zum Wirt. Auf dem ganzen Weg dorthin brummt er vor sich hin, wie er allein sei, wie niemand ihm helfe und daß sie alle blind und dumm wären, die den Hochreiter für einen ehrenhaften Menschen halten.

Und doch hat er einen Verbündeten. Er weiß es nur nicht. Der Schmiedemeister Enzinger ist es.

Gerade als der Förster am Schmiedeanwesen vorübergeht, gibt es dort in der Stube drinnen einen heftigen Auftritt. Die Magdalena hat die kleinen Geschwister bereits ins Bett gebracht, und während sie dem Jüngsten noch die Geschichte von der Goldmarie erzählt, fliegen ein paar Steinchen ans Fenster.

Die Magdalena schaut hinaus und sieht beim Holderstrauch jemanden stehen. Und obwohl es schon dunkel ist, weiß sie, daß es der Hochreiter Sepp ist. Sie gibt ihm hinter den Vorhängen ein Zeichen, daß sie gleich kommen werde. Leise schleicht sie auf den Söller hinaus, horcht eine Weile an der Tür, hinter der der Vater schläft, und verläßt auf leisen Sohlen das Haus. — —

Wohl eine gute Stunde mag sie draußen gewesen sein bei dem Burschen. Als sie das Haus wieder betritt und leise über die Stiege hinaufgehen will, wird das Licht angedreht, und der Schmied steht vor ihr, faßt sie scharf mit seinem Blick und fragt:

„Wo warst du?"

Magdalena, halb erschrocken, halb von Trotz erfaßt wie alle, die bei etwas Unrechtem ertappt werden, antwortet:

„Frische Luft schnappen war ich. Wenn man den ganzen Tag rackert, möchte man doch auch ein Stündel für sich haben."

Der Schmied läßt sie nicht aus den Augen. Seine Stimme ist jetzt nicht mehr ganz so ruhig, als er sagt:

„Leni, anlügen brauchst mich nicht. Ich hab dich 'nausschleichen hören und hab dir nachgeschaut vom Fenster aus. Wer war es, der bei der Holderstaude draußen auf dich gewartet hat?"

Das Mädchen senkt den Kopf und zerrt verlegen an ihrem Schürzenband.

„Dann muß ich es dir sagen!" schreit der Schmied. „Der Hochreiter Sepp war es!"

Das Mädchen leugnet nicht, sie meint nur trotzig, warum der Vater sie noch frage, wenn er es doch schon wisse.

„Weil ich nicht haben will, daß du in dein Unglück rennst. Der schmiert dich an, Leni, glaub es mir!"

„Nein, Vater. Du kennst ihn nicht."

„Schau ihn doch an! Dem schaut ja die Falschheit aus den Augen 'raus. Du merkst das natürlich in deiner Verliebtheit nicht. Mir will scheinen, daß ich bis jetzt die Augen zu wenig offen gehabt habe. Aber von heute an soll das anders werden."

Magdalena sucht nun dem Vater zu erklären, daß sie doch schon zwei Jahre über zwanzig sei, in einem Alter also, in dem andere Mädchen auch ihre Burschen haben. Warum denn sie keinen haben dürfe?

„Das hab ich nicht gesagt", antwortet der Enzinger. „Mir ist jeder recht, wenn er ein anständiger Bursch ist. Der kann auch ins Haus kommen und braucht nicht hinter der Holderstaude nach dir zu pfeifen, wie man einem Hund pfeift. Ich kann dir nicht helfen, Leni, aber den Sepp mußt du dir aus dem Kopf schlagen. Für ein Spielzeug, Leni, bist du mir zu schade. Der soll seine Hände woanders abtrocknen, aber nicht an dir."

„Aber laß dir doch sagen, Vater —"

„Nichts laß ich mir sagen. Schluß jetzt, ich will nichts mehr hören! Richtest du dich nach mir, ist es gut. Und das will ich dir gleich sagen: Wenn du mir einmal daherkämst — verstehst mich schon, was ich meine — dort geht die Tür hinaus, und 'reinkommen tust du mir dann nicht mehr."

Der Schmied geht wieder in seine Kammer hinauf, wohl wissend, daß er der Magdalena weh getan hat. Jawohl, weh hat er ihr tun müssen, aber nicht Unrecht. Der Schmied ist sonst einer von den Stillen, die selber nicht und nirgends auffallen, die aber scharf beobachten. Und den Hochreiter Sepp hat er schon oft beobachtet. Er hat zum Beispiel gesehen, wie der Sepp beim Kartenspiel betrügt und wie er es mit den Mädels nicht genau nimmt. Der Schmied könnte vielleicht auch den Verdacht des Försters Achleitner bekräftigen, denn er ist überzeugt davon, daß die Haussuchung kürzlich beim Hochreiter nicht ganz unbegründet gewesen ist. Darum ist er nicht gewillt, ein Verhältnis seiner Magdalena mit dem Sepp zu dulden.

Die Magdalena freilich, die denkt anders. Sie verkennt den guten Willen des Vaters, legt es sich so aus, daß sie nur arbeiten und sorgen solle, aber keine Freude haben dürfe. Sie ist aber gar nicht gewillt, sich um einer Laune willen aus dem Herzen reißen zu lassen, was darinnen brennt und glüht. Und wenn der Vater nun glaubt, besser aufpassen zu müssen, so soll er es ruhig tun. Liebe findet ja doch immer Wege und Schliche, die nur der kennt, der ebenfalls einmal Hals über Kopf verliebt gewesen ist.

Als sie sich das nächste Mal mit dem Sepp trifft, geschieht dieses Treffen so heimlich, daß der Schmied wirklich nichts davon merkt. Magdalena sucht dabei immer wieder die Augen des Burschen und kann darin wirklich nichts von Falschheit entdecken. Nur Zärtlichkeit und den Hunger seines dürstenden Blutes.

Nein, wie die Väter sich doch täuschen können!

*

Vom Kirchturm schlägt es drei Uhr früh, als der Förster die Haustür hinter sich abschließt und den Schlüssel wieder hinter das offene Fenster der Schlafkammer legt. Er bleibt beim Gartenzaun noch ein wenig stehen und prüft den Wind. Es wird vielleicht schlechtes Wetter geben; von Süden her weht der Föhn, jener warme, trockene Atem, der die Herzen der Menschen seltsam beunruhigt und so manchen, der nicht fest genug in seinem Leben verwurzelt ist, mit seiner Gewalt überfällt, ihn bedrückt oder ihn zu Taten treibt, die sonst niemals geschähen.

Auf einmal hört der Förster einen eilenden Schritt die Straße daherkommen und drückt sich unwillkürlich ein wenig unter die Fliederbüsche. Er sieht einen

Menschen daherlaufen. Jetzt springt er über die Straße und geht auf das Gartentürchen zu. Da tritt der Förster hervor und verstellt dem Burschen den Weg.

„Ach so“, sagt er dann mit schwerer Trauer in der Stimme. „Soweit ist es mit dir schon, daß du dich nachts aus dem Hause stiehlst, um einem Frauenzimmer nachzulaufen. Schämst du dich gar nicht?“

Zerknirscht steht Franz Achleitner vor seinem Vater. Die Situation ist ihm furchtbar peinlich. Kein Wort weiß er zu sagen. Die Scham will ihn fast in den Boden ziehen. Da sagt der Förster:

„Das habe ich nicht erwartet, Franzl, daß du dich meinem Willen widersetzt.“

Da springt in dem Jungen der Trotz auf. „Ich bin doch kein Schulbub mehr, Vater!“

„So? Was dann? Ein Mann vielleicht schon? Ein richtiger Mann steigt nicht nachts aus dem Fenster wie ein Dieb!“

„Vater, ich kann nichts dafür. Ich bin wie verhext. Du hättest mich nicht zum Kanzleidienst verdammen dürfen. Ich habe sie heute sehen müssen.“

Der Förster ist betroffen über diese Antwort. Seine Hände schließen sich zu Fäusten, die er aber schnell in den Taschen seiner Lederhose verbirgt, weil er noch nie mit geballten Fäusten vor seinem Sohn hat stehen müssen. Nur an seiner Stimme merkt man, wie sehr er innerlich erregt ist.

„So? Sehen hast du sie müssen? Dann hast du sie lang genug angeschaut, denn es ist drei Uhr morgens. Du brauchst mir gar nichts zu sagen. Ich brauch dich bloß anzuschauen, das sagt mir genug. Mach nur so weiter, dann wirst du schon sehen, wohin du kommst.“

Der Förster gibt seiner Büchse einen kleinen Schubs und schreitet in die graue Morgenfrühe hinein. — —

Von diesem Tag an braucht Franz nicht mehr in der Kanzlei Dienst zu machen. „Wenn du nachts doch aussteigst, ist es gleich", sagt der Förster am andern Tag. „Dann geh nur wieder ins Revier. Zu lange dauert es sowieso nicht mehr, dann mußt du auf die Forstschule."

Franz leidet furchtbar darunter, daß der Vater ihn wie einen Fremden behandelt, und es läge ihm viel daran, das frühere Verhältnis wiederherzustellen.

„Es tut mir leid, Vater, daß ich der Grund für deinen Ärger bin."

Der Förster dreht sich um und sagt ohne Zorn oder Heftigkeit: „Ja, ja, ist schon recht."

„Vater, du kannst mir doch mein Glück nicht neiden?"

„Glück?" lacht der Alte trocken. „Glück nennst du das, was nur eine Verrücktheit des Blutes ist? Glück schaut anders aus, aber das weißt du nicht. Du gehst im Nebel und meinst, es wäre das Licht. Und wenn es vorbei ist — und eines Tages wird es vorbei sein — dann ist dein Leben nur noch ein Scherbenhaufen."

„Du tust Veronika Unrecht, Vater. Sie hängt doch an mir genau so wie ich an ihr."

„Drum bringt sie dir bei, daß du nachts aus dem Fenster steigst. Ach, reden wir nicht mehr davon. Ich hab nur die Hoffnung, du siehst es wenigstens später einmal ein, daß ich nur dein Bestes gewollt hab."

So macht also Franz Achleitner nun wieder Außendienst und gibt sich dabei sogar besondere Mühe, um die Zufriedenheit des Vaters zu erringen. Der Förster verliert auch kein Wort mehr wegen Veronika, und da im ganzen Revier von Wilderern nichts mehr bemerkt wird, ist Franz wiederum ein vollkommen glücklicher junger Mensch. Wohin er schaut, ist nirgends ein Mißklang, nirgends ein Schatten, nirgends eine Spur dumpfer Sorgen. Die einzige Sorge, die er überhaupt hat, ist die, daß der Zeitpunkt, zu dem er auf die Forstschule muß, immer näher kommt. Damit kommt auch die Trennung von Veronika. Freilich nur eine vorübergehende Trennung. Darum wollen sie ihre Zeit noch leben.

Wie eine einzige Freude gleiten die Tage des Sommers dahin, gleiten allmählich in den Herbst hinein. Je näher der Tag des Abschieds kommt, desto fester finden die beiden zusammen. Sie nehmen die kostbaren Tage wie ein Geschenk Gottes und wandern auf einsamen Wegen in den Bergen umher. Zuweilen bleiben sie stehen, um entzückt der Melodie zu lauschen, die in ihren Herzen singt. Ein wundersames Lächeln ist um ihre Lippen, blank sind ihre Augen, hoch und frei tragen sie ihre Stirnen. Bis ins Letzte erfüllt von ihrer Liebe, suchen und finden sie sich bis zum letzten Tag, der noch einmal seine ganze herbstliche Pracht über sie herschüttet. Es ist so recht ein Tag zum Abschiednehmen. Sie gehen auseinander in einer Stunde zwischen Nacht und Morgendämmerung.

*

Auf der Forstschule sind für dieses Jahr etwa zwanzig junge Menschen versammelt, um sich für die letzte

Prüfung vorzubereiten. Es ist ein altes, klosterähnliches Gebäude, Eigentum der Regierung und der staatlichen Forstwirtschaft zu Lehrzwecken zur Verfügung gestellt.

Leiter der Schule ist ein alter Oberforstrat namens Kaltmüller. Ihm sind noch drei oder vier jüngere Kräfte beigegeben, die den Unterricht leiten. Die Schulungsteilnehmer sind durchweg Menschen zwischen zwanzig und dreißig Jahren mit Mittel- oder Realschulbildung, die bereits ein paar Jahre Lehrzeit in einer Försterei hinter sich haben.

Die ersten vier Wochen empfindet Franz Achleitner wie einen Zwang. Es ist nicht die straffe Ordnung, der er sich zu fügen hat, und auch nicht das umfangreiche Pensum, das der Lehrplan enthält. Es ist einfach die Sehnsucht nach Bergen und Wald, nach Freiheit und Sehnsucht nach Veronika.

Die Forstschule liegt auf einem Hügelrücken. Im weiten Umkreis bauen sich die Bergwände auf. In der Tiefe des Tales liegt ein größerer Kurort. Franz ist sonntags zuweilen dort, ohne recht zu wissen, was er eigentlich da will, außer sich die Stunden zu vertreiben.

Er kann stundenlang in einem Café sitzen und glühende Briefe an Veronika schreiben, ohne daß er sie regelmäßig beantwortet bekommt. Veronika ist nicht so schreibgewandt, und er müsse das verstehen, teilt sie ihm einmal mit.

Aber der Winter wird vorübergehen, denkt Franz. Zu Weihnachten ist er in der „Burg" geblieben. Sie nennen die Schule unter sich die Burg. Aber zu Ostern will er heimfahren. — —

Es wird ein schönes Ostern. Der Vater hat seinen Groll vergessen. Die Mutter umsorgt ihn wie einen lang Vermißten. Und Veronika wandert mit ihm am zweiten Feiertag über die Wiesen, und nichts deutet darauf hin, daß ihre Liebe eine Änderung erfahren hätte.

Als Franz nach den Feiertagen wieder in der Burg ankommt, ist ein neuer Lehrer da, ein junger, flotter Mann im Rang eines Assessors. Dieser junge Mann hat eine ganz andere Auffassung vom Unterricht als sein Vorgänger. Die trockene Theorie ist ihm verhaßt, er vermittelt an Hand von Beispielen, führt die Schüler hinaus ins Freie, besichtigt mit ihnen die Kulturen, die Kahlschläge und die Pflanzungen.

Jeweils um acht Uhr beginnt der theoretische Unterricht.

Walter Heydenreich geht zu einem der Fenster und reißt es weit auf. Wahrscheinlich hat wieder jemand eine Zigarette geraucht hier drinnen. Er sagt aber nichts, sieht nur eine kleine Weile auf das wuchtige Bergmassiv hinüber und dreht sich dann um.

„Wo sind wir das letztemal stehengeblieben? Ach ja — richtig, vom weidgerechten Jagen sprachen wir." Die Arme über der Brust verschränkt, geht Heydenreich vor den Bänken hin und her und spricht aus dem Stegreif weiter:

„Es gibt Tage, an denen Fragen gerade auch an den Jäger herantreten, die wir glauben schon längst mit Sicherheit beantwortet zu haben. Wir errichten darauf ein Gebäude und sind bestrebt, darin heimisch und vertraut zu werden. Und nun schwanken plötzlich die Fundamente, und wir fühlen uns bedroht, weil die errungene, zum Teil auch überkommene Ordnung keinen Halt mehr bietet. So ist es im täglichen Leben, so ist es auch bei der Jagd. Ja, hier um so mehr, als es sich um gesteigertes, weil im dauernden Hinblick auf den Tod gelebtes Leben handelt. Was zum Beispiel verstehen Sie —" hier blickt der Vortragende kurz auf und fragt den, der ihm ins Auge fällt — „Burglechner, vom weidgerechten Jagen?"

Der Angerufene ist von der jähen Wendung des Vortrages ein wenig erschrocken.

„Jagen bedeutet in bezug auf den Menschen nichts anderes, als was es dem Fuchs oder Marder bedeutet, der seine Beute schlägt und Lust daran hat", antwortet der aufgerufene Burglechner.

Der Assessor wiegt den Kopf hin und her. „Sie gehen auf den Ursprung des Jagens zurück, Burglechner. Aber weidgerechtes Jagen ist mehr. Hier jagt nicht das Tier, sondern der Mensch, der um Verpflichtungen und Bindungen weiß und gewillt ist, diesen redlichen Sinnes nachzukommen. In früheren Zeiten mag es anders gewesen sein. Das Wild ist an sich wehrlos und hat seit der Entwicklung der modernen Feuerwaffen keine echte Chance mehr, uns zu entkommen. Die Frage heißt lediglich, wann und von wem es erlegt wird. Unsere Menschenwürde gebietet uns daher, das Wild schmerzlos zu töten, soweit es irgend möglich ist."

Allzuschnell vergeht immer so eine Unterrichtsstunde mit Assessor Heydenreich. Wenn er spricht, ist alles ruhig. Niemand will sich einen Satz seines fesselnden Vortrages entgehen lassen. Für Franz Achleitner sind diese Stunden immer ein wirkliches Erlebnis. Dazu kommt, daß ihm der Vortragende selbst mit jedem Tag sympathischer wird. — —

Der Sommer kommt nun mit Macht ins Land. Franz Achleitner weiß, daß Veronika vor acht Tagen wieder auf die Alm gezogen ist, und hat oft grenzenlose Sehnsucht. Wenn er im Städtchen drunten ist, sieht er manchmal den Mädchen ins Gesicht, ob eine darunter wäre, die Veronika gleiche. Aber er findet keine.

Um diese Zeit denkt er zum erstenmal wieder an das fremde Mädchen, das vom Hohen Wank abgestürzt war. Dabei hat er ein Gefühl der Bitterkeit. Nicht einmal Dank hat sie ihm noch gesagt. Ohne Gruß ist sie einfach fort, so wie fremde Gäste gehen. Keine einzige Karte hat sie ihm geschrieben, und es hat doch einmal Stunden gegeben, in denen sie sich sehr nahegekommen sind. Heute ist er sich längst klar, daß sie mit ihm nur ein kleines Abenteuer gesucht hat. Der Ruf vom Berg um Mitternacht ist nichts anderes gewesen als eine kleine Komödie, in der der Aktschluß ein bißchen überraschend gekommen ist. Sie ist einfach fortgegangen, und er weiß nicht einmal mehr ihren Namen.

Es ist nur ein Glück, daß nicht alle Mädchen so sind. Veronika zum Beispiel ist ganz anders. Nie würde sie von ihm gehen können. Nie würde sie ihm auch nur mit einem einzigen Gedanken untreu sein. — —

An einem Abend geht Franz Achleitner über den Hof der Burg und den kleinen Hügel hinauf, von dem aus man so einen herrlichen Blick auf das Städtchen hat. Auf dem Weg dorthin begegnet er dem Assessor Heydenreich, der sofort stehenbleibt.

„Achleitner! Was sagen Sie zu der Ostwand da drüben?"

„Ich weiß nicht, wie die Frage gemeint ist —"

„Kann man die Wand durchklettern?"

„Es wird schwierig sein, Herr Assessor."

„Aber nicht unmöglich, wie?"

Achleitner schweigt. Der Assessor zertritt seine Zigarette am Boden. Sein Blick hängt immer noch wie gebannt an der Wand. Jetzt streckt er die Hand hin in Richtung des Berges.

„Dort müßte man durchgehen. Sehen Sie die Rinne links oben? Ich will den Berg von dieser Seite pakken."

„Im Alleingang?"

„Wenn, dann möchte ich nur mit Ihnen gehen, Achleitner. Ich habe Sie das letzte Mal genau beobachtet. Sie haben das Zeug in sich, Mut und Ausdauer. Aber ich darf keinen mehr von euch mitnehmen. Strikter Befehl vom Alten. Hat mich mächtig angepfiffen."

„Und — müßte es denn der Alte unbedingt wissen?"

Der Assessor lächelt. „Ich sehe, wir verstehen uns, Achleitner. Kommen Sie mit?"

„Sehr gern sogar."

„Ich kann keinen andern brauchen. Und hinauf muß ich, es läßt mir sonst keine Ruhe mehr. Selbst im Schlaf erscheint mir die verdammte Wand jetzt schon. Also, Achleitner, einverstanden. Gut, dann brechen wir am Samstagabend schon auf, übernachten in der letzten Hütte und gehen gleich beim Morgengrauen die Wand an."

„Abgemacht, Assessor."

Walter Heydenreich dreht sich um und geht in die Burg hinunter.

*

Ein paar Tage später erhält Franz einen Brief von seiner Mutter, dem noch ein zweiter in einem verschlossenen Kuvert beiliegt. Die Mutter schreibt unter anderem, daß der Vater nun jeden Tag auf den Kalender sehe, weil er es kaum mehr erwarten könne, bis er, der Franzl, wieder heimkäme. In letzter Zeit werde nämlich im Revier wieder viel gewildert. Vorige Woche habe man einen Knecht von Riedlingen verhaftet, aber dieser allein könne es nicht gewesen sein, weil es in der folgenden Nacht schon wieder gekracht habe. Es sei ein Kreuz und ein Elend. Der Vater sei auch keiner mehr von den Jüngsten, und wenn er es auch nicht sage, so wünsche er doch heimlich, daß das Schuljahr bald beendet wäre und Franz heimkäme und ihm wieder einen Teil des verantwortungsvollen Dienstes abnehme. Ja — und damit sie es nicht vergesse, schreibt sie weiter, gestern sei die Liesl von der Steindlalm dagewesen und habe sie, die Försterin gebeten, doch diesen Brief beizulegen, wenn sie dem Franzl wieder schreibe.

Ein wenig verwundert öffnet Franz diesen zweiten Brief, gespannt, was ausgerechnet die Liesl ihm zu schreiben habe. Die ersten Zeilen überfliegt er, lächelt ein wenig über die vielen orthographischen Fehler und die ulkig naive Beteuerung ihrer Aufrichtigkeit. Doch dann werden seine Züge plötzlich starr. Was heißt denn das? Ist die Liesl verrückt geworden?

„— und Du mußt nicht denken, daß ich Dir etwas schreibe, das wo nicht wahr ist. Du bist außer meinem Wastl der einzige Mensch, der wo gut zu mir gewesen ist und darum drückt es mir fast das Herz ab, wenn ich sehe, wie die Veronika es treibt. Da hockt seit drei Wochen so ein Ingenieur jeden Abend bei der Veronika in der Hütte. Aber mein Wastl sagt, daß er gar kein Ingenieur nicht ist, sondern bloß ein Vorarbeiter bei der Baufirma, die wo zur Zeit eine Drahtseilbahn auf den Schröffel baut. Letzthin haben die zwei pussiert, was ich mit eignen Augen gesehen hab, sonst hätte ich Dir das nicht geschrieben. Bei mir hätte er es auch probiert, aber ich hab ihm gleich eine runtergehauen, und dann hat er gesagt, ich wäre ihm sowieso zu gräuslich gewesen. Aber wenn es gegangen wär, dann wär ich ihm net zu gräuslich gewesen. Und wenn ihm die Veronika auch gleich eine runtergehauen hätt, dann könnte er jetzt nicht ganze Nächte bei ihr hokken und mit ihr pussieren und weiß Gott noch alles. Das habe ich Dir mitteilen müssen, lieber Franzl, weil Du so ein braver und anständiger Bursche bist und es nicht verdienst, daß die Veronika Dich so hintergeht —"

Franz spürt, wie seine Hände zittern. Es ist ihm, als habe ihm jemand einen Schlag ins Gesicht versetzt. Mit brennenden Augen starrt er vor sich hin. Dann schiebt er den Brief langsam in die Tasche. Nicht einen einzigen Augenblick zweifelt er an dem, was die Liesl ihm da geschrieben hat. Jedem anderen würde er vielleicht mißtrauen, aber bei der Liesl gibt es keine Verleumdung und keine schlechte Absicht. Es muß die Wahrheit sein.

Was in den Stunden des Unterrichts noch gesprochen wird an diesem Tag, das weiß er nicht. Er hört überhaupt nicht hin. Nur ein einziger Gedanke kreist in seinem Hirn und kommt im Kehrreim seines Denkens immer wieder zu ihm zurück: Sie betrügt mich, hat mich vielleicht schon immer betrogen. Ich habe nur nichts gemerkt, weil sie in meinem Leben alles gewesen ist. Und dann zuckt seine Hand, ballt sich zur Faust, und er weiß, daß er zuschlagen könnte, immerzu hineinschlagen in ihr Gesicht oder das des andern. Aber nein, der andere ist ja schuldlos, er nimmt sich eben nur, was ihm bereitwillig gegeben wird. Es gibt nur eine Schuldige, und das ist Veronika.

Am Abend geht er nicht in den Speisesaal, sondern verläßt die Burg und steigt über die Hügel in den Wald hinauf. Später, viel später erst, es ist schon fast Nacht, führt sein Weg ihn in die Stadt hinunter. In den kleinen Seitengäßchen sieht man friedliche Bürger auf der Hausbank sitzen. Junge Mädchen, zu zweien und dreien eingehängt, begegnen ihm. Er sieht ihre Blicke nicht, geht an ihnen vorüber mit kaltem Gesicht und starrt auf das gewaltige Bergmassiv, das sich wie eine riesige Steinmauer rings um die Stadt aufbaut.

Und so geht er dahin, des Weges nicht achtend, ohne Ziel, ein junger Mensch, dem sein Mädchen zu Hause untreu geworden ist. Vielleicht verschenkt sie ihre Küsse — oder sich selbst — in dieser Stunde wieder an den Fremdling, leichtsinnig und freigiebig, weil sie glaubt, der andere sei weit und könne dies niemals erfahren.

Franz biegt in den Kurgarten ein. Aus den geöffneten Fenstern des Kurhauses kommen leise die Weisen des Orchesters. Auf versteckten Bänken sitzen Liebespärchen. Ein kleiner Vogel flattert aus dem Gebüsch, fällt in einen größeren Baum ein und singt sich müde in den Schlaf.

Der Wanderer ist ganz allein. Keine Menschenseele begegnet ihm, und er fühlt plötzlich eine ungeheure Traurigkeit und Verlassenheit auf sich niedersinken. In diesem Gefühl lehnt er nun seine Stirn an einen Baum und schließt die Augen. Nicht, daß er weinen könnte. Es brennt nur hinter den geschlossenen Lidern, brennt in seiner Brust, in seinem Herzen. Zorn, Trauer und Scham. So steht er eine ganze lange Weile wie ein Bettler, dem sich alle Türen verschlossen haben und der nun nicht weiß, wohin er sein müdes Haupt zur Nacht legen soll. Er kann sich nicht zurechtfinden in dem Wirrwarr seiner Gedanken. Er sieht nur ein Bild vor sich, sieht Veronika in den Armen des anderen. Dieses Bild verfolgt ihn auf dem Heimweg, verfolgt ihn noch stundenlang auf seinem Lager, während die Kameraden tief und ruhig schlafen.

*

Am anderen Morgen hat er sich wieder gefaßt. Nur seine Augen haben einen eigentümlich brennenden Glanz.

Nach dem Vormittagsunterricht will er den Forstassessor Heydenreich sprechen. Aber es ist ihm noch nicht recht klar, was er tun wird. Dann weiß er auch das. Jawohl, er wird heimfahren, wird Veronika zur Rede stellen und wird von sich aus Schluß machen, bevor es ihr einfallen könnte, über ihn zu lachen. Da trifft es sich, daß ihm am Nachmittag der Assessor allein im Burghof begegnet. Der lacht ihn freundlich an und sagt:

„Also morgen, Achleitner, nicht wahr? Morgen rük-ken wir dem Berg zu Leibe.“

„Ja — das heißt, wenn es Ihnen nichts ausmacht, so würde ich Sie bitten, die Tour um acht Tage zu verschieben.“

„Warum?“ Ärgerlich runzelt Heydenreich die Stirn. „Sie wollen doch nicht etwa kneifen vor dem Berg?“

Franz fühlt, wie ihm das Blut ins Gesicht steigt. „Ich hab vor keinem Berg Angst.“

„Na, also, dann können wir doch morgen losgehen; es sei denn, daß andere, zwingende Gründe Sie davon abhalten.“

„Ich muß unbedingt morgen heimfahren. Es hat sich etwas zugetragen bei mir zu Hause, und —“

„Ja, das ist natürlich was anderes“, unterbricht ihn der Assessor. „Selbstverständlich geht das vor. Der Berg läuft uns ja nicht davon. Wir machen die Tour eben acht Tage später.“

„Ich freue mich ehrlich auf diese Tour, Herr Heydenreich.“

„Ja, denken Sie denn, ich nicht? Aber ich will sie nur mit Ihnen machen. Ich habe das letzte Mal gesehen, was Sie leisten können. Wo sind Sie denn eigentlich daheim, Achleitner?“

„In Arlberg, Herr Heydenreich.“

„Kenne ich nicht. Gebirgsgegend?“

„Jawohl, wir haben zum Beispiel das Hohe Wank.“

„Hohe Wank? Den Namen glaube ich schon gehört

zu haben. Weiß nur nicht, in welchem Zusammenhang. Also — es bleibt dabei, morgen in acht Tagen?"

„Es bleibt dabei."

Franz muß wegen der Heimfahrt auch noch zum Schulleiter, dem Oberforstrat Kaltmüller gehen, damit er am Samstag schon weg kann. Es ist wegen der Zugverbindung. — —

Die Bahnfahrt scheint ihm eine Ewigkeit zu dauern. Er hat alles genau ausgerechnet. Um drei Uhr kann er daheim sein. Um vier will er schon auf dem Weg zur Jagdhütte sein. Und von da ist es ja nicht mehr weit zur Hochreiteralm.

Die Försterin schlägt vor Freude die Hände zusammen, als Franz so unverhofft die Küche betritt. Sie zieht ihn gegen die Helle des Fensterlichtes und sagt:

„Laß dich nur grad anschauen, Bub! Gut siehst du aus und so braungebrannt." Und doch muß ihr die Veränderung in seinem Gesicht aufgefallen sein, denn sie knüpft sogleich die Frage an:

„Es geht dir doch gut, Franzl?"

Er weicht ihren fragenden Augen aus. „Ja, Mutter, es geht mir gut. Wo ist der Vater?"

„In der Kanzlei ist er. Er ist erst vor einer Stunde heimgekommen, fuchsteufelswild. Geh nur gleich zu ihm, vielleicht kriegt er dann andere Laune."

Der Förster sitzt über dem großen Dienstbuch, taucht gerade wieder die Feder ein, legt sie aber sofort weg, als der Sohn eintritt, und steht auf.

„Grüß dich Gott, Franz. Dein Kommen überrascht mich. Habt ihr Ferien jetzt?"

„Nein, Vater, ich bin bloß über den Sonntag mal heimgekommen."

„Schön, schön. Dann gehen wir heut abend zusammen zum Wirt."

„Heute? Nein, Vater, ich muß — es ist —"

„Aha, ich kenn mich schon aus", sagt Achleitner finster. „Am liebsten möchtest wohl jetzt gleich hinaufrennen zu der —"

Er schlägt krachend die Schublade des Schreibtisches zu. „Und da habe ich gedacht, das Elternhaus hätte dich heimgezogen. Aber der Weiberkittel geht dir vor."

„Du hast recht, Vater. Ich muß auf die Alm hinauf. Und heute noch."

„Ich hab mir gedacht, die Schule könnte dich von deiner Dummheit kurieren."

„Die Schule nicht, Vater. Aber es könnte sein, daß mich bereits was anderes kuriert hat."

Franz sagt dies so eigentümlich fest und sicher, daß dem Vater darüber Gedanken aufsteigen. Er betrachtet den Sohn eine Weile und legt ihm dann beide Hände auf die Schultern.

„Ich will dich nicht fragen, Franzl, was los ist. Aber du darfst mir glauben, ich wäre so herzensfroh, wenn du dir die Sache mit dem Mädl aus dem Kopf schlagen möchtest. Es gibt doch noch einmal ein Unglück. Ich fresse einen Besen, wenn die Hochreiters nicht wildern. In letzter Zeit ist es wieder schlimm. Aber ich habe sie nur im Verdacht. Die Kerle sind so gerissen, daß man sie nicht ertappen kann."

Franz schüttelt den Kopf. „Ich versteh das nicht. Einmal müßte man sie doch erwischen können."

„Was glaubst du, was ich und der Kestler in den

letzten Wochen umeinandergerannt sind! Es ist zum Verrücktwerden. Aber komm mit jetzt. Die Mutter soll uns einen guten Kaffee kochen. Im übrigen, Franzl, ich freue mich. Kaltmüller — ich kenne ihn von früher — hat mir auf meine Anfrage kürzlich berichtet, daß du einer der Besten in der Schule bist."

„Na ja, ich geb mir Mühe. Schließlich will ich dich ja nicht blamieren. Und was mir heut dort eingetrichtert wird, kann mir später nur von Nutzen sein."

*

Dunkel und verschwiegen liegt die Hochreiteralm unter dem Glanz der Sterne. Und doch sieht Franz schon, als er den Almzaun überklettert, daß noch Licht brennt in der Hütte.

Einen Augenblick bleibt er stehen. Das Herz schlägt ihm wie rasend. Was werden die nächsten Minuten bringen? Er ist vorher noch bei der Liesl auf der Steindlalm gewesen und hat sich vergewissert, daß ihre Angaben in dem Brief auf Wahrheit beruhen. Was sie selber nicht gesehen hat, hat ihr der Wastl immer getreulich berichtet. Dieser Fremde heiße Erwin Leiser und sei Vorarbeiter bei der Baufirma, nicht Ingenieur, als der er sich ausgibt.

Ob er ihr böse sei, weil sie ihm den Brief geschrieben habe, hat die Liesl gefragt.

Warum soll er ihr böse sein? Sie hat es ja nur gut mit ihm gemeint, und er muß ihr dankbar sein.

Der Almboden dämpft seine Schritte. Nur als er das Gatter aufmacht und hinter sich wieder schließt, knarrt es ein wenig. Doch es bleibt alles ruhig. Niemand kommt aus der Hütte, um zu sehen, was draußen los ist.

Rasch tritt er ans Fenster, um gleich darauf zurückzuprallen. Was er gesehen, treibt ihm das Blut ins Gesicht; es strömt zurück zum Herzen und wallt von neuem auf. Seine Fäuste zittern, sein Mund preßt sich vor Qual und Schmerz zusammen.

Drinnen im gemütlichen Winkel zwischen Fensterstock und Wand sitzt Veronika, umfangen von den Armen eines andern. Regungslos hingegeben liegt sie an seiner Brust, trinkt seine Küsse, schlingt nun selbst ihre Arme um den Hals des Fremden, lacht, strahlt ihn an und verschwendet ihre heißen Zärtlichkeiten an ihn, als hätte es nie zuvor in ihrem Leben einen jungen Jäger namens Franz Achleitner gegeben.

Draußen steht Franz und preßt die Zähne aufeinander, daß es ihn schmerzt. Es ist ganz gut, daß er heute keine Büchse bei sich hat, es könnte nämlich sonst etwas recht Unvernünftiges passieren. Denken kann er kaum mehr. Sein Leben ist plötzlich ganz flach und leer, als hätte es niemals Höhepunkte in ihm gegeben. Aber dann packt es ihn wieder jäh, und er weiß nicht, ist es Haß oder Scham. Nur eines weiß er: daß es aus ist, für immer und ewig aus zwischen ihm und dem Mädchen da drinnen.

Eine Minute später reißt er die Tür auf und steht starr und steif unter dem Türrahmen, ohne ein Wort zu sagen.

Veronika springt in die Höhe. Eine Blutwelle jagt über ihr Gesicht. So steht sie eine Weile stumm, in tödlicher Verlegenheit. Der Mensch aber, in dessen Armen sie soeben noch geruht, streicht sich geziert über sein dunkles Bärtchen, zündet sich eine Zigarette an und legt vornehm den sorgfältig frisierten Kopf zurück. Dabei kneift er die Augen ein wenig zusammen, und das sieht so aus, als lächle er ganz leise und spöttisch über den Schweigsamen dort an der Tür. Dann sagt er, vielleicht nur aus dem Grunde, weil ihm dieses Schweigen unheimlich zu werden beginnt:

„Eine nette Manier haben Sie, junger Mann. Einfach hier hereinzurennen, ohne anzuklopfen. Na ja, wahrscheinlich schlechte Kinderstube gehabt, was, junger Mann?“

Das „junger Mann“ wurmt den Franzl mächtig, und er macht ein paar drohende Schritte nach vorn.

„Für dich bin ich alt genug, merk dir das, du Aff, du blasierter! Dich heb ich schon ’raus aus deiner Ecke, da paß auf.“

Der andere zieht die Augenbrauen hoch. „Erlauben Sie mal! Wie kommen Sie dazu, mich zu duzen? Hab ich schon mal Schweine gehütet mit Ihnen?“

Inzwischen hat Veronika sich gefaßt.

„Geh, Franzl, sei doch g’scheit!“ Sie will ihm die Hand reichen, aber er zieht beide Arme zurück, als ekle ihn vor der Berührung.

Und dann bricht es mit beißender Ironie über seine Lippen: „Ich bin wohl recht ungelegen gekommen, was?“

„Aber nein, Franzl — ich weiß gar nicht, was du hast.“ Sie ist immer noch der Meinung, er könne nichts gesehen haben, denn als sie die Türklinke gehört hat, ist sie sofort aufgesprungen.

„Was ich habe?“ Ein kurzes, hartes Auflachen. „Genug hab ich gesehen. Das reicht mir.“

Der Fremde schnellt die Asche von seiner Zigarette und steht auf.

„Erlauben Sie mal! Ich verbitte mir, daß Sie in solchem Ton zu der Dame sprechen."

„Dame? Daß ich nicht lache!" Franz nimmt seinen Hut ab und fährt sich durch die Haare. „Von Ihnen lasse ich mir gar nichts verbieten, daß Sie es wissen!"

Angesichts der drohenden Haltung zieht es der Fremde vor, zu verschwinden. Er geht hinaus und zieht die Tür hinter sich zu. Franz weiß bestimmt, daß er nun vor dem Fenster draußen horchen wird. Er spricht aber deswegen keinen Ton leiser.

„Du bist dir doch klar darüber, Veronika, daß zwischen uns beiden Schluß ist?"

Veronika gibt keine Antwort, starrt nur vor sich hin. Erst nach einer Weile hebt sie den Kopf und sucht seine Augen. Doch er blickt über sie hinweg, als wäre sie gar nicht im Raum.

„Ich weiß nicht, wer der andere ist", fährt Franz schonungslos fort. „Aber es genügt mir, daß nur irgendeiner zu kommen braucht, und du vergißt, was du mir versprochen hast, vergißt überhaupt alles —"

„Das ist nicht wahr!" rafft Veronika sich jetzt auf zu einer lahmen Verteidigung. „Ich kann doch keinem die Hütte verwehren, wenn er kommt, um zu rasten."

„Mein Gott, was du für Ausreden hast! Wenn einer müd ist, mag er rasten, nicht wahr? Man muß sich dann auch auf seinen Schoß setzen und die Arme um ihn schlingen. Weil er doch so müd ist, der Herr, nicht wahr? Sag mal, meinst du, daß ich wirklich so dumm bin, Veronika? Und es ist ja auch heute nicht das erste

Mal. Es geht schon seit Wochen so fort. Ich habe es gewußt, aber ich habe es nicht glauben wollen, daß ein Mensch so schlecht sein könnte. Und darum habe ich mich selber überzeugen wollen. Und es war gut so. Jetzt weiß ich wenigstens, wie ich dran bin."

Veronika fühlt plötzlich, daß er mehr weiß, als sie angenommen hat. Langsam wendet sie sich um, läßt sich auf die Truhe fallen. Sie schämt sich nun doch. Oder ist es die Wut, daß er sie überrascht hat, die ihr ein paar Tränen in die Augen treibt?

„Ja, ja, weinen mußt du auch noch", sagt Franz ungerührt. „Das hättest du dir früher überlegen sollen." Er macht ein paar Schritte zu ihr hin und blickt auf ihren gesenkten Scheitel nieder. „Ich will dir nur noch eines sagen, daß ich dich gern gehabt hab. Und ich bin dir treu gewesen zu jeder Stunde. Ich habe mich deinetwegen mit meinem Vater gestritten. Aber ich hätte es durchgesetzt, allen zum Trotz, daß wir beide zusammengekommen wären, weil ich mir ein Leben ohne dich nicht habe vorstellen können. Wie ich jetzt damit fertig werde, das ist meine Sache. Für dich ist es leicht, denn du hast bereits Ersatz. Ich hoffe, daß wir uns nicht mehr oft begegnen werden, wenn ich wieder daheim bin. Auf alle Fälle, deine Hütte betrete ich nicht mehr. So — und jetzt haben wir zwei ausgeredet — für alle Zeiten."

Veronika hebt den Kopf nicht, als sie die Tür hinter ihm ins Schloß fallen hört. Franz aber rennt den Almhang hinunter, ohne sich noch einmal umzusehen. Ihm ist, als sei eine Tür hinter ihm zugeschlagen. Dahinter liegt alle Erinnerung und die Vergangenheit. Alles ist zugeschüttet, eine Welt von Gedanken und Wünschen, die schönen Träume seiner Jugend. Das Eigentümliche ist, daß er gar nicht einmal besonders große Schmerzen dabei empfindet. Es ist einfach alles wie abgestorben in ihm, und das, was sich sonst Herz nennt, scheint im Augenblick nur noch ein Steinklumpen zu sein. — —

Es ist nun nicht wahr, daß Veronika ganz unberührt geblieben wäre von dieser plötzlichen Überraschung. Sie weiß gar wohl, daß etwas zerbrochen ist durch ihren Leichtsinn und ihre Treulosigkeit. Und als der Bauführer Erwin Leiser wieder hereinkommt, sieht sie mit verschwommenen Augen an ihm vorbei.

„Naaa —" sagt er gemütlich und mit dem Lächeln eines Schwerenöters, „wer wird denn traurig sein!" Er legt den Arm um ihre Schultern. Langsam schiebt sie ihn fort.

„Laß mich, das verstehst du nicht."

„Na schön. Morgen vielleicht wieder."

Erwin Leiser ist viel zuviel Frauenkenner, um sich für heute noch etwas zu erhoffen. Im Grunde genommen geht es ihm auch gar nicht nahe. Sie hat im Augenblick einen ‚Moralischen', aber das wird vorübergehen. Und morgen ist Sonntag, da kann er den ganzen Tag um sie sein.

*

Am nächsten Samstag sagt der Forstassessor zu Franz Achleitner:

„Also, heute packen wir die Ostwand. Ich habe zwar Besuch bekommen, aber die Wand ist mir im

Augenblick wichtiger. Der Besuch bleibt länger und läuft mir nicht davon.“

Tiefgebräunt von der Gletschersonne kehren sie am Sonntagabend von der Tour zurück. Als sie durch das Städtchen gehen, sieht Franz am Fenster einer Pension plötzlich ein Gesicht, daß er eigentlich kennen sollte. Aber als er genau hinschaut, scheint es ihm doch ein Irrtum zu sein. Auch ist das Mädchen bereits verschwunden.

Seit er wieder von zu Haus zurück ist, hat er sich ein wenig verändert. Nicht nur sein Gesicht ist schmäler geworden, nein, auch im Wesen hat er sich gewandelt. Er hat ein höhnisches, ohnmächtig zornvolles Gebaren an sich, mit dem sich niemand auskennt, weder seine Kameraden noch der Forstassessor Heydenreich, mit dem er diese gefahrenvolle Bergtour gemacht hat. Sogar im Unterricht ist er jetzt mitunter zerstreut. Und das alles wegen eines Mädchens, das ja gar nicht wert ist, daß man an es denkt, und das von Treue nichts weiß. — —

An einem der nächsten Tage schlendert er ziemlich spät noch durch den Kurpark. Die Sonne hat hinter den Bergen ausgeblutet, und der Halbmond schwebt schon am Abendhimmel.

Viele Menschen, meistens Kurgäste, begegnen ihm. Er schaut den jungen Mädchen allen ins Gesicht, nicht mehr mit jener Neugier, ob etwa eine davon Veronika gleiche, sondern mit einem ganz anderen Gefühl, als suche er nach dem Kainsmal der Untreue auf ihren Stirnen; denn seit ihm das mit Veronika widerfahren, steht es für ihn fest, daß es überhaupt keine einzige mehr geben könne, die den Begriff Treue verkörpert.

Manchmal lächelt ihm eine zu und sucht seinen Blick. Aber darauf reagiert er nicht mehr. Vielleicht weiß er auch gar nicht, daß er des Ansehens wert ist in seiner kraftvollen Jugend. Er hat kein Lächeln mehr für schöne Frauen. Lieber schaut er in den Abendhimmel, läßt seine Augen füllen von dem wilden Abendrot, bis sie ihm überlaufen.

Da kommt der Assessor Heydenreich des Weges. An seiner Seite geht ein großes, schlankes Mädchen im hellen Sommermantel. Der weitrandige Basthut beschattet ihr Gesicht ein wenig. Sie hängt am Arm des Assessors, der lebhaft auf sie einspricht und seinen Schüler Achleitner gar nicht bemerkt. Aber sie nickt ihm lächelnd zu, und an diesem Lächeln erkennt er in ihr das Mädchen, das er vor ein paar Tagen an jenem Fenster gesehen hat. Doch diese Feststellung reicht nicht aus. Er muß dieses Gesicht schon woanders gesehen haben. Es kommt ihm irgendwie vertraut vor. Seine Augen gehen hinter den beiden her, bis sie weiter vorn um eine Ecke biegen. Da schaut das Mädchen zurück und winkt ihm hinter dem Rücken des Assessors zu.

Und da weiß Franz Achleitner plötzlich, daß es das Mädchen Gisela ist, das er aus Bergnot gerettet hat und das dann ein paar Tage Gast in seiner Jagdhütte gewesen ist.

Es fällt ihm nun alles wieder ein. Es war einmal ein schöner Abend, und das Mädchen hat neben ihm gesessen und ihm viel erzählt. Eine wunderbare Stille ist es gewesen, und er hätte sie vielleicht geküßt, wenn er es wegen Veronika hätte tun können.

Allmählich wird der junge Jäger ein wenig traurig.

Nicht, weil er dieses Gesicht nicht gleich hat wiedererkennen können, sondern weil ihm dieses Mädchen so viel aus ihrem Leben erzählt hat, nur das eine nicht, daß auch sie bereits gebunden, vielleicht sogar verlobt ist mit dem Forstassessor Walter Heydenreich. Und es tut ihm ein wenig weh, daß auch diese Gisela nicht anders ist als Veronika, denn sie hat ihm hinter dem Rücken des Assessors zugewinkt. Als ob er jemals diesen vortrefflichen Menschen hintergehen könnte!

So eine Kanaille! denkt er. Und mit mir hat sie aufs Hohe Wank gehen wollen. Es ist eigentlich das letzte, was sie ihm damals gesagt hat. Dann ging sie einfach fort, ohne Abschied und ohne eine Spur zu hinterlassen. Jetzt winkt sie ihm wieder zu.

Wink du nur zu, du Mädchen Gisela, das er aus Bergnot gerettet hat, und das sich hier als vornehme Dame zeigt! Dein Winken nützt dir nichts, denn Franz Achleitner gibt sich zu keinem Spielzeug mehr her, er ist gewitzt. Aber er könnte seinem jungen Lehrer vielleicht die Augen öffnen, damit es ihm nicht auch so ergeht, wie es ihm mit Veronika gegangen ist. Vielleicht ergibt sich in den nächsten Tagen die Gelegenheit dazu, dann hat er seine kleine Rache, und das Mädchen Gisela wird es sich überlegen, hinter dem Rücken des Bräutigams zu winken.

Diese Gelegenheit kommt schon am andern Tag, als ihm nach dem Abendessen der Assessor im Flur begegnet. Aber noch ehe Franz etwas sagen kann, faßt der andere ihn schon bei den Schultern und schilt ihn aus.

„Hören Sie, Achleitner, warum haben Sie mir noch nie gesagt, daß Sie mit meiner Schwester bekannt sind?"

„Schwester?" stammelt Franz ganz überrascht.

„Natürlich, die junge Dame, die gestern in meiner Begleitung war, ist meine Schwester. Entschuldigen Sie übrigens, daß ich Sie nicht gesehen habe. Sie müssen sie doch erkannt haben, nachdem sie schon einmal ein paar Tage bei Ihnen zu Gast war, wie sie mir erzählt hat. Na, jetzt machen Sie doch kein so verdutztes Gesicht! Beeilen Sie sich, Sie werden erwartet, Brunnenstraße 12."

Franz macht sich auf den Weg in die Stadt. Da ist also Gisela die Schwester von Herrn Heydenreich. Natürlich — jetzt fällt es ihm wieder ein — hat sie nicht damals auch diesen Namen genannt? Aber den hat er wohl nicht in sein Gedächtnis aufgenommen, zumal er sie nur als Gisela angesprochen hat.

Wie wird das nun heute sein? Es wird sich wohl nicht recht schicken, daß er Gisela zu ihr sagt, denn schließlich ist er im Augenblick nichts weiter als ein Schüler auf der Forstschule und hernach die nächsten fünf Jahre auch nichts weiter als ein Jäger mit einem Monatsgehalt von vierhundertsechzig Mark, wenn es gutgeht. Sie aber ist eine Dame und — —

Franz Achleitner fährt aus seinen Gedanken auf. Dort ist ja die Pension schon, und dort steht auch das Mädchen Gisela am Fenster und winkt ihm zu. Jetzt tritt sie zurück und erscheint ein paar Minuten später mit strahlendem Lächeln unter der Haustür.

„Ich freue mich, Sie wiederzusehen, Franz", sagt sie und reicht ihm beide Hände.

Das sieht er wohl, daß sie sich freut. An ihrem Lächeln erkennt er es, an dem hastigen Gesprudel ihrer Worte. Aber er weiß mit ihrer Freude nicht recht viel anzufangen und kann sie nicht in Einklang bringen mit ihrer plötzlichen Flucht damals. Wenn diese Freude wirklich so echt ist, warum hat sie dann niemals mehr etwas von sich hören lassen? muß er denken. Ja, Franz Achleitner ist mißtrauisch geworden und wittert hinter jeder Freundlichkeit eine Berechnung.

Er sieht aber doch ein, daß sie nicht mitten auf der Straße stehenbleiben können. Sie ist übrigens zum Ausgehen angezogen. Deshalb fragt er: „Wollen wir gehen, Fräulein Heydenreich?"

Sie nickt und geht neben ihm her. Sie trägt ein schönes, enganliegendes blaues Kleid und den Basthut vom Tag vorher. Dadurch erscheint sie schlanker und vornehmer als damals in dem derben Touristenkostüm. Aber das allein ist nicht schuld an der Fremdheit, die der junge Mann in sich fühlt. Ist es denn Fremdheit? Ist es nicht eher das Gefühl des Zornes, daß dieses Mädchen nun wieder seinen klaren Weg kreuzt?

Bald haben sie die letzten Häuser hinter sich.

„Was denken Sie denn?" fragt sie in seine Gedanken hinein.

„Mir kommt alles so komisch vor", meint er.

„Daß wir beide hier gehen?"

„Ja, auch das. Überhaupt alles."

„Ich will Ihnen einmal etwas sagen, Franz. Ich glaube nicht an Zufälle und betrachte deshalb auch unser Zusammentreffen hier nicht als solchen, sondern als —" Sie verstummt plötzlich und macht sich an ihrer Handtasche zu schaffen.

„Sondern als was?" fragt er.

Gisela schaut ihn frei und offen an.

„Als Schicksal." Sie beschleunigt ihren Schritt plötzlich. „Ja, ja, das habe ich gewußt, daß wir zwei uns irgend einmal im Leben nochmals begegnen werden. Allerdings, daß es hier wäre, das hätte ich nicht gedacht."

Das Gespräch verstummt wieder. Man hört nur ihre Schritte auf der Straße, die sich in weißem Kalklicht vor ihnen erstreckt und dann in das Dunkel des Waldes einmündet.

„Warum sind Sie denn damals eigentlich so schnell fortgegangen, Fräulein Heydenreich?" fragt er.

„Ich habe mich einfach plötzlich entschlossen. Vielleicht — hatte ich auch meinen Grund dazu."

Das Dunkel des Waldes nimmt sie jetzt auf. Wie schweigende Riesen stehen die Bäume auf beiden Seiten und lassen das Licht des Mondes nicht herab auf den Weg.

„Warum nennen Sie mich nicht mehr Gisela wie damals?"

„Weil es sich doch nicht recht schicken dürfte."

„Und warum nicht? Hören Sie, Franz, ich habe es gleich gemerkt, daß Sie nicht mehr so sind wie damals. Ich kann es verstehen, habe vielleicht nicht richtig gehandelt. Aber vielleicht könnte man das entschuldigen. Sehen Sie, ich habe mich wirklich von Herzen gefreut, als ich Sie vor ein paar Tagen hier sah."

„Haben Sie mich denn gleich erkannt?"

„Natürlich", sagt sie und hängt sich, weil sie beinahe gestolpert wäre, an seinen Arm. Daß sie ihn aus Tausenden sofort herauskennen würde, das braucht er ja gerade nicht zu wissen. Wie oft sie an ihn gedacht und von ihm geträumt hat, braucht er ebenfalls nicht zu wissen.

„Sehen Sie, und ich habe lange nachdenken müssen, wo ich Sie schon einmal gesehen habe", meint er.

Gisela spürt einen kleinen Stich im Herzen. So wenig hat er sie im Erinnern gehabt! Sie sagt es aber nicht, sondern bleibt, weil der Wald sich lichtet, plötzlich stehen.

„Ach, wie herrlich!"

Vor ihnen schimmert die gewaltige Wand des Riffers wie eine Fata Morgana, hell im strahlenden Mondenschein.

„Durch die Wand bin ich mit Ihrem Bruder gestiegen", sagt Franz, ebenfalls gebannt von dem herrlichen Bild.

„Ja, ich weiß — er hat es mir erzählt."

„Dann wußten Sie ja, daß ich hier bin."

„Er sagte keinen Namen, nur daß er mit einem Schüler gehe. Unser Zusammentreffen ist für mich genauso überraschend wie für Sie. Denken Sie denn, Franz, ich möchte Ihnen hier eine Komödie vorspielen? Zufall allein ist nur, daß mein Bruder hierher versetzt worden ist und ich darum meinen Urlaub hier verbringe."

„Ich glaube das alles", antwortet er. „Nur kann ich nicht begreifen, daß Sie nie wieder ein Sterbenswörtl von sich haben hören lassen. Es kommt ja schließlich nicht alle Tage vor, daß man von jemandem aus Bergnot gerettet wird."

„Wäre Ihnen etwas daran gelegen, Franz?"

Zum erstenmal sieht er sie nun ganz ruhig und ohne jede Bedrückung an. Er fühlt, daß er innerlich freier geworden ist auf dem Weg hierher, daß dieses Trennende und Fremde gewichen und das schöne Vertrautsein jener Tage in der Jagdhütte wieder da ist.

Still stehen sie voreinander, und Franz sieht nun sogar eine kleine Narbe oberhalb des linken Auges, das Andenken an das Hohe Wank. Nur eines sieht er nicht: die bange Erwartung in ihren Augen auf die Beantwortung ihrer Frage. Und sie zu wiederholen, dazu findet sie nicht den Mut.

„Kommen Sie, Franz", sagt sie plötzlich. „Dort drüben sehe ich eine Bank."

Dort angekommen, plaudert sie lebhaft und selbstsicher von allen möglichen Dingen, erinnert ihn auch, daß sie ihm damals gesagt habe, sie hätte einen Bruder, der in der Forstbranche tätig sei. Ob ihm denn bei dem Namen Heydenreich gar nichts eingefallen sei?

Er schüttelt den Kopf. „Haben Sie damals überhaupt den Namen genannt?"

„Doch, einmal. Und dann habe ich Sie gebeten, mich Gisela zu nennen. Oh, ich weiß alles noch ganz genau, als ob es gestern gewesen wäre. Zum Schluß bat ich Sie, mit mir auf das Hohe Wank zu gehen."

„Wozu ich durchaus bereit war. Aber dann waren Sie spurlos verschwunden."

„Und Sie glauben wirklich, Franz, daß ich dazu keinen Grund gehabt hätte?"

„Sicher, sicher", gibt er zu. „Ich bin überhaupt

der Ansicht, daß ein Mädchen wie Sie nichts tut, ohne einen zwingenden Grund zu haben."

Aber er fragt nicht näher nach diesem Grund. Er fühlt sich so zufrieden in dieser Stunde, wie schon lange nicht mehr. Eine große Ruhe ist in seine Seele gekommen.

Aber in diesem Augenblick sagt Gisela etwas recht Ungeschicktes. Sie fragt nämlich in den Frieden seiner Seele hinein:

„Was würde Ihre Braut sagen, wenn sie wüßte, daß Sie mit mir jetzt hier zur Nachtstunde sitzen?"

„Ich — habe keine Braut", sagt er frostig.

„Nicht lügen, bitte! Das paßt nicht zu Ihnen. Ich hab Sie doch gesehen — euch alle beide."

„Ich lüge nicht. Hätte nur sagen sollen: Ich habe keine Braut mehr. Das ist — längst vorbei."

Mit feinem Instinkt fühlt sie, daß sie da eine halbvernarbte Wunde aufgerissen hat, doch weiß sie im Augenblick kein Mittel, es wieder gutzumachen. Sie legt ihre Hand auf die seine. „Ich habe Ihnen nicht weh tun wollen."

„Das glaube ich Ihnen, Gisela. Aber Sie wissen vielleicht nicht, wie das ist, wenn man von einem Menschen enttäuscht wird, an den man geglaubt hat wie an das Evangelium."

„Es wird so sein, daß man den Glauben an die Frauen überhaupt verliert."

„So ähnlich, ja. Aber lassen wir's gut sein. Wir müssen an den Heimweg denken. Um elf Uhr ist bei uns in der Burg Torschluß — und ich möchte nicht wecken müssen."

Sie gehen den Weg zurück und merken dabei erst,

wie weit sie gegangen sind. Fast eine halbe Stunde wandern sie, bis die ersten Häuser in Sicht kommen. Gisela hängt an seinem Arm, und sie hätte die ganze Nacht so mit ihm dahinwandern mögen. Vor ihrer Pension bleiben sie stehen.

„Wann sehen wir uns wieder?“ fragt Gisela.

„Ich weiß nicht. Übermorgen beginnen die Ferien. Da fahre ich natürlich zu meinen Eltern heim.“

„Natürlich“, spricht sie enttäuscht nach. Wie hat sie auch nur einen Augenblick glauben können, daß er hierbleiben würde! Sie sucht den Hausschlüssel und steckt ihn ins Schloß, sperrt auf und wendet sich wieder um.

„Also dann, viel Vergnügen in den Ferien. Vielleicht denken Sie ein wenig an mich.“

„Ja, das sicher.“ Er faßt ihre Hand. „Vielleicht sind Sie noch hier, wenn ich zurückkomme.“

„Würde es Sie ein wenig freuen, Franz?“

„Ja, Gisela“, sagt er ehrlich.'

„Na, wir wollen sehen. Leben Sie einstweilen wohl, Franzl, und verbringen Sie Ihre Ferien recht gut.“ Sie drückt seine Hand fest. Ein warmer Schein blüht in ihren Augen auf, der ihn fast ein wenig verwirrt. Dann tritt sie von ihm zurück, und die Tür fällt ins Schloß.

Franz Achleitner steht allein auf der Straße, die so hell ist, daß man hätte lesen können. Der Mond leuchtet hoch über den Dächern der alten Stadt und läßt sie grünlich schimmern.

Langsam und versonnen geht Franz den Berg hinauf zur Burg, und immerzu sind seine Gedanken nun bei dem Mädchen Gisela, das das Schicksal ein zweitesmal in seinen Weg geführt hat.

*

Wie schön ist es, das stille Rasten zu Hause! Wunderschöne, warme Sonnentage spannen sich über dem Tal. Franz Achleitner liegt hinter dem Haus im Gras, die Arme hinter dem Kopf verschränkt, und träumt ins Blaue.

Der Förster ist in der Jagdhütte, und es ist ausgemacht worden, daß Franz am Abend nachkommen und morgen früh den Kapitalbock schießen soll, den der Vater schon seit Wochen für ihn ausgemacht hat.

Die Mutter brummt zwar ein bißchen, denn sie möchte den Buben ganz für sich haben in den kurzen Ferien. Aber Franz versichert ihr, daß er ja schließlich Jäger sei und auf den schönen Bock nicht ohne weiteres verzichten könne, noch dazu, da ihn der Vater für ihn aufgehoben habe.

„Aber du kommst doch dann morgen wieder heim?"

„Das weiß ich noch nicht, Mutter. Es kommt drauf an, ob mir morgen früh der Bock schon ansteht."

„Und die Veronika? Meinst du, daß du es übers Herz bringst, nicht zu ihr hinzugehen?"

„Nein, Mutter, mit ihr bin ich fertig für alle Zeiten. Wenn du mir einen Gefallen tun willst, dann rede nie mehr davon."

Eine Stunde später verläßt er das Haus. Als er nun nach so langer Zeit wieder mit der geliebten Büchse auszieht, wird ihm ganz froh und leicht ums Herz.

Aus der Schmiede hört man klingenden Hammerschlag. Als er dort vorbeikommt, tritt der Schmied mit einem glühenden Stück Eisen heraus und taucht es in ein Wasserfaß. Sie reden eine Weile über das schöne Wetter und über die Zeiten. Dann setzt Franz seinen Weg fort. — —

Förster Achleitner sitzt auf der Bank vor der Jagdhütte. Als er den Sohn über den Hang heraufkommen sieht, steht er auf und geht ihm entgegen.

„Da bist du ja. Komm nur gleich. Den Bock kannst du heute noch haben. Ist mir schwer genug geworden, ihn heute morgen an mir vorbeiziehen zu lassen. Ein Gehörn hat er auf, Franzl, so was hast du noch nicht gesehen."

Franz weiß ganz genau, wie schwer es einem solch eingefleischten Jäger gewesen sein mag, den Bock nicht niederzustrecken. Und darum schüttelt er dem Vater kräftig die Hand.

„Du machst mir eine große Freude damit, Vater. Und dafür danke ich dir."

Zusammen gehen sie auf die Jagdhütte zu. Der Alte hängt sich das Fernglas um und nimmt die Büchse vom Haken. „So, jetzt können wir schon gehen."

Als sie bei der Steindlalm vorbeigehen, treibt die Liesl gerade die Kühe auf die Weide. Als sie den Franzl gewahrt, geht ein frohes Leuchten über ihr sommersprossiges Gesicht. Sie hätte dem Franzl gleich allerhand zu erzählen und überhaspelt sich fast vor lauter Eifer. Franz versteht nur soviel, daß sie im Herbst den Wastl heiraten will, der seit dem Frühjahr nicht mehr auf der Hochreiteralm, sondern als

Holzknecht arbeitet. Franz hört sich alles geduldig an, bis der Vater drängt:

„Geh, weiter, Franzl. Zum Ratschen habt's morgen auch noch Zeit. Meinst du vielleicht, der Bock wartet, bis es uns gefällig ist?" — —

Der Abend sinkt immer mehr. Am Himmel schwimmen Schäferwölkchen. Sie sehen aus wie in die Luft gestreute große Rosenblätter. Bald klingen die Schritte der beiden Jäger auf kahlem Gestein wie Hammerschläge, bald wieder verstummen sie, wenn der Weg über Gras geht. Während sie auf einem schmalen Pfad über ein Latschenfeld hinaufsteigen, bleibt Franz plötzlich stehen.

„Was war denn das?"

„Was meinst du?" fragt der Förster.

„Ich habe gemeint, ich hätte was gehört in den Latschen. Aber ich muß mich getäuscht haben."

Sie gehen weiter, steigen den Hang hinauf, wandern den Grat entlang und verschwinden dann in einer kleinen Senke.

Als ihre Schritte sich verloren haben, taucht aus den Latschen das Gesicht des Hochreiter Sepp auf. Eine Weile steht er regungslos und späht mit funkelnden Augen hinter den beiden her. Ein verzerrtes Lächeln huscht um seinen Mund. Dann klappt er den Stutzen auseinander, umwickelt ihn mit einem Lappen, verbirgt das Bündel sorgfältig in den Latschen und schleicht geduckt zurück.

„Muß der Teufel heut die zwei da 'raufschikken!" flucht er vor sich hin. „Da ist für mich heut ausgejagt. Hoffentlich laßt sich morgen keiner sehen da heroben."

Immer die verborgensten Wege suchend, pirscht er sich langsam zur Hochreiteralm hinunter. — —

Die beiden Jäger haben inzwischen den Standplatz erreicht. Sie lassen sich am Fuß eines alten Baumes nieder. Franz legt die Büchse quer über seinen Schoß, und der Alte macht dasselbe.

„Es ist grad, wenn du ihn verfehlst, daß ich einen Fangschuß abgeben kann", sagt er.

Franz lächelt. „Das glaubst du ja selber nicht, Vater, daß ich den Bock verfehle."

Lautlos sitzen sie eine halbe Stunde. Groß und schweigend dehnt sich ringsumher die Felsenwildnis. Der warme Wind ist durchzogen von dem Geruch der Bergkräuter. Am stärksten duften die Brunellen. Ein paar Raubvögel ziehen mit lautlosem Flügelschlag ihrem Horst zu. Einmal stößt einer einen hellen, kriegerischen Schrei aus, dann ist wieder das große Schweigen ringsumher.

Ohne daß Franz es will, treten sonderbare Gedanken auf ihn zu und setzen sich leise neben ihn, wie stille Gäste aus einer anderen Welt. Eigentlich ist es merkwürdig, daß er heute an Veronika denken kann, ohne dabei etwas Schmerzliches zu empfinden. Ich liebe sie gar nicht mehr, stellt er fest. Das, was mich an sie denken läßt, ist nur ein Gespenst meiner Liebe zu ihr. Und doch sieht er sie deutlich vor sich in ihrer dunklen, rassigen Schönheit. Aber dann ist plötzlich ein anderes Gesicht daneben — Gisela Heydenreich. Ganz still und fast demütig steht sie hinter der anderen. Zwei Mädchen, fast gleich alt und doch so grundfremde Naturen. Ob wohl noch einmal eine dritte in seinem Leben eine Rolle spielen wird? Lächerlich! Gisela spielt ja gar keine Rolle in seinem Leben. Es muß nur das Unerklärliche ihres Wesens sein, von dem er so leicht nicht loskommen kann. Er denkt nicht nur jetzt, in dieser Feierstunde an sie, sondern schon all die Tage lang, seit er sich von ihr getrennt hat. Ich werde ihr schreiben, denkt er und überlegt sich bereits die Anrede.

Da stupft ihn der Vater in die Seite.

Aus der Tannenschonung ziehen zwei Geißen und ein Bock. Mit blitzenden Augen äugt er umher, ohne die beiden Jäger zu gewahren. Oder hält er sie für harmlose Wanderer? Jetzt beginnt er ganz friedlich hinter den Geißen her zu äsen. Und als er sich dann ein wenig zur Seite dreht, hebt Franz lautlos die Büchse an die Wange. Dann zerreißt ein Schuß die Stille. Hundertfach schwingt das Echo von den Bergwänden zurück.

Der Bock macht einen Sprung, als ob er zur Flucht ansetzen wolle. Aber schon im nächsten Augenblick brechen ihm die Läufe ein, und er sinkt nieder.

Franz läßt die rauchende Büchse sinken, dann springt er die hundert Schritte zu dem Gefallenen hin. Daß es ein schönes Tier gewesen, hat er gleich gesehen. Aber nun ist er doch etwas überrascht. Vor ihm liegt einer der besten Böcke, mit nicht sehr hohen, dafür aber dicken Stangen, die aus mächtigen Talerrosen herauswachsen. Die Krone ist ein Kabinettstück für sich. Franz Achleitner fühlt ehrliche Jägerfreude, und als der Vater auf ihn zukommt und ihm den Bruch reicht, da findet er so ein glückliches Lachen wie schon lange nicht mehr.

Zur selben Zeit, als der Schuß kracht, geht der Hochreiter Sepp auf die Almhütte zu. Bei dem Hall späht er scharf über den Berg hinauf und lächelt dann dünn.

„Wart's nur! Morgen schnackelt es bei mir auch wieder!"

Veronika hat schon Feierabend gemacht und sitzt bei einer Näharbeit. Als sie die Schritte vernimmt, hebt sie erwartungsvoll den Kopf. Da es aber nur der Bruder ist, beugt sie sich gleich wieder über ihre Arbeit.

„Ach, du bist es", sagt sie.

„Scheint dich nicht recht zu freuen. Geh zu jetzt, richte mir was zu essen her. Die Rehleber von vorgestern mag ich. Aber gut pfeffern, das gibt Schneid, weißt."

Veronika näht weiter, als hätte sie die Aufforderung gar nicht vernommen.

„Geh weiter, rühr dich!" wird der Sepp gröber. „Hast nicht gehört, daß mich hungert?"

Das Mädchen blitzt ihn mit dunklen Augen an. „Wie hätten wir es denn eigentlich? Muß ich grad springen, wie du pfeifst? Bin ich dein Dienstbote? Such dir selber was. Du brauchst mich sonst auch nicht."

„Natürlich, dein schniegelhaariger Bauführer, wenn der was sagt, dann springst gleich. Oder der andere droben, der Jagerbub. Geh 'nauf in die Jagdhütte und koch dem Büberl was, daß er was Warmes hat, wenn er von der Jagd heimkommt."

Veronika fährt mit dem Gesicht herum. „Ist denn der Franzl da?"

„Aha, da reißt es dich gleich, gelt? Freilich ist er

da. Sind mir ja begegnet, der Alte und der Junge, und haben mir den ganzen Plan verpatzt. Aber ich komm schon wieder zu meinem Sach. Morgen vielleicht schon, weil die zwei doch wahrscheinlich über den Sonntag 'nuntergehen werden. So, und jetzt erheb dich gefälligst und schau, daß ich was zu essen krieg."

Wortlos steht Veronika auf und macht sich am Herd zu schaffen.

Während sie für den Bruder das Essen bereitet, nimmt er am Tisch Platz, schneidet eine Scheibe Schwarzbrot ab und beginnt bedächtig zu kauen. Dann fragt er plötzlich:

„Ist es eigentlich mit dir und dem Achleitner Franz ganz aus?"

„Ja. Warum?"

„Und der andere, mein ich, läßt sich auch nimmer so oft sehen."

„Geht dich das was an?"

„Nein, aber beim Jäger wär wenigstens auch ein Nutzen für mich dabeigewesen."

Veronika gibt keine Antwort mehr. Bis der Sepp wieder sagt:

„Der Luis kommt auch 'rauf, morgen früh."

„Wird euch nicht viel helfen morgen, wenn alle zwei heroben sind", antwortet Veronika.

„Die gehen sicher heut noch 'nunter."

„Sepp, nimm es nicht gar zu leicht!" sagt Veronika, und es klingt ehrliche Sorge aus ihrer Stimme. Dann stellt sie ihm das fertige Essen hin und geht hinaus.

Es ist inzwischen Nacht geworden. Das silberne Leuchten der Mondscheibe liegt über der Hütte. In großer Pracht glühen die Sterne am Himmel und hängen wie Feuertropfen über den dunklen Kämmen der Berge.

*

Der Förster und Franzl kommen von der Frühpirsch zurück und haben wirklich im Sinn, anschließend ins Tal hinunterzusteigen. Bevor sie die letzte Bodenwelle überqueren, bleibt der Förster noch einmal stehen und nimmt sein Fernglas an die Augen. Was er da unten auf der Hochreiteralm sieht, ändert sofort seinen Entschluß.

„Wir bleiben heroben", sagt er. „Soeben ist der Hochreiter auf die Alm gekommen. Der Sepp hat ihn begrüßt. Also sind alle zwei da. An einem Sonntag, wo sie uns nicht im Revier vermuten."

„Wir dürfen sie nicht mehr aus den Augen lassen!" sagt Franz mit erregter Stimme.

„Nein, wir legen uns bei der Jagdhütte auf Posten. Die Fensterläden bleiben zu, kein Feuer anmachen, dessen Rauch unsere Anwesenheit verraten könnte. Ich laß mich köpfen, wenn die zwei heute nichts unternehmen."

So postieren sich beide hinter der Hütte, von wo aus sie das ganze Almfeld und die Almhütte selbst im Auge haben können.

„Ich kann es gar nicht recht glauben, daß sie so frech sein sollten, am hellichten Tag zum Wildern zu gehen. Und gleich zu zweit."

„Warten wir's ab", meint der Alte zuversichtlich. „Mir wär's lieber, ich könnt mittags heut meinen Schweinsbraten und Kartoffelknödel schnabulieren. Schau einmal 'nunter jetzt, da, glaub ich, rührt sich was."

Beide nehmen ihr Fernglas hoch. Der Hochreiter kommt langsam über das Almfeld herauf, Schritt für Schritt, wie ein friedlicher Sonntagswanderer. Er geht etwa dreißig Meter entfernt an der Jagdhütte vorüber, bleibt stehen und nimmt jeden Fensterladen scharf in sein Blickfeld. Dann zieht ein Lächeln über sein Fuchsgesicht. Jede seiner Bewegungen können die beiden wahrnehmen. Gemütlich zündet er jetzt seine Pfeife an und schlendert wieder abwärts.

„Er hat sich überzeugen wollen, ob jemand da ist", flüstert der Förster.

„Daß sich der Sepp nicht sehen läß", meint der Franz.

„Vielleicht liegt er noch im Heu." — —

Die Geduld der beiden wird aber noch auf eine harte Probe gestellt an diesem Sonntag. Unbarmherzig brennt die Sonne herunter. Gegen Mittag hält es der Förster nicht mehr aus.

„Du mußt beim hinteren Fensterladen einsteigen, Franzl", sagt er. „Macht nichts, wenn du ihn mit Gewalt aufreißen mußt, das können wir hernach wieder richten. Aber im Keller drunten müssen noch ein paar Flascherl Bier sein und kaltes Fleisch. Sei aber vorsichtig, daß man da unten nichts merkt!"

Währenddessen sitzen die Hochreiters gemütlich drunten auf der Alm und verzehren einen gespickten Rehrücken mit Salzkartoffeln und grünem Salat.

„Gut hast wieder gekocht, Vroni", lobt der Hochreiter. „Haben wir eigentlich noch was unten im Keller?"

„Einen Schlegel noch. Ich hab ihn schon in Essig gelegt."

„Ja, nur immer ein bißl Essig nachgießen, dann hält er sich leicht noch ein paar Tag. Was wir heut niederstrecken, muß wieder über die Grenze."

„Die Luft ist ja rein?" fragt der Sepp zwischen Kauen und Schmatzen.

„Fehlt gar nichts. Vormittags hab ich mich einmal vorbeigepirscht da oben. Kein Mensch ist oben heut. Die Fensterläden sind alle zu."

„Der Kestler, mein ich, hat Urlaub jetzt."

„Wahrscheinlich, weil der Franzl da ist."

„Ich leg mich jetzt noch ein Stünderl hin, dann packen wir's", sagt der Hochreiter und steht auf.

Um aber nicht leichtsinnig zu sein, verlassen beide die Almhütte beim hinteren Ausgang, huschen geduckt über die kleine Bodenwelle und verschwinden im schützenden Unterholz. Das ist so schnell vor sich gegangen, daß es der Förster beinahe übersehen hätte.

„Auf geht's, Franzl! Wir schleichen uns jetzt über den Hahnenbüchl nauf. Heut dürfen sie uns nicht auskommen." — —

Kurz vor drei Uhr zerreißt ein Schuß die Stille des schönen Sommertages.

Aus den Latschen fahren zwei Köpfe auf.

„Was hab ich gesagt?" flüstert der Förster. „Das war am Standplatz der Gemsen."

In dem Gesicht des Jungen ist jeder Zug gespannt. Es ist das erste Mal, daß er in eine solche Situation gerät.

Im nächsten Augenblick fegt in wilder Flucht ein Rudel Gemsen drüben über das Geröllfeld herunter.

Der Förster läßt das Glas sinken. „Der Bock ist nicht mehr dabei."

Franzl sucht schon den Anstieg aus. Der Schuß ist auf der anderen Seite des Berges gefallen. Dort ist unter dem Latschenfeld eine niedere Tannenschonung, und sehr wahrscheinlich werden sie den Gemsbock dort hineinziehen. Es ist zwecklos, die steile Wand hinaufzuklettern, weil sie am Grat oben sofort gesehen würden. Folglich muß der Berg umgangen werden, so daß man von hinten her auf das Jungholz stößt.

Franz erklärt das dem Vater in hastigen Worten. Der Förster nickt nur. „Auf geht's!"

Auf einem schmalen Weg pirschen sie an der Flanke des Berges hin. Dann kommt eine schmale Blöße, die sie mit zwei Sprüngen überqueren, und schon sind sie wieder in den schützenden Latschen. Dort faßt der Förster den Jungen am Ärmel und flüstert ihm zu: „Wir packen ihn von zwei Seiten. Ich schleich mich jetzt links um das Jungholz, und du nimmst den Bogen von rechts. Wenn er drinnen ist im Jungholz, kommt er uns nicht aus. Geh vorsichtig, schau dein Gewehr nach, ob alles in Ordnung ist. Wenn sich einer auf den Anruf nicht sofort ergibt, dann schieß. Aber halt auf die Füß, ich will nicht, daß einer ums Leben kommt."

Franzl nickt nur. Sein Gesicht ist jetzt hart wie Granit. Fest umklammern seine Hände die Büchse, doch er ist ganz ruhig. Er drückt dem Vater noch die Hand, dann trennen sie sich.

Franz geht nur etwa hundert Schritte, dann lauscht er wieder mit vorgestrecktem Hals. Der Jungwald ist hier sehr dicht. Man hört nichts als das leise Rauschen der Wipfel und das matte Murmeln einer Quelle. Er weiß es, sein scharfes Auge ist jetzt sein Leben.

Plötzlich zuckt er zusammen. Hinter dem Astgewirr eines Gebüsches gewahrt er einen hellen Schimmer. Jetzt ein Laut, wie das Klirren eines Messers, das auf Stein fällt. Entschlossen hebt Franz die Büchse. Schon will er anrufen, da kracht links drüben ein Schuß.

Franz fährt mit dem Gesicht herum. Das war der Vater nicht. Er kennt dessen Gewehr am Knall. Eine heiße Angst kriecht ihn an. Im selben Augenblick hört er ein Rascheln und Kollern von Steinen. Jemand rennt in wilder Flucht den Hang hinunter. Ratlos steht Franz ein paar Sekunden, dann läßt es ihm keine Ruhe mehr. Er muß nach dem Vater sehen. Nach ein paar Minuten trifft er ihn bereits ganz unversehrt, nur aufgeregt.

„Wer hat denn da geschossen, Franzl?"

„Weiß nicht. Zuerst hab ich gemeint, du wärst es."

„Ach, woher denn. Das war ja in einer ganz anderen Richtung. Da — schau 'nauf — — "

Man sieht durch die Lücken der Zweige, wie draußen einer wild über das Latschenfeld hinunterhetzt. Es ist der Hochreiter Luis.

„Dort drüben liegt der Bock!" schreit Franz dem Vater noch zu, dann rennt er davon, stürzt hinter dem flüchtenden Wildschützen her.

Der Förster folgt der von Franz angegebenen Richtung und findet den Gamsbock halb aufgebrochen. Der Wildschütz muß mitten in der Arbeit überrascht worden sein.

Achleitner untersucht den Boden und entdeckt den Abdruck eines breiten, rundum mit Nägeln beschlagenen Schuhes. Es wird ihm nun allmählich klar: einer hat hier gearbeitet, während der andere draußen Posten gestanden haben muß. Als er die Gefahr erkannt hat, hat er den Warnschuß abgegeben. Es ist die Fährte, die er schon hundertmal sah. Nun folgt er ihr.

Der Hochreiter Sepp verhält nach kurzer Weile wahnsinnigen Rennens durch Latschen und Geröll lauschend den Schritt. Und da er sich nicht verfolgt sieht, nimmt er die Sache von der heiteren Seite. Da muß dem Bruder wohl aus Versehen ein Schuß losgegangen sein, und es ist gar keine Gefahr vorhanden. Zu dumm, daß er den Bock so ohne weiteres hat liegenlassen! Nur vorsichtshalber klemmt er sich ein paar Latschenzweige zwischen die Zähne, die nun sein Gesicht fast verdecken, und schleicht vorsichtig zurück. Doch als er sich über einen Felsblock hinunterschwingen will, fährt er erschrocken zurück. Keine sechs Schritte von ihm entfernt steht der Förster, der bei dem Geräusch herumfährt und die Büchse hochreißt.

Blitzschnell läßt sich der Sepp platt zur Erde fallen, wälzt sich den Hang hinunter über Stein und Schutt, springt über eine Wand von gut vier Meter hinab und rennt in rasendem Tempo auf einem schmalen Felssteig dahin, der ins Tal führt, aber nicht nach Arlberg, sondern in entgegengesetzter Richtung zum Dorf Bruck. Doch immer, wenn er den Schritt verhält, hört er in gemessener Entfernung den Förster hinter sich. So verschärft er sein Tempo noch, in der berechtigten Hoffnung, daß der Förster ihm auf die Dauer doch nicht folgen könne.

Indessen hat der Achleitner Franz den Hochreiter bereits auf dreißig Schritt vor sich. Er hört den keuchenden Atem des Flüchtigen und sieht ihn immer wieder auf einen Husch hinter einem Felsblock auftauchen.

„Halt, Hochreiter!" schreit er schon zum drittenmal. „Es hat doch keinen Sinn mehr. Ich hab dich schon lang erkannt."

Der Verfolgte steht einen Augenblick unschlüssig, wendet das erschöpfte mauerbleiche Gesicht einen Augenblick zurück, springt aber dann mit einem mächtigen Satz über eine Graskuppe hinunter.

Als Franz an der Stelle ankommt, sieht er von dem Wildschützen nichts mehr. Nur das Gepolter losbrechender Steine und das Knacken der Äste zeigen ihm die Richtung, die der Flüchtling nimmt. Zufrieden nickt Franz vor sich hin. Der Hochreiter strebt zu seiner Almhütte.

Da der Weg bis dorthin teils durch Bodenwellen, teils durch Latschen verdeckt ist, bekommt er den Bauern nicht mehr richtig vor Kimme und Korn. So verschärft er sein Tempo und hält direkt Richtung auf die Almhütte. Ganz deutlich hört er, wie bei der Hütte drunten erregt geflüstert und dann eine Tür zugeschlagen wird.

Zwei Minuten später steht auch Franz vor der Hütte. Mit einem Ruck reißt er die Tür auf, das Gewehr schußfertig erhoben. Seine Augen gehen an dem Mädchen vorbei, das wie angewurzelt in einer Ecke steht. Sie suchen jeden Winkel in der Hütte ab, ohne etwas zu entdecken. Jetzt erst wendet er sich zu Veronika.

„Wo hast du ihn versteckt?"

Veronika gibt keine Antwort. Man merkt, wie sie allen Willen aufbringt, gelassen zu erscheinen, obwohl ihr Gesicht von tiefer Blässe überzogen ist.

„Du sollst mir Antwort geben! Wo ist dein Bruder?"

Sie rührt sich nicht von der Stelle. Und hier begeht der Jäger einen kleinen Fehler, weil er nicht merkt, daß sie wie angemauert auf der Falltür stehenbleibt, die in den Keller führt. Er steigt die drei Stufen zur Schlafkammer hinauf, und kaum ist er dort verschwunden, zerrt Veronika ein Vorhängeschloß aus ihrem Kittelsack, sperrt die Kellertür ab und läßt den Schlüssel hinter ihrem Miederausschnitt verschwinden. Dazu hat ihr vorher nicht mehr die Zeit gereicht. Nun atmet sie wie erlöst auf und geht von der Tür weg.

Franz kommt wieder aus der Kammer.

„Ich mach dich drauf aufmerksam, daß du auch noch 'reinfällst, wenn du nicht angibst, wo du ihn versteckt hast."

Sie wendet ihm gereizt das Gesicht zu.

„Ich weiß gar nicht, was du redest. Da ist niemand hergekommen."

Franz wird nun selber ein wenig unsicher. Es kann durchaus sein, daß ihn der Hochreiter hat täuschen wollen und bereits auf dem Weg ins Tal ist. Da fällt plötzlich sein Blick im Hinausgehen auf die Kellertür.

„Wo ist denn der Schlüssel zu der Tür dort?"

Veronika zuckt mit den Schultern.

„Wo der Schlüssel ist, möcht ich wissen!"

„Ich weiß nicht, ich finde ihn schon ein paar Tage nicht mehr."

„Dann tut es mir leid, ich muß die Tür aufsprengen."

Er nimmt einen eisernen Haken, der zum Aufhängen des Kessels über dem offenen Feuer dient, und klemmt ihn zwischen den Eisenbeschlag. Im nächsten Augenblick springt das Schloß weg — ein Griff, und die Kellertür fliegt hoch.

Franz weiß genau, wie gefährlich es ist, nun in dieses Dunkel hineinzusteigen. Den Finger am Bügel gekrümmt, ruft er zuerst hinunter: „Es hat keinen Sinn, Hochreiter — komm 'rauf!"

Keine Antwort. Nur dumpfe Kellerluft schlägt ihm entgegen. Furcht ist ihm fremd. Und so steigt er Stufe für Stufe hinunter, mit seinen scharfen Augen das Dunkel durchbohrend. Aber er kann mit dem besten Willen nichts unterscheiden. Herrgott, wenn er nur eine Taschenlampe hätte! Jetzt windet sich die Steintreppe um eine Ecke. Drei, vier Stufen noch, dann hat er festen Boden unter den Füßen. Und da weiß er plötzlich, daß er nicht allein ist. Er hört den Atem eines Menschen, hört ein Schleifen am Boden, ganz nah — aber es ist schon zu spät. Mit ungeheurer Wucht wirft sich ein Körper auf ihn und reißt ihn in die Knie; aber er klammert sich verbissen fest.

Der riesenhaften Kraft des Hochreiters ist Franz nicht gewachsen. Er entgeht den eisenharten klammernden Griffen nur durch seine Gewandtheit. Keuchend hängen sie aneinander, einer in den anderen verbissen.

„Hundsbub, miserabler!“ keucht der Hochreiter einmal und bäumt sich auf. Dann fassen seine Fäuste wieder wie Eisenklammern zu. Franz fühlt, wie ihm die Luft knapp wird. Mit letzter, verzweifelter Kraft schlägt er mit den Knöcheln seiner Faust in das Gesicht vor ihm. Dann ist er plötzlich frei. Aber noch ehe er sich aufraffen und nach seinem Gewehr greifen kann, hört er schon die flüchtenden Schritte über die Steinstufen hinauf. Die Tür wird zugeschlagen. Völlige Dunkelheit umhüllt ihn jetzt. Als er dann nach einigen Minuten trotzdem oben steht, sieht er den Hochreiter schon in jagenden Sätzen über das Almfeld hinunterrennen.

„Halt!“ schreit er und reißt die Büchse an die Wange.

Da schlägt ihm die Veronika das Gewehr in die Höhe. Krachend fährt der Schuß über die Baumwipfel hin. Ehe er ein zweites Mal anlegen kann, ist der Hochreiter bereits unter den Bäumen verschwunden.

Ohne das Mädchen eines Blickes zu würdigen, geht Franz an ihr vorbei in die Hütte, nimmt die Laterne vom Sims, zündet sie an und steigt zum zweitenmal in den Keller hinunter. Neben einem Abschraubstutzen findet er ein paar Rehdecken und ein halbes Dutzend Schlingen.

Als er wieder hinaufgeht, nimmt Veronika gerade die Milchkübel vom Brunnen und will damit in den Stall. Er verstellt ihr den Weg.

„Die Sachen im Keller drunten bleiben liegen, wie sie sind“, sagt er. „Das wird die Gendarmerie alles genau aufnehmen.“

Die Angst steht ihr nun deutlich im Gesicht geschrieben. Zaghaft meint sie: „Jetzt ziehst du natürlich mich aufs Gericht?"

„Das ist nicht meine Sache. Der Wachtmeister wird aus dir schon 'rausbringen, ob du was gewußt hast oder nicht. Jedenfalls aber hättest du dir diese Stunde ersparen können, wenn du seinerzeit ehrlich zu mir gewesen wärst."

Er richtet seinen aufgerissenen Hemdkragen zurecht und stampft in Richtung Jagdhütte davon. Als er den Vater dort nicht findet, geht er hinunter ins Tal, um den Fall zur Anzeige zu bringen.

*

Fast um dieselbe Zeit sitzt die Stöcklmaier Josefa auf dem Balkon, der sich an drei Seiten des stattlichen väterlichen Hauses hinzieht. Sie sitzt vor ihrem Fenster und stickt an einer Tischdecke, läßt die Arbeit zuweilen ruhen und blickt zum nahen Wald hinüber, aus dem die Vögel jubilieren, als sei ihr zu Ehren ein Konzert an diesem schönen Sonntagnachmittag veranstaltet worden. Die Luft ist voller Geräusche. Die Bienen summen in den Obstbäumen, drüben auf der Wiese singen ein paar Kinder, und vom Gasthof Bruck ist der Lärm der Kegelbahn zu hören.

Der Hof steht einsam auf seiner Höhe. Josefa, kurz Seffi genannt, ist an diesem Nachmittag allein zu Hause. Sie ist keine mehr von den jüngsten. Sie zählt achtundzwanzig Jahre und ist immer noch ledig, obwohl es an Freiern nicht gefehlt hätte. Sie ist stramm gewachsen und trägt das rötlich-blonde Haar im Nacken zusammengesteckt. Wenn ihr Gesicht auch nicht gerade hübsch zu nennen ist, so liegt doch in der Herbheit ihrer Züge eine gewisse Festigkeit und ein Ernst, der ruhig und wohltuend auf andere Menschen wirken kann.

Dieses Mädchen von achtundzwanzig Jahren sitzt also ganz allein und einsam auf dem Balkon hinter den Blumenstöcken, stickt eine Tischdecke und weiß gar nicht, ob sie diese für einen eigenen Haushalt einmal brauchen kann, weil es eben so ist, daß die Burschen lieber nach einer Jüngeren greifen, obwohl sie die Erbin dieses schönen Hofes sein wird.

Aus dem Stall herauf hört man das Klirren einer Kette und das unruhige Scharren eines Pferdes. Die beiden zweijährigen Füchse galoppieren in begeisterten Sprüngen über die Fohlenweide. Sonst steht die Welt still, wie sie nur an einem Sonntagnachmittag auf dem Lande stillstehen kann.

Aber auf einmal fährt die Seffi aus ihren Gedanken auf und starrt zum Waldrand hinüber. Dort unter den Bäumen schimmert etwas, und gleich darauf kommt ein Mann heraus, sichtbar abgehetzt, eine Büchse in der Rechten. Und nun steht er, schaut kurz zu ihr her, schaut horchend zurück in den Wald und kommt dann gerade auf das Haus zu. Mit einem Satz ist er auf der Hausbank, greift von dort die Sprossen der Laube und zieht sich mit einem Schwung hinauf. Das alles geschieht mit einer Selbstverständlichkeit, als sei er hier daheim. Ziemlich barsch sagt er zu dem Mädchen:

„Du mußt mich verstecken. Der Förster ist hinter mir her!“

Und ehe sie etwas antworten kann, schwingt er sich über die Fensterbrüstung in die Kammer der Bauerntochter. Von dort aus flüstert er ihr noch zu: „Du hast mich nicht gesehen, verstanden!“

Die Seffi nickt und begreift alles. Einer ist auf verbotener Tat ertappt worden und verbirgt sich nun bei ihr. Sie denkt gar nicht darüber nach, ob das recht oder unrecht sei, daß sie es geschehen läßt. Sie denkt nur: Da ist nun etwas sehr Merkwürdiges passiert, obwohl sie vorhin gerade gedacht hat, daß eigentlich gar nichts geschieht an so einem Sonntagnachmittag. —

Erst zehn Minuten später kommt der Förster aus dem Wald. Er geht geradenwegs auf den Hof zu und fragt Seffi, ob sie niemand gesehen hätte?

Was sie gesehen haben sollte?

Einen Wildschützen. Verdammt noch mal! Er muß doch hier vorbei gekommen sein!

Die Seffi fühlt ihr Blut wallen. Sie atmet tief, sagt aber dann ganz ruhig, sie habe niemanden gesehen.

Der Förster steht ratlos. Dann schaut er zu dem Mädchen hinauf und erklärt ihr, daß es ihr nicht gut bekäme, wolle sie etwas verleugnen; denn es sei Pflicht eines jeden ehrlichen Menschen, so einen verfluchten Wilddieb überführen zu helfen.

Das versteht die Seffi sehr wohl. Aber da sie nun schon einmal geleugnet hat, jemanden gesehen zu haben, bleibt ihr nichts anderes übrig, als daran festzuhalten. Es ist ihr nicht ganz wohl dabei, und sie atmet erleichtert auf, als der Förster sich wieder entfernt.

Ganz unbeweglich sitzt sie, bis drinnen in der Kammer eine Schranktür knarrt. Da erst wendet sie den Kopf und sieht den fremden Mann hinter den Vorhängen stehen.

„Das wär jetzt bald dumm gegangen", sagt er und zeigt lachend seine starken Zähne.

„Was war denn eigentlich los?" fragt das Mädchen.

„Gar nicht viel", antwortet er und wischt sich das verschwitzte Haar aus der Stirn. „Ein Gamsböckerl hab ich mir geschossen, weiter nichts. Und auf einmal war der Förster da. Hätt ich gar nicht gedacht, daß der alte Dattl noch so laufen könnt. Der hat mir ordentlich warm gemacht. War ein Glück, daß der Hof hier gestanden ist. Recht schönen Dank, Dirndl!" Sepp zündet sich gemütlich eine Zigarette an und setzt sich auf das Fensterbrett.

„Du kannst von einem Glück sagen, daß sonst niemand daheim ist", sagt jetzt das Mädchen. „Wenn dich mehr gesehen hätten als ich, wär es nicht gut für dich."

„Und du?" Der Sepp zwirbelt an seinem Bärtchen. „Wirst du den Mund halten können, wenn es darauf ankäme? Es könnte nämlich sein, daß ich sagen müßte, wo ich war. Ich weiß zwar nicht genau, ob mich der Förster erkannt hat, aber ich denke, wenn du mir doch schon einmal deinen freundschaftlichen Schutz gegeben hast, kann dir das andere auch nimmer schwerfallen. Weißt, die nehmen es genau mit dem Alibi."

Seffi merkt erst jetzt, in was sie sich da eingelassen hat.

„Mein Gott", sagt sie, „du bringst mich da in schöne Kalamitäten, das merke ich erst jetzt."

„Gar nicht, gar kein bißl nicht", beschwichtigt er sie und legt soviel Zärtlichkeit in seine Stimme, wie ihm nur möglich ist. „Du brauchst ja bloß im Notfall zu reden, wenn du gefragt wirst. Es kann ja sein, daß ich mich ausweisen muß, wo ich heute nachmittag gewesen bin. Dann sag ich halt, daß ich bei dir war. Direkt gelogen ist das ja auch gar nicht, denn ich bin ja bei dir. Um ein paar Stunden dreht es sich halt."

Zum erstenmal betrachtet die Seffi sich den Burschen nun etwas genauer. Und sie muß gestehen, daß er ihr gar nicht so schlecht gefällt.

„Eigentlich weiß ich ja gar nicht, wer du bist", sagt sie und lächelt ein wenig.

„Das ist ja vorerst nicht so wichtig", weicht er aus. „Das kannst du noch früh genug erfahren. Weiß Gott, es wäre mir fast lieber, ich hätt den ganzen Nachmittag bei dir verbracht, als daß ich den Gamsbock gejagt hab, den ich jetzt doch hab liegenlassen müssen."

Errötend senkt die Seffi den Kopf. „Wie kannst du so was sagen! Du kennst mich doch genausowenig wie ich dich."

„Auf alle Fälle hab ich schon gemerkt, daß du ein ganz nettes Weiberl bist. Und den Hof, den kenn ich auch. Der Stöcklmaierhof ist es, gelt? Und wenn das deine Kammer war, wo ich mich grad versteckt hab, dann mußt du die Tochter sein. Hab ich recht?"

Sie nickt, und der Sepp rutscht jetzt vom Fensterbrett herunter und setzt sich neben sie. Sie erklärt ihm aber, daß sie der Meinung sei, es wäre besser, wenn er jetzt ginge, bevor die andern heimkämen.

„Geh, ein bißerl wirst mich doch schon noch ausschnaufen lassen", sagt er mit biederer Herzlichkeit. Das Weibsbild gefällt ihm gar nicht einmal schlecht.

Und wer weiß, ob dieser heutige Nachmittag, der sich beinahe tragisch entwickelt hätte, nicht doch noch einen bedeutungsvollen Ausgang haben könnte. Sein rechnerischer Sinn beginnt sich zu regen. Die Hand ausstreckend, deutet er über die Felder und Wiesen hin.

„Gehört das alles zu euch?“ fragt er.

„Ja, alles. Im ganzen sind es einhundertzwanzig Tagwerk, ohne Wald.“

„Wir haben bloß hundert“, sagt er und nimmt nun plötzlich die Hand des Mädchens in seine breite Pranke. Sie läßt es geschehen und fragt nur: „Wo bist du eigentlich daheim?“

„Ist denn das so wichtig? Langt es nicht, wenn ich dir heut bloß sag, daß ich Sepp heiß?“

Das Mädchen spricht den Namen langsam nach, betrachtet ihn ganz genau und erschauert unter dem Druck seiner Hand. Der Sepp ist noch etwas erregt von der Jagd, die auf ihn gemacht worden ist. Die Schwüle des Tages hat beide ein wenig verwirrt. Ob die Stöcklmaiertochter nun wirklich Gefallen findet an dem großen, stämmigen Burschen, oder ob das lange Zurückgedämmte aus ihr herausbricht und auflodert, sie weiß es selber nicht. Jedenfalls wehrt sie sich nicht, als er sie an sich zieht und küßt. Sie löst sich erst aus seinen Armen, als sie vom Weg herauf Stimmen hört. Es ist ihre Mutter mit einer Nachbarin, die auf den Hof zukommen.

Schnell drängt sie den Burschen in die Kammer. „Du kannst jetzt nicht fort. Es darf dich niemand sehen.“

„Warum denn nicht?“ fragt er. „Die können es

dann im Notfall auch bezeugen, daß ich bei dir war."

„Nein, nein, sei gescheit! Die denken sonst gleich weiß Gott was. Und der gute Ruf ist bei einem Mädl schneller dahin, als er ihm wiedergegeben ist."

„Also, dann wart ich halt, bis es dunkel ist", antwortet er und lümmelt sich gemütlich auf das Sofa in der Kammer.

Später bringt ihm das Mädchen eine Brotzeit, und der Sepp läßt es sich gut schmecken. Er fühlt sich schon ganz zu Hause in diesem Hof, ganz wie zu Hause auch bei dem Mädchen Seffi, das er gestern noch gar nicht gekannt hat. Er sagt ihr, daß er nun wohl öfter kommen werde. Das Fenster wisse er ja nun schon, und damit sie gleich Bescheid wisse, daß er es sei: er klopfe immer dreimal kurz hintereinander.

Als er sich dann bei Einbruch der Dunkelheit auf den ziemlich weiten Heimweg macht, ist ihm schon wieder ganz froh und leichtsinnig zumute.

Daheim freilich, da fährt es ihm wie ein Schreck durch die Glieder. Man hat den Luis schon verhaftet. Die Mirl sitzt in der Küche und weint leise vor sich hin. Zweimal seien der Förster und der Gendarm schon hiergewesen und hätten nach ihm gefragt.

Sepp gibt sich den Anschein, als interessiere ihn das nicht. Plötzlich aber reißt er seine Schuhe von den Füßen, versteckt sie hinter der Ofenkiste und schlüpft in ein Paar andere.

„Die können mir gar nichts anhaben", sagt er dann. „Ich hab mein Alibi. Was hat denn der Luis gesagt? Ganz sicher haben sie ihn doch nach mir gefragt?"

„Das kannst du dir leicht denken." Von einem Schluchzen geschüttelt, beginnt die Hochreiterin zu jammern. „Immer hab ich euch gesagt, das kann nicht gut 'nausgehen! Aber keiner hat ja auf mich gehört."

„Hör nur grad auf mit deiner Jammerei!" fährt sie der Sepp grob an. „Deswegen wird es jetzt auch nimmer anders. Das ist nun schon so, wie es ist. Das können höchstens ein paar Monate werden."

„Ist das vielleicht nicht Sach genug? Mitten im Sommer, wo man sich sowieso nimmer auskennt vor lauter Arbeit. Von der Schand gar nicht zu reden."

„Schand ist das gar keine", behauptet der Sepp. „Wildern darf man nicht mit einem gewöhnlichen Diebstahl vergleichen." Plötzlich zuckt er zusammen. Draußen vor dem Fenster hat er etwas huschen sehen. Er hat sich auch nicht getäuscht, denn gleich darauf geht die Haustüre, und der Förster erscheint mit dem Wachtmeister in der Küche.

Sepp bleibt ganz ruhig auf der Bank neben dem Herd sitzen und brummt etwas vor sich hin, das sich anhören könnte wie ein unfreundlicher Gruß.

„Da ist er ja nun endlich", sagt der Wachtmeister. „Also, Sepp — wie ist es? Der Förster — nicht wahr, Herr Förster, Sie haben den Sepp doch erkannt?"

Sepp merkt sofort, daß dies eine Finte vom Wachtmeister ist, denn wenn ihn der Förster hundertprozentig erkannt hätte, würde der Wachtmeister sicher seine Frage anders gestellt haben.

„Ja, du warst es, Sepp, du brauchst es gar nicht zu leugnen", sagt jetzt der Förster.

Ganz langsam blickt der Sepp auf.

„Das müßten Sie erst beeiden können, Förster."

„Aber Sepp, ich war doch hinter dir her!"

„Hinter mir?" tut der Sepp recht überrascht. „Da muß ich schon fragen, wo das gewesen sein könnte."

„Also, wo wollen Sie denn dann heute nachmittag gewesen sein?" schaltet sich jetzt der Wachtmeister wieder ein.

Sepp tut so, als begreife er jetzt erst, was man von ihm wolle. Er zieht sich in eine beleidigte Schweigsamkeit zurück und sagt erst nach einer Weile, daß es ihm unverständlich sei, daß man ihn verdächtige, wo er doch beweisen könne, daß er den ganzen Nachmittag ganz woanders und in ganz harmloser Gesellschaft verbracht habe.

Der Wachtmeister zückt schon den Bleistift.

„Das müssen wir natürlich schon wissen, wo Sie waren."

Nach längerem Zögern gibt Sepp zu, daß er bei seinem Mädchen gewesen sei. Jawohl, er sagt: bei „seinem" Mädchen, schneuzt sich daraufhin heftig und denkt, daß nun die Sache erledigt sei. Aber der Wachtmeister will noch mehr wissen. Um welche Zeit er zu dem Mädchen gekommen sei. Und die Adresse. Ja, die Adresse des Fräuleins brauche er selbstverständlich.

Als dies erledigt ist, streckt der Sepp seine Füße absichtlich so hin, daß der Förster die Schuhsohlen genau sehen kann. Dann sagt er:

„Kein Mensch hat bisher gewußt, daß ich mit dem Mädl geh. Jetzt kommt's natürlich auseinander."

„Reden Sie nicht so dumm daher!" antwortet der Beamte zornig. „Was hier notiert wird, bleibt Dienstgeheimnis. Ich werde das Mädchen nur einvernehmen, das andere geht uns gar nichts an. Kommen Sie, Herr Förster!"

Als Sepp allein ist, wird ihm doch ein wenig bang zumute. Wird das Mädchen dichthalten? Er hat ihr zwar noch eingetrichtert, was sie im Notfall zu sagen habe. Um halb ein Uhr sei er zu ihr gekommen. Von eins bis neun Uhr abends. Als der Förster vorbeigekommen sei, da habe sich der Sepp eben nur deshalb nicht sehen lassen, weil es ja Geheimnis bleiben sollte, daß er mit dem Mädchen gehe.

Nun muß er selber lachen, wie fein er das wieder eingefädelt hat. „Bloß ein bißl Glück braucht der Mensch", sagt er sich. Und Glück hat er gehabt heute, das kann man wohl sagen — mehr Glück als Verstand.

Er geht in seine Kammer hinauf und überlegt alles noch einmal. Wie der Förster immer meine Stiefel angeschaut hat! denkt er. Aber sonst ist dies schon ein recht aufregender Tag gewesen. Den Luis hat man also gleich verhaftet. Natürlich, er wäre ja sonst über die Grenze gegangen, bis die Sache verjährt gewesen wäre. Das hat der Wachtmeister gewiß geahnt. Es ist nur dumm, daß er, der Sepp, nicht ganz genau weiß, wie sich alles abgespielt hat. Sicher aber ist, daß den Luis der Achleitner Franz gestellt hat, denn der Alte war ja hinter ihm selbst her. Heimlich gelobt sich Sepp, dies dem Franz einmal heimzuzahlen. Es gibt sich schon einmal eine Gelegenheit, und wenn es auch erst nach Jahr und Tag ist.

*

Die Verhaftung des Hochreiters wird zum Tagesgespräch für Arlberg und darüber hinaus. Natürlich wird der Hochreiter deswegen nicht verdammt. Wie viele unter den Bauern, die da sonntags beim Bier sitzen, sind früher nicht auch schon einmal „hinausgegangen“. Nein, als Verbrechen ist das durchaus nicht anzusehen, wenn sich einer einen Gamsbock stiehlt. Hat Gott das Wild nicht für jedermann wachsen lassen? Oder hat er bei der Schöpfung seiner schönen Welt vielleicht daran gedacht, daß das liebe Wild, die Hasen und Reh, die Gamsen und Hirsche nur von den Reichen geschossen werden dürfen? Wahrscheinlich würde er dieses Recht überhaupt niemand zugesprochen haben. Die Reichen haben sich dieses Recht einfach genommen.

Freilich, wenn es stimmt, daß er Schlingen gelegt hat, dann ist das auch in ihren Augen verwerflich. Dafür soll er nur gestraft werden. Und dem Förster sowie seinem Sohn ist durchaus kein Vorwurf zu machen in der Sache. Überdies hätte ja der Franzl Gelegenheit gehabt, den Flüchtenden anzuschießen. Warum hat er es nicht getan? Weil er eben doch ein anständiger Kerl ist.

So kann der Franzl ganz ruhig durchs Dorf gehen, ohne darum angesprochen zu werden. Im Grunde genommen wäre ihm dies auch egal gewesen. Für ihn ist wichtig, daß der Hochreiter festgenommen ist.

Es kümmert ihn auch nicht, als ihm einige Tage später auf der Dorfstraße der Sepp begegnet und ihn mit einem Blick voller Haß und Wut betrachtet.

„Ist dir jetzt wohl?“ fragt der Sepp. „Weil du meinen Bruder hinter Schloß und Riegel gebracht hast?“

„Ja, jetzt ist mir wohl“, antwortet Franz. „Vielleicht kommt auch der Tag noch, wo ich mit dir zusammentreffe."

„Dann laß dir das Warten nur nicht verdrießen", spöttelt der Sepp.

„Nein, ich kann es erwarten."

Daraufhin tritt der Sepp ganz nahe an ihn heran und zischt ihm zu:

„Es kommt immer darauf an, wer die sicherste Hand hat, dann!"

„Oder wer das schnellste Auge hat", sagt Franz und geht davon. — —

Da trifft im Forsthaus für den Franzl ein Brief von dem Mädchen Gisela ein. Sie schreibt ihm, daß ihr Bruder unerwartet an eine andere Schule als Lehrer versetzt worden sei, und daß sie eigentlich mit ihm habe abreisen sollen. Da sie ihm aber ihr Wort gegeben habe, auf ihn zu warten, warte sie auch, denn es solle nicht ein zweitesmal so aussehen, als ob sie geflüchtet wäre.

Über den Ereignissen der letzten Wochen hat er tatsächlich das Mädchen Gisela ein wenig vergessen. Aber nun sehnt er sich nach ihr. Er will sie nun auch nicht länger warten lassen.

Die Mutter versteht zwar nicht, warum er denn schon wieder zurückfahren will, noch ehe seine Ferien zu Ende sind. Aber er erfindet etwas von einem Kameraden, bei dem er eingeladen sei und mit dem er ein paar Bergtouren machen möchte. Der Vater brummt nur ein wenig und tröstet sich damit, daß die Schule sowieso nur noch ein paar Monate dauern werde.

Der Hochreiter Sepp aber, als er erfährt, daß Franzl wegfahren will, legt es so aus, und das kann auch jedermann von ihm hören: der junge Achleitner verschwinde nur deshalb, weil ihm nicht mehr recht wohl sei in seiner eigenen Haut.

Das aber erfährt der Franz nicht mehr.

Als der Zug in der Station einläuft, gewahrt er unter den vielen Sommergästen, die auf dem Bahnsteig herumstehen, sofort das Mädchen Gisela. Einen Augenblick lang findet er es selbstverständlich, daß sie da ist. Er hat ihr doch eine Karte geschrieben, daß er am heutigen Tag komme.

Als sie ihn sieht, leuchtet ein warmer Schein in ihren Augen auf. Sie steht in einem hellen Sommerkleid zwischen den vielen Menschen, und doch sticht sie sofort unter allen heraus. Ihr hoher Wuchs ist es, das helle Haar, das in der Sonne wie Gold aufzuckt, ihre stille und vornehme Schönheit — das alles hebt sie aus der Masse heraus.

Gisela trägt heute um ihren Hals eine feine goldene Kette, an der ein dunkelroter Stein hängt. Wie ein vom Herzen aufquellender Blutstropfen liegt dieser köstliche Stein auf ihrer bronzegetönten Haut. Und ebenso groß und tief wie dieser Edelstein, so voller Innenleuchten sind ihre Augen. So steht sie vor ihm, den Blick unbeschwert von falschen Bedenken, die schmale Rechte ausgestreckt, die er nun ergreift.

„Gisela“, sagt er nur. Und weiter kein Wort. Die Menschen um sie herum verlieren sich allmählich. Der Zug donnert schon wieder in die Ferne. Zum Schluß stehen nur noch die beiden auf dem Bahnhof.

Und als ob sie ihr Alleinsein jetzt erst gewahr würden, sehen sie sich erstaunt um und beginnen dann langsam zu gehen.

„Ich bin heute schon an zwei Zügen gewesen, weil ich dachte, Sie könnten schon früher kommen", sagt jetzt Gisela in das Schweigen hinein.

Franz kann darauf nichts antworten. Er ist beinahe ein wenig verwirrt, weil sie ohne Umschweife zugibt, daß sie auf ihn gewartet hat. Ach Gott, ist es denn gar so schwer, das richtige Wort zu finden? Er fühlt, wie ihn das Mädchen von der Seite betrachtet.

„Vielen Dank auch für den Brief", sagt er jetzt.

„Bitte, bitte. Wie war es daheim?"

„Danke der Nachfrage. Es war natürlich sehr schön."

„Ja, aber — es muß da irgend etwas gewesen sein, Franz. Als Sie fort sind, waren Sie anders."

„Sieht man mir denn das an?"

„Man sieht es nicht. Aber man fühlt es. Ich fühle es jedenfalls."

„Ich glaube aber nicht, daß Sie diesmal das Richtige fühlen. Mit einem — mit jenem Mädchen hängt es jedenfalls nicht zusammen", sagt er.

Ein stilles und schönes Lächeln geht über ihr Gesicht. Am liebsten hätte sie ihm jetzt die Hand gedrückt.

Sie gehen soeben an einer kleinen Gartenwirtschaft vorbei. Die kleinen weißen Tische schimmern so freundlich einladend aus dem dunklen Blätterschatten breit auslaufender Kastanienbäume. Ohne daß eins zum andern etwas sagt, treten sie in den Garten und nehmen in der hintersten Ecke Platz. Es ist so, als hätte es eins dem andern stumm befohlen.

„Hunger?“ fragt das Mädchen. „Natürlich haben Sie Hunger, Franz.“

„Nur wenn Sie mithalten!“ Er öffnet seinen Handkoffer und nimmt eine Tüte heraus, die vollgestopft ist mit belegten Broten. „Mein Gott, was hat sie mir denn da wieder alles eingepackt, die Mutter! Sie meint immer, ich müßte hungern auf der Schule“, sagt er, als möchte er sich für seine Mutter entschuldigen wegen der grobgeschnittenen, dickbestrichenen Brote.

„Das begreift ihr nur nicht“, antwortet Gisela etwas leise.

„Wer wir? Wer ist das: wir?“

„Ihr alle, die ihr noch Mütter habt. Wenn man groß ist, lächelt man über die Sorgen der Mutter, und man beginnt dieses Umsorgen erst zu begreifen, wenn sie nicht mehr sind.“

Er hat zuerst gemeint, es schicke sich gar nicht, ihr von den Broten anzubieten, und hat gedacht, daß er eine Speisekarte verlangen müsse. Aber Gisela beißt so herzhaft in die dicken Brote und denkt dabei, daß eine Mutter sie bereitet hat in mütterlicher Sorgfalt, die ein erwachsener Sohn allerdings nicht in gebührendem Maß zu schätzen weiß.

Jetzt kommt die Wirtin und fragt, was die Herrschaften zu trinken wünschen: Wein oder Apfelsaft?

„Wein“, sagt Franz unternehmungslustig.

Gleich darauf stellt die Wirtin eine Flasche vor sie hin und sagt, daß dort hinter ihnen am Baum der Lichtschalter sei, falls es zu dunkel werde. Sie selbst schaltet ihn jedoch nicht ein. Wahrscheinlich weiß sie Bescheid um junge Menschen in der Dämmerstunde.

Franz schenkt die Gläser voll.
„Auf Ihr Wohl, Gisela!"
„Auf Ihres auch."
Wie Gold schimmert der herbe Mosel. Die Gläser läuten gegeneinander.
„Hm —" macht Gisela und kostet mit der Zunge nach. „Herb, aber gut."
Wie in einem verwunschenen Garten sitzen sie. Der Lärm des Tages hat sich gelegt. Nur manchmal fährt ein Auto draußen vorbei und stört die Stille. Dann sehen sie sich wieder an, lange und schweigsam, bis dieses Schauen in ein ungelöstes, hilfloses Lächeln übergeht.
Er schenkt ihr Glas wieder voll.
„Nicht so viel", bittet sie. „Ich trinke sonst nie Wein, und wenn ich beschwipst bin, bin ich immer so übermütig."
„Macht doch nichts, Gisela."
„Möchten Sie es?"
„Ja", gesteht er offen. „Ich bringe Sie schon nach Hause." Er wird ein wenig mutiger jetzt. Seine Finger gleiten über ihre Hand. „Ihr Bruder — weiß er — daß wir — zusammen sind?"
Gisela schüttelt den Kopf.
„Er dürfte es ruhig wissen", meint sie dann. „Walter ist ein feiner Kerl, der liebste von meinen Brüdern."
„Ich bedaure seinen Fortgang von der Schule. Ich glaube, alle haben ihn als Lehrer gern gemocht."
„Wir könnten ihm eine Karte schreiben", schlägt Gisela vor. „Aber Sie müssen auch mit unterschreiben. Er wollte unbedingt, daß ich mit ihm reise."
Franz Achleitner wird dadurch nun wieder daran

erinnert, daß dieses Mädchen nur seinetwegen geblieben ist. Trotzdem fragt er:

„Und warum sind Sie wirklich geblieben?"

„Weil ich mußte. Ja, ja —" bestätigt sie etwas lauter, indem sie sich zurücklehnt und in das dunkle Blätterdach über sich schaut. „Manchmal muß man einfach etwas tun, ob man will oder nicht. Das ist wie ein innerer Befehl, dem man gehorchen muß. Ein Befehl, der vom Herzen ausgeht. Ich habe Sie doch gefragt, als wir auseinandergingen, ob es Sie freuen würde, wenn ich bei Ihrer Rückkehr noch hier sei. Aber man freut sich anscheinend nicht."

„Man freut sich schon", antwortet er rasch. „Muß einem jede Freude gleich im Gesicht geschrieben stehen?"

Sie antwortet nicht, schaut immer noch in das Blätterdach, in dem eine Bogenlampe von der Seite her ihr Lichtspiel treibt. Franz hebt sein Glas hoch.

„Auf — dein Wohl, Gisela."

Langsam wendet sie den Kopf. Ihre Augen schimmern ganz verklärt, und ein wundersames Lächeln, wie befreit und erlöst aus einer langen Qual, liegt um ihren Mund.

„Es ist sehr schön, dieses Du —"

„Schön?"

„Und gut. Ich danke dir dafür, Franzl." Plötzlich nimmt sie seine Hand und legt sie an ihre Wange mit einem glücklichen Lachen.

Sie werden tief vertraut in dieser Stunde. Die Mauer, die zwischen ihnen unsichtbar gestanden, ist mit einemmal weg. Franz Achleitner redet, als sei ein Quell aufgesprungen in seiner Brust. Alles erzählt er, wie es anfing mit Veronika, wie es endete. Und während der ganzen Rede lehnt Gisela an seiner Schulter, in seinen Arm geschmiegt, mit geschlossenen Augen. Sie schaut nicht auf, als er schweigt, sondern fragt nur:

„Und es ist nun ganz vorbei mit dem Mädchen? Ganz erloschen?"

„Ja, ganz und gar."

„Auch in deinem Herzen?"

„Auch in meinem Herzen. Dort wohnst du und sollst immer darin wohnen — wenn du willst."

„Wenn ich will? Ach, du —"

Über ihnen im dunklen Geäst schreit ein kleiner Vogel im Traum auf.

„Ich danke dir von ganzem Herzen", sagt Gisela nach einer Weile einfach und schlicht.

Dann küßt er sie. Nicht auf den Mund, sondern ganz leise auf die geschlossenen Augen. Die Stunde ist zu groß und zu feierlich, und sie wollen mit keinem Wort den Zauber zerbrechen. — —

Endlich müssen sie aufbrechen und ans Auseinandergehen denken. Als sie vor ihrer Pension stehen, sagt Gisela noch:

„Nur eines bedaure ich, Franz: unsere Bergtour. Wir wollten doch auf das Hohe Wank."

„Muß es denn das Hohe Wank sein?"

„Nein, nur irgendein Gipfel."

„Die Ostwand des Riffler vielleicht?"

„Warum nicht, wenn du sie mir zutraust."

„Gut, ich habe noch ein paar Tage Zeit, bis die Schule anfängt. Wollen wir übermorgen gehen?"

„Sehr gern, Franzl." Mit beiden Händen umschließt

sie sein Gesicht, küßt ihn und schließt dann schnell das Tor hinter sich.

Ganz eigenartig ist ihm zumute. Wie über sich selbst schüttelt er den Kopf. Die eine war Feuer und Sturm, muß er denken, und die andere ist Ruhe und lächelnde Güte. Zu dumm, daß er zuerst auf die andere hereinfallen mußte, um über diese Enttäuschung hinweg zu Gisela zu finden. Zur richtigen Liebe.

*

Als der Morgen noch kaum graut, ist in der Kargartenhütte schon Licht. Das Feuer brennt bereits im Herd, und ein paar Touristen kochen sich ihre Morgensuppe. Hinten am Tisch sitzt ein junges Mädchen und löffelt seine Milch, während der junge Bursche neben ihm den Rucksack fertig packt.

Diese beiden jungen Leute sind Franz Achleitner und Gisela Heydenreich. Der Morgen sieht sich zwar nicht recht schön an. Nebelschwaden hängen wie Gazeschleier ringsum und verhindern jede Sicht. Aber der Wind ist günstig, und die Sonne wird durchbrechen. Der Nebel wird zerreißen, bis sie an den Fuß der Felswand kommen. Dorthin aber sind noch gut zwei Stunden zu wandern.

Auf schmalen Wegen durch nasse Latschenfelder und Geröllhalden müssen sie hintereinander gehen. Franz geht voran. Zuweilen bleibt er stehen, blickt sich nach dem Mädchen um, das dicht hinter ihm ist. Dann lächeln sie sich beide in die Augen und setzen ihren Weg fort.

Feiertagsstille ist um sie her. Nur der Wind singt in

den Latschen, und zuweilen kommt ein Stein mit pfeifendem Ton aus der Höhe. Immer heller wird es, die Nebel werden dünner, und nach einer weiteren halben Stunde stehen sie bereits darüber. Die steile Wand des Riffler ist greifbar nahe vor ihnen. Über dem Haupt des Berges zuckt das junge Morgenlicht. Einen Augenblick verharren die zwei Menschen still und fast ergriffen von der ungeheuren Wildheit der Felsenmauer, die sie, die winzigen Menschen bezwingen wollen.

Gisela steht dicht neben Franz, schaut genau wie er zur Höhe hinauf und flüstert ergriffen: „Mein Gott, ist das schön!“

Franz legt den Arm um ihre Schultern. „Ja, Mädchen, schön, aber gefährlich.“

„Wenn du bei mir bist, dann nicht.“

„So viel Vertrauen?“

„Grenzenlos.“

„Dann komm. Wir müssen dort noch hinauf bis zum Einstieg.“

Das Wolkenmeer unter ihnen reißt jetzt an verschiedenen Stellen auseinander wie ein schleißig gewordenes Bettuch. Man kann wie durch ein großes Tor hinuntersehen in die Tiefe. Das Leben da drunten ist noch nicht erwacht. Die Häuser liegen zum Teil noch in der Morgendämmerung, während sich hoch oben Gipfel um Gipfel entzündet und das rote Gold der Sonne dann niederfließt über die Sättel und Kämme, bis tief in die blauen Schluchten hinein. Immer wieder sehen sie sich genötigt stehenzubleiben, um diese wundersame Stimmung in sich aufzunehmen.

Dann stehen sie vor dem Einstieg zur Wand. Franz nimmt das Seil von der Schulter und knüpft es auf.

„Soll ich denn hier schon ans Seil?" fragt Gisela.

Er nickt. „Wir haben keinen festen Stand mehr bis zu der Scharte da oben. Und bis dorthin gibt es schwierige Stellen. Ich glaube, du nimmst die Wand viel zu leicht, Gisela. Ich kenne sie, weil ich sie mit deinem Bruder schon gemacht habe. Du wirst nichts zu lachen haben. Kannst dir's noch überlegen, ob wir nicht doch lieber eine andere Seite nehmen, die nicht so schwer ist."

Sie schüttelt den Kopf und lacht ihn an. „Wenn du bei mir bist, kann doch nichts fehlen", spricht ihr Blick.

Dann legt er das Seil um ihre Taille, verknotet es fachmännisch und nimmt das andere Ende um seine Faust. Eine kurze Weile schauen sie noch aneinandergelehnt in das Land hinaus, über dem die große Stille des Sommermorgens liegt. Ganz leise, wie aus unendlicher Ferne, hört man Glockengeläut bis herauf in die steinerne Einsamkeit.

Franz Achleitner ist ein wenig ernst geworden. Er weiß, wie gewagt dieses Unternehmen ist. Noch dazu mit einem Mädchen. Und wenn er auch alles Vertrauen hat zu diesem Mädchen, wenn er auch an ihren Mut und ihre Kraft glaubt — diese Wand hat schon manchen in die Tiefe gerissen. Ein einziger Fehltritt, ein unsicherer Griff würde auch sie beide unrettbar hinunterschleudern und zerschmettern. Und das, dünkt ihm, sei doch noch etwas zu früh, nachdem das Glück gerade begonnen hat, wirkliches Glück zu werden.

Erst ein Blick in ihre großen, glänzenden Augen

macht ihn wieder sicher. Und so wendet er sich um, greift in die Felsen. Das Mädchen folgt ihm in kurzem Abstand, etwa eine halbe Seillänge. Die Finger suchen Halt, umfassen runde oder eckige vorstehende Griffe, verspreizen sich links und rechts. Und wenn sie einmal kurz überlegend nach einem Halt sucht, dreht Franz, gerade als ob er das fühle, den Kopf zurück und erklärt ihr genau, wo sie anzupacken habe. Sonst wird kein Wort gesprochen.

Allmählich kommen sie in den Bereich der Sonne. Immer höher klettern sie, und immer schwerer wird es. Gisela muß mitunter ihren ganzen Mut zusammennehmen. Schweiß rinnt über ihr Gesicht. Sie hört den keuchenden Atem, den der Mann über ihr aus den Lungen preßt, und denkt sich: Mein Gott, so schlimm hab ich mir's nicht vorgestellt!

Nach Stunden haben sie es geschafft und stehen oben auf dem Gipfel. Giselas Brust arbeitet noch heftig, ihre Finger zittern leise.

Er beugt sich ihr entgegen. „Ist's schlimm gewesen?"

Sie schüttelt den Kopf. „Hab ich dir viel Mühe gemacht, Franzl?"

„Gar nicht, ich hab es mir viel ärger vorgestellt. Du hast dich tapfer gehalten."

Das ist sein ganzes Lob, obwohl ihm ihre gewaltige Leistung mächtig imponiert. Wie ein guter, treuer Kamerad ist sie mit ihm durch die schwierige Wand gestiegen, ohne einen Laut der Angst oder Furcht. In tiefer Glückseligkeit fühlt er, daß sie auch in seinem weiteren Leben der treueste und beste Kamerad sein wird. Dieses Bewußtsein ruht tief in ihm. Zärtlich zieht er sie an sich. So stehen sie eine Weile, Wange an Wange gelehnt, rechts und links von sich den tiefen Abgrund, über sich nichts als den strahlend blauen Himmel.

„Nichts mehr über uns", flüstert sie unter seinem Kuß. „Ganz welteinsam stehen wir beide da heroben — da und ich. Und ich habe es gewußt, daß ich diesen Augenblick einmal mit dir werde erleben dürfen. Damals schon, Franz, in deiner Jagdhütte, wo ich so schnell die Flucht ergriff — ergreifen mußte."

Rasch deckt er seine Hand auf ihren Mund.

„Davon sollst du nicht mehr reden, Gisela!"

„Du hast recht. Alles liegt ja so weit und tief hinter uns, wie das Tal da unten."

Dann setzen sie sich, und Franz nimmt den Proviant aus dem Rucksack. Hoch oben auf windumbrauster Höhe halten sie ihr einsames Mahl und sind dabei übermütig wie Kinder, weil sie sich der Erde so weit entfernt, dem Himmel aber so nahe fühlen.

Und da gibt es Menschen, die es Verrücktheit nennen, ein Gottversuchen, das Wagnis, in die majestätische Einsamkeit der Berge einzudringen. Nach ihrem Urteil gehört der Mensch nicht dorthin.

Jene jungen Menschen aber, denen Gott ein tapferes Herz und gesunde Glieder geschenkt hat, sitzen still und glücklich oben über den engstirnigen Nörglern, über dem Kleinkram der Täler, fühlen nichts als sich und die Gnade, jung und mutig zu sein, ahnen demütig der Gottheit Majestät hier oben in seiner Natur.

So ruhen sie dann nebeneinander auf dem schmalen Plateau. Die Stunden vergehen, die Sonne bescheint sie mütterlich warm, und der Firnwind liebkost ihre Stirnen. Und sie kritzeln mit einem Mauerhaken ihre Namen nebeneinander in eine Felsspalte, umzingeln sie mit einem Herzen und lachen sich an.

„Regen und Wind können es nicht mehr verwischen", sagt er. „Ewig steht es hier geschrieben, das Ich und das Du."

„Nur im Winter deckt uns Eis und Schnee zu", sinniert sie. „Und denkst du, daß wir jemals wieder hier oben sitzen werden?"

„Warum nicht? In einem oder zwei Jahren, vielleicht. Aber dann stimmt es nicht mehr mit den Namen, das muß dann anders heißen."

„Wie muß es heißen?" will das Mädchen wissen. Statt aller Antwort nimmt er den Mauerhaken und kritzelt das Heydenreich durch, so daß es nun heißt: Gisela und Franz Achleitner.

Sie spricht es einmal, zweimal ganz leise nach: „Gisela Achleitner!" Dann ruft sie es laut und freudig aus sich heraus in den klarblauen Sommerhimmel, daß es der Firnwind im Echo weiterträgt. Und als es wieder ganz still ist, kniet sie neben ihm, und ihre Augen sind ganz nahe vor den seinen, daß er darin versinken muß und ihren heißen Atem mit seinen Lippen forttrinkt.

„Wo wird mein Mädchen nächstes Jahr um diese Zeit sein?" fragt er dann.

„Hier wieder?"

Er schüttelt lächelnd den Kopf. „Bei mir daheim — bei meiner Mutter."

„Meinst du, daß sie mich will?"

„Dich muß man ja wollen. Und dann gehst du mit

mir zu Berge in aller Frühe, wenn der Herrgott noch durch den Wald geht."

„Sieht man ihn denn?"

„Muß mal reden mit ihm, vielleicht zeigt er sich dir. Die Augen mußt du aufmachen, Mädl, dann siehst und spürst du ihn überall. Schau um dich, du mußt ihn doch ganz nahe fühlen —"

Das Mädchen Gisela schaut um sich, holt tief Atem und flüstert tiefergriffen:

„Wunderschön ist deine Heimat, lieber Franz."

Und dann sagen sie lange nichts mehr. Tief sind sie ins Schauen versunken und denken dabei alle beide an die Augenblicke, da das Glück des Erkennens ihrer Liebe zu ihnen gekommen ist.

Endlich müssen sie an den Heimweg denken. Sie nehmen ihn diesmal aber nicht über die steile Wand, sondern auf der anderen Seite, wo sie auf einem schmalen, aber immerhin ganz bequemen Weg bald in die Tiefe kommen.

*

Längst ist Gisela Heydenreich wieder in ihre Heimat abgereist. Verödet und einsam kommt Franz Achleitner nun sein Leben vor. Oft geht er nun am Abend allein die stillen und vertrauten Wege, die er mit Gisela gegangen ist. Der einzige Lichtblick sind ihm ihre Briefe, von denen er regelmäßig jede Woche einen erhält.

Dann ist sein Schuljahr zu Ende. Die Prüfung besteht er mit Eins, und er freut sich schon auf den großen Augenblick, wo er dem Vater das Zeugnis auf den Schreibtisch legen kann. — —

Er ist erst ein paar Tage daheim, als die Verhandlung gegen den Hochreiter stattfindet. Der Termin ist auf neun Uhr vormittags angesetzt. Doch lange vorher schon haben sich die Menschen im Gang des Gerichts versammelt. Halb Arlberg ist vertreten. Alles ist gespannt, was da nun ans Tageslicht kommen wird.

Als Franz zur Zeugenaussage gerufen wird und den Saal betritt, zieht es seinen Blick wie magnetisch zur Seite hin, wo Veronika sitzt. Mit großen, beinahe ängstlichen Augen sucht sie seine Augen. Aber er schaut starr über sie hinweg. Sein Blick kreuzt sich jetzt mit dem des Hochreiters. Adlerscharf ist der Blick des Bauern. Wie eine verwitterte Tanne steht er da, hoch, hager und angegraut.

Dann fällt die erste Frage in den stillgewordenen Raum. Franz Achleitner schildert die Begebnisse jenes Sonntags und biegt nur dort ein wenig um die Wahrheit herum, wo seine Aussage auch für Veronika eine Belastung hätte werden können. So verschweigt er den Kampf mit dem Hochreiter im Keller der Alm, verschweigt weiter, daß Veronika ihm das Gewehr in die Höhe geschlagen hat. Der Hochreiter sitzt während der ganzen Zeit unbeweglich, die schweren Hände hilflos in dem leeren Raum zwischen seinen Knien. Jeder Muskel in seinem Gesicht ist gespannt.

Zum Schluß will der Vorsitzende von Franz noch wissen, ob er, der Zeuge, der Meinung sei, daß Veronika Hochreiter, die Schwester des Angeklagten, mit ihrem Bruder hinsichtlich des erlegten Wildbrets zusammengearbeitet habe.

Franz fühlt den Blick des Mädchens in seinem Nakken. Auch der Blick des Bauern trifft ihn von der Seite her. Aber nicht dadurch wird er unsicher, sondern vielmehr deshalb, weil er sich bis heute selber noch nicht klar ist, ob und wieweit Veronika bei der ganzen Wilderei eine Rolle gespielt hat.

Der Vorsitzende bemerkt sein Zögern und deutet es so: „Sie sind also der Meinung, daß die Schwester mit ihrem Bruder unter einer Decke gesteckt hat bei der ganzen Wilderei?“

Franz nimmt den Kopf zurück. „Nein, das ist eben nicht meine Meinung, ich habe keine Beweise, dies zu behaupten.“

Andere Zeugen treten außer dem Förster noch auf. Die meisten wissen natürlich gegen den Hochreiter nichts zu sagen. Ein tüchtiger Bauer sei er allzeit gewesen, bekundet der Bürgermeister. Seine Steuern und Abgaben habe er immer pünktlich bezahlt.

„Dafür hat er es versäumt, sich eine Jagdkarte ausstellen zu lassen“, wirft der Staatsanwalt so witzig ein, daß sogar um den Mund des Försters ein kleines Lächeln zuckt.

Endlich zieht sich das Gericht zur Beratung zurück. Es ist eigentlich gar nicht so viel, was man diesem gerissenen Bauern nachweisen kann. Denn ein Reh gibt er zu und einen Gamsbock. Dann wäre noch da der verbotene Waffenbesitz und die Schlingen, von denen er überhaupt nicht wissen will, wie sie in den Almkeller gekommen seien. Immerhin ist er wegen der gleichen Delikte schon vorbestraft, und dieser Bauer ist vielleicht doch nicht ganz so harmlos, wie er sich den Anschein gibt.

So lautet das Urteil acht Monate Gefängnis, abzüglich zwei Monate Untersuchungshaft.

Der Hochreiter nimmt das Urteil schweigend und mit unbewegtem Gesicht entgegen. Vielleicht hat er selbst mehr erwartet, denn wie in leisem Verwundern ziehen sich seine grauen Augenbrauen für Sekunden hoch.

Sechs Monate also noch. Sie werden vorübergehen. Er wird sie tragen, und es ist besser, daß er sie allein trägt, als daß der Sepp auch vom Pech verfolgt gewesen wäre an jenem Sonntagnachmittag. So ist nun doch noch jemand im Hof, der nach dem Rechten sieht. Wenn es nur ginge, er möchte ihm gern sagen, daß er keine Büchse mehr anrühren solle. Aber das ist ja nicht möglich. Der Sepp sitzt ziemlich weit hinten und hat es nur dem Mädchen vom Stöcklmaierhof, der Seffi, zu verdanken, daß er heute nicht auch hier sitzt als Angeklagter. Aber das alles weiß der Hochreiter nicht.

Als er abgeführt wird, reißt er sich zusammen. Den schmalen Kopf in den Nacken geworfen, geht er hinaus. Sein Blick weicht niemandem aus. Auch dem Achleitner Franz nicht. Und es ist nicht einmal ein Blick des Hasses, eher ein Blick, in dem eine zerknirschte Anerkennung liegt, daß eben er, der Junge, einmal der Stärkere gewesen ist.

Nun leert sich der Saal auch von den Zuhörern, Franz geht mit seinem Vater und einem Forstrat vom Forstministerium langsam die breite Treppe hinunter. Da will es der Zufall, daß drunten vor dem großen Eingangstor Veronika steht. Sie scheint auf ihren Bruder zu warten. Franz fühlt merkwürdigerweise die Notwendigkeit, ihr ein gutes Wort zu sagen, weil er glaubt, daß es doch schwer für sie sei. Aber gerade, als er den Mund auftun will, dreht sie den Kopf nach ihm und schaut ihn so verächtlich und abweisend an, als hätte sie ihn niemals vorher gesehen. Dann wendet sie sich um und geht auf ihren Bruder zu, der gerade die Treppe herunterkommt.

Auch gut, denkt sich Franz und beeilt sich, den andern nachzukommen. — —

Das Urteil wird natürlich überall lebhaft besprochen. Auch beim Wirt in Arlberg, dessen Stube an diesem Abend ziemlich gefüllt ist. Die einen meinen, daß es zu hart ausgefallen sei, die anderen finden es gerade noch tragbar. Immerhin entwickelt sich ein lebhafter Disput über Jagd und Wilderei überhaupt, so daß sich Förster Achleitner genötigt sieht, seine Meinung bekannt zu geben.

„Man kann kein rechter Bauer sein, wenn man die Gedanken dorthin wendet, wo das Gesetz für ihn einen Riegel vorgeschoben hat. Wenn einer das Blut zum Jagen in sich hat, gut, so ist ihm die Möglichkeit dazu gegeben. Und der Hochreiter hätte sich gut genug gestanden — ich meine materiell gesehen —, daß er die Gemeindejagd pachten oder sich mindestens daran hätte beteiligen können. Aber nein, da geht man lieber hinaus und stiehlt das Wild dem Staat. Das ist leichter und bequemer und kostet vor allen Dingen nichts. Dabei bedenkt man aber nicht, daß das alles nur eine Zeitlang geht und einmal ein Ende haben muß. Die Strafe ist hart für einen Menschen wie den Hochreiter, das gebe ich ohne weiteres zu. Aber andernteils hätte der Hochreiter über ein paar Wochen Haft gelacht. Er wäre herausgekommen und hätte von neuem angefangen. So aber, denke ich, wird es ihm doch eine Lehre sein."

Das ist alles sehr vernünftig gesprochen. Es ist kein Grund vorhanden, ihm zu widersprechen. Und manch einer, der es in früheren Tagen selber hin und wieder hat „krachen“ lassen, zieht den Kopf ein und ist froh, daß ihn nicht das Schicksal des Hochreiters ereilt hat. —

Ein paar Wochen darauf spricht schon niemand mehr davon, und die ganze Angelegenheit wäre sicher in Vergessenheit geraten, wenn der Hochreiter Sepp nicht selber immer wieder davon anfinge. Prahlerisch verkündet er, daß er es dem Förster Franzl schon einmal heimzahlen werde bei Gelegenheit. Bei der fünften oder sechsten Halbe Bier will er dann immer wetten, daß er sich zu jeder Zeit einen Rehbock zu schießen getraue, ohne daß der Franzl oder Kestler oder der Herr Förster ihn dabei erwischen.

Nicht viel anders ist es bei Veronika. Sie ist in ihren Reden zwar gemäßigter und droht nicht. Aber sie trägt den Kopf so hoch und stolz, daß es geradezu herausfordernd wirkt. Seit sie von der Alm abgezogen ist, kommt sie jetzt öfter ins Dorf. Sie erzählt ihren Freundinnen, daß ihr Bruder, der Luis, wohl nicht im Gefängnis sitzen würde, wenn sie, die Veronika, dem Förster Franz nicht den Laufpaß gegeben hätte. Aus Wut darüber habe er ihrem Bruder nachgestellt und ihn durch einen Zufall schließlich überführen können.

Die Liesl von der Steindalm, die vor kurzem wirklich ihren Wastl geheiratet hat, erzählt dieses Gerede dem Franz. Aber dazu lacht er nur, weil es zu kindisch ist, um sich darüber zu ärgern. Das andere freilich, das notiert er sich alles gewissenhaft und sauber, denn man kann nie wissen, ob es nicht einmal von Nutzen ist. Er und der Kestler glauben nicht, daß der Sepp sich bezähmen kann. Wenn es auch zur Zeit im Revier ruhig ist, einmal wird es ihn doch wieder hinauslocken, und dann soll er ihnen nicht mehr entwischen.

Es könnte auch keine Rücksicht genommen werden auf die Frau da oben am Hof. Ja, die Bäuerin allein ist es, mit der man Mitleid haben könnte. Sie nimmt sich die Haft ihres Mannes zu Herzen, trägt schwer unter der Schande und getraut sich kaum mehr ins Dorf.

*

Nein, augenblicklich geht der Hochreiter Sepp nicht in den Wald. Aber da droht ihm von einer Seite eine Gefahr, von der er es am allerwenigsten erwartet hätte.

Er hat sich allzu sicher gefühlt, und als er die Neigung zu der Stöcklmaier Seffi in sich erkalten fühlt, ist er der irrtümlichen Meinung, er brauche weiter nichts, als sich einfach allmählich, wie es immer seine Gewohnheit gewesen ist, von ihr loszulösen.

Bisher hat er allerdings noch seine Freude gehabt mit dem Mädchen, hat sich sogar einmal wirklich mit dem Gedanken vertraut gemacht, sie zu heiraten. Aber je mehr es jetzt in den tiefen Herbst hineingeht, desto mehr verliert er das Interesse an ihr. In ihrer derben, stillen Art weiß sie ihm nichts Neues mehr zu bieten. Sie kann ihn, mit einem Wort gesagt, einfach nicht fesseln. Und so werden die Zeiträume seines Kommens zu ihr immer größer. Er wartet zuerst eine Woche, dann zwei und dann gar drei. Und weil auch von der

Seffi keinerlei Botschaft an ihn gelangt, weder durch einen Brief noch sonst eine Nachricht, die sie zuweilen dem Brotfahrer aufgegeben hat, denkt sich der Sepp, daß auch sie sich schon dreingeschickt und vielleicht selber erkannt hat, daß das Feuer, das einmal in beider Herzen glühte, erloschen ist.

So beginnt der Sepp sich nach einigen Wochen frei zu fühlen. Es ist ihm, als sei eine Last von ihm abgefallen. In dieser Zeit erinnert er sich der Schmied Magdalena, die er den Sommer über brutal vernachlässigt hat, und klopft eines Nachts wieder an ihr Fenster.

Alles scheint in schönster Ordnung zu sein. Er rechnet es seiner diplomatischen Schlauheit zu, daß er sein Heiratsfähnchen gemütlich wieder einrollen kann, ohne daß ihm dadurch Unannehmlichkeiten zustoßen könnten.

Er hat nur nicht damit gerechnet, daß die Stöcklmaier Seffi keine Schmied Magdalena ist, die ihm rettungslos verfallen, demütig und in schlichter Dankbarkeit zu ihm aufschaut. Er weiß noch nicht, daß die Seffi nicht so leicht abzuschütteln ist, sondern daß sie sich zäh und verbissen an das klammert, was sie als ihr Besitztum ansieht. Sie ist über die Jahre hinaus, wo man eine Enttäuschung in der tröstenden Gewißheit hinnimmt, daß ja noch ein anderer kommt. Zu lange hat sie gewartet, hat das Leben an sich vorübergehen lassen und hat das Geschehen jenes Sonntagnachmittags als ihr Schicksal betrachtet, das sie nun fest in ihren Händen halten will.

Eines Nachmittags nun — es herbstelt stark, und zuweilen jagen feine Regenschauer über das Gebirge herunter — ackert der Sepp unweit des Hofes an der

Grenze des Waldes. Mit schweren Schritten geht er hinter dem Pflug her, das Leitseil lose um die Faust gewickelt. Schnurgerade läuft die Furche, die er aufgeworfen zurückläßt.

Als wieder so ein Regenschauer niedergeht, fährt er am unteren Ackerrand ein wenig in den Schutz der Bäume und zündet sich eine Zigarette an. Es dauert aber nicht lange, da scheint die Sonne wieder wäßrig hinter den grauen Wolkenfahnen her. Der Pflüger wendet, setzt den Pflug von neuem ein — und hat plötzlich einen Schreck, der ihm fast die Glieder lähmt.

Am oberen Ackerrand steht die Stöcklmaier Seffi. Hochaufgerichtet steht sie da, seiner wartend, ungeachtet des scharfen Windes, der ihr Haar zerzaust.

Jetzt wird's recht! denkt sich der Sepp und überlegt krampfhaft, was er beginnen, beziehungsweise was er sagen soll. Der Acker ist nicht lang, und Sepp ist mit seinen Gedanken noch nicht im reinen, als die Pferde halten und die Seffi vor ihm steht.

„Du bist es", sagt er und stochert in großer Verlegenheit die Ackererde von seinen Stiefeln. Wenn sie mir Grobheiten macht, denkt er, dann sag ich ihr gradwegs, daß ich meine Ruhe haben möchte. Jawohl!

Die Seffi macht aber keine Grobheiten. Vorerst wenigstens nicht. Sie schaut ihn nur an und sagt kein Wort. Es ist ein Blick aus innerster Tiefe heraus, dem er ausweicht. Endlich öffnet sie den Mund und sagt:

„Wundert es dich denn gar nicht, daß ich hier bin?"

Sepp steckt nun beide Hände in die Hosentaschen, wahrscheinlich, um recht lässig zu wirken.

„Da hast du recht. Wo kommst denn her?" fragt er dann und versucht ein wenig zu lachen. Es vergeht ihm aber gleich, als sie ihm sagt, daß sie schon auf dem Hochreiterhof gewesen sei und nach ihm gefragt habe. Man habe sie hierher verwiesen.

Barsch fährt er sie an: „Du bist ja nett! Rennt die einfach da 'nauf! Da hört sich doch schon der Gemüshandel auf!"

Das Mädchen ist durch seine Grobheit nicht einzuschüchtern.

„Brauchst mich gar nicht so anzuschreien", sagt es. „Erstens hör ich noch ganz gut, und zweitens fürcht ich dich nicht. Jawohl, das darfst du ruhig wissen, daß ich am Hof war bei euch. Was hätte ich denn sonst tun sollen, wenn ich schon über drei Wochen nichts mehr hör und sehe von dir?"

„Drei Wochen sind das schon wieder? Schau nur grad, wie die Zeit vergeht. Aber ich wär schon wieder einmal gekommen. Ich hab bloß keine Zeit gehabt."

„Daß du auf einmal keine Zeit mehr hättest für mich? Und zuerst, da hättest dir bald die Haxen abgelaufen und hast vom Heiraten geredet."

„Geredet freilich, aber ernstlich hab ich es nie im Sinn gehabt."

„Ich aber schon."

„Ja — da kann ich allerdings nichts dafür. Ich hab dir keine Hoffnungen gemacht."

„Was hättest du nicht? Lüg doch nicht so unverschämt! Meinst du, ich weiß nimmer, was du alles gesagt hast? Schau ihn nur an — jetzt möcht er es nimmer wissen!"

Seffi, die stolze Bauerntochter, verliert in diesem Augenblick beinahe die Fassung. Ihre Stimme schwankt ein wenig, als ob ihr das Weinen nahe wäre. Aber sie beherrscht sich und drängt die Tränen gewaltsam zurück. So leicht will sie sich nicht abschütteln lassen. Jedenfalls soll er es nicht leicht haben. Sie hat nur bis jetzt jenen Sonntagnachmittag noch nicht erwähnt. Aber wenn er etwa weiter störrisch bleiben und sich um sein Versprechen der Ehe herumdrücken will, dann wird sie ihn schon erinnern.

„Was hätt ich denn dann alles gesagt?" will der Sepp jetzt wissen.

„Das weißt du doch besser als ich. Tu nur nicht so, als wenn du es nicht wüßtest! Aber du brauchst nicht meinen, daß ich mich so leicht abwimmeln laß. Ich hab dich schon in der Hand, Manderl!"

Der Sepp wechselt die Farbe ein wenig und fragt mißtrauisch: „Wie meinst du denn das?"

„Das wirst du schon sehen, wie ich es meine. Denkst du vielleicht, ich bin so dumm und laß mich von dir ausschmieren? Dann rede ich halt. Was dir dann passiert, das siehst du nachher schon."

Wütend macht er einen Schritt auf das Mädchen zu. Aber sie weicht nicht zurück.

„Ach, so eine bist du! Jetzt kenn ich mich aus."

„Jeder Wurm krümmt sich, wenn er getreten wird, und ich wehr mich eben auch. Ich laß mich nicht einfach auf die Seite werfen wie ein altes Stück Eisen. Es ist mein gutes Recht, wenn ich drauf bestehe, daß du mich heiratest."

„So, du bestehst also darauf?"

„Freilich, weil ich nicht damisch bin."

„Und — wenn ich nicht mag?"

„Dann gehe ich zum Förster und sag ihm alles.

Brauchst nicht meinen, daß ich bloß so rede. Es ist mein voller Ernst."

Das hat er übrigens schon lange gemerkt, daß sie nicht spaßt. In ohnmächtiger Wut preßt er die Zähne zusammen. Das Weibsbild hat ihn in ihrer Gewalt. Es gibt kein Entrinnen. Sie braucht bloß zu reden, und er sitzt da, wo auch sein Bruder sitzt, denn sie weiß ja um vieles mehr als nur um jenen Sonntagnachmittag. Die Zunge könnte er sich jetzt abbeißen, weil er ihr soviel erzählt hat.

Nein, da ist es schon besser, wenn er gute Miene zum bösen Spiel macht. Und wenn er sie so betrachtet, muß er sich gestehen, daß sie eigentlich schon zu ihm passen würde. Zudem ist sie die einzige Tochter vom Stöcklmaier, und der Hof kann sich wirklich sehen lassen. Wer weiß, ob er jemals irgendwo so schön einheiraten kann. Und hat es nicht einmal eine Zeit gegeben, wo er sie wirklich gern gehabt hat? Er spürt plötzlich eine Aufwallung früherer Zärtlichkeit, und dieses Gefühl hat den Unwillen aus seinem Herzen schon halb verscheucht, als sie drohend sagt:

„Mein Vater hat auch gesagt, wenn du meinst, du kannst Zicken machen, dann paßt er dir den Weg ab und haut dich windelweich."

Da reißt der Sepp zornig den Kopf in die Höhe. Dann muß er aber doch lächeln zu dieser dummen Drohung.

„Schau ich vielleicht so aus, als ob man mich so ohne weiteres windelweich schlagen könnt? Kannst deinem Vater ruhig sagen, er soll es nur probieren. Wer dann mit zerbrochenen Knochen heimgeht, das wird sich ja zeigen." Er setzt sich jetzt auf seinen Pflug und lädt das Mädchen ein, sich neben ihn zu setzen. „Jetzt laß einmal g'scheit mit dir reden", beginnt er mit der Unschuldsmiene eines Biedermanns. „Du hast recht, wenn du dich wehrst. Aber schau, ich hab mir halt so gedacht —"

„Das ist für mich nicht wichtig, was du denkst", unterbricht sie ihn und setzt sich auf dem schmalen Pflugholz ein wenig bequemer zurecht. „Wenn ich dich nicht gernhätte, wäre ich heut nicht da und tät mich wehren um mein gutes Recht. Und ich hab mir immer schon gedacht, wenn ich einmal dein Weib bin, dann bring ich dich schon ab vom Wildern. Ich hab Kraft in mir und einen festen Willen, der dich auf den rechten Weg führen soll. Mußt doch auch denken, Sepp, daß es nicht ewig so weitergehen kann und darf. Ein Bauer hat mehr auf seine Ehr zu schauen als andere. Mein Vater sagt immer: Bauernehr ist wie Ritterehr. Darum bitt ich dich, mach auch du aus dir einen richtigen Menschen, Sepp. Es wird alles gut werden, wenn wir verheiratet sind. Und wenn dann Kinder kommen —"

Nun faßt der Sepp in einer scheuen Anwandlung von Zärtlichkeit nach ihrer Hand.

„Sakra, reden kannst du wie ein Pfarrer. Und recht hast. Jawohl, du hast recht: ich muß heiraten. Das wird das Beste für mich sein."

„Es wird dir schon nichts anderes übrigbleiben, weil du sonst blechen mußt. Wir sind bei einem Advokaten gewesen, und der hat gesagt, du mußt für alles aufkommen, und ich kann auch noch extra was verlangen, indem ich vor dir noch unschuldig gewesen bin."

Dem Sepp reißt es die Augendeckel in die Höhe.

„Das ist mir neu. Das glaubst doch selber nicht, daß man dafür was verlangen kann!“

„Der Advokat hat gesagt, wenn ein Mannsbild einem Mädel in Vorspiegelung falscher Tatsachen ihr Bestes raubt, dann kann man den Betreffenden belangen.“

„Sauber, sag ich! Das sind ja nette Gesetze. Wer gibt denn dann unsereinem was, wenn man von einem Mädel ausgeschmiert wird?“

„Ich hab dich nicht ausgeschmiert. Da kann ich einen Eid drauf leisten. Und überhaupt kann alles gut werden mit uns zwei. Du mußt bloß fest dran glauben.“

„Na, also in Gottes Namen. Dann geh ich halt in den nächsten Tagen zum Pfarrer und bestell das Aufgebot“, verspricht er. „Mußt mir halt deine Geburtsdaten geben, weißt.“

„Wart nur nicht zu lange, sonst überlegst du es dir wieder anders“, ermuntert die Seffi ihn.

Und gerade in diesem Augenblick muß der Sepp an die Schmied Magdalena denken, Was wird die wohl sagen, wenn sie erfährt, daß er heiratet? Sein Gemüt belastet sich aber nicht weiter damit. Sie muß sich eben mit der Tatsache abfinden.

„Also“, sagt er aufschauend, „dann packen wir's halt.“

„Ja, Sepp“, erwidert das Mädchen vom Stöcklmaier.

„Wie ist es dann“, erkundigt sich Sepp noch, „übergibt denn dann dein Vater den Hof gleich? Anders mag ich nicht, und das muß alles notarisch gemacht werden.“

„Das kann ich dir ganz genau sagen, Sepp. Der

Vater übergibt uns den Hof am Tag nach der Hochzeit.“

„Das laßt sich hören“, schmunzelt der Sepp und steht auf. Er wickelt das Leitseil wieder um die Faust und umfaßt dann plötzlich die Seffi mit beiden Armen, daß sie vor Schmerz das Gesicht verzieht. „Du bist halt eine“, scherzt er. „Mit dir bin ich aufgerichtet.“ Lachend treibt er nun die Pferde wieder an.

Die Seffi geht hinter ihm in der Furche. Eitel Freude ist in ihr, weil sich alles so gut entwickelt hat. Auf dem Herweg ist ihr Herz von Kümmernis umschattet gewesen. Und nun ist alles wieder leicht und frei. Sie betrachtet den breiten Rücken des Burschen vor sich, die eckigen Schultern, die schweren, braunen Hände, die die Pflugsterze umklammert halten, und denkt dabei: Er ist nicht schlecht, nur furchtbar leichtsinnig. Aber er wird bestimmt ein rechter Mensch, wenn ich einmal bei ihm bin und ihm die Zügel ein wenig straff anlege.

Am andern Ackerrand angekommen, reicht sie ihm die Hand, muntert ihn noch einmal auf und verschwindet dann mit ihren hohen, weitausholenden Schritten unter den Bäumen.

Der Sepp blinzelt ihr nach und denkt sich laut:

„Einen Gang hat sie wie ein Dragoner. Und wissen tut sie, was sie will. Teufl, Teufl, die ist gleich scharf ins Zeug gegangen! Bleibt mir schon nichts anderes übrig, als daß ich heirate.“ — —

Als er gegen Abend ausspannt und in den Hof fährt, steht seine Schwester unter der Stalltür und sagt:

„Du, Sepp, da war heut ein Weibsbild da und hat nach dir gefragt.“

„Ja, ja, ich hab sie schon getroffen."
„Was war denn das für eine?"
„Hast sie nicht kennt?"
„Die hab ich meiner Lebtag noch nicht gesehen."
Der Sepp sagt drauf: „Dafür ich um so öfter."

Er führt die Pferde in den Stall, nimmt ihnen das Geschirr ab, wirft ihnen Futter vor und tut so, als merke er gar nicht, wie neugierig Veronika um ihn herumschleicht.

„Was hat sie denn wollen?" fragt sie nach einer Weile wieder.

„Ach — nichts Besonderes. Geredet haben wir halt. Du mußt doch nicht alles wissen. Ich kümmere mich ja auch nicht um dich."

„Jessas, bist du ein Hackstock!" schimpft die Veronika und geht brummend ins Haus hinüber. — —

Nach dem Nachtessen zieht der Sepp seine Feiertagsjoppe an, bürstet den Hut umständlich aus und setzt ihn auf. Bevor er aus der Stube geht, schafft er dem Knecht noch die Arbeit für den andern Morgen an und tritt dann in die Küche, wo Mirl und Veronika das Geschirr abspülen. Umständlich zündet er sich eine kleine Zigarre an, schnauft ein paarmal heftig durch die Nasenlöcher und meint:

„Was ich sagen will: Zum Pfarrer geh ich jetzt hinunter."

Die Schwester kichert, und die Schwägerin schaut ihn mißtrauisch von der Seite an. Sie denkt, daß er wieder einen seiner üblichen Witze macht. Aber der Sepp ist diesmal nicht aufgelegt zum Scherzen. Sein Gesicht ist streng, sieht beinahe feierlich aus.

„Da brauchst du gar nicht so dumm zu lachen,

Vroni“, sagt er ungnädig. „Es ist schon wahr, zum Pfarrer geh ich und bestell das Aufgebot, weil ich’s Heiraten im Sinn hab.“

Veronika fährt mit dem Gesicht herum.

„Vielleicht gar das langhaxete Trumm, wo heut nachmittag da war?“

„Du tu dich nicht so leicht reden!“ verteidigt sich der Sepp. „Und daß du es weißt, von der Seffi, da kannst du noch was lernen.“

„So, so, Seffi heißt’s“, zwitschert die Veronika boshaft. „Da bin ich ja neugierig, was das wird.“

„Das braucht dich am allerwenigsten zu bekümmern“, sagt ihr der Sepp. „Die Seffi ist schon richtig, sie hat einen Hof, der sich sehen lassen kann, und sonst noch ein paar nette Kleinigkeiten.“

„Na, schau her, was willst denn dann mehr? Aber willst denn nicht noch warten, bis der Luis wieder heraußen ist?“

„Nein, das dauert mir zu lange. Wenn ich schon heirate, dann muß es schnell gehen, weil’s mich sonst wieder reut.“

Damit geht er hinaus und zieht die Tür hinter sich zu.

Eine Weile ist es ganz still zwischen den beiden Frauen. Bis Veronika wieder zu kichern anfängt. „Er wird schon wissen, warum es ihm so pressiert.“

„Meinst? Aber warum ereiferst denn du dich so?“ fragt dann die Mirl ein wenig zornig. „Sei doch froh, wenn er heiratet und eine tüchtige Frau bekommt, die einen anständigen Mann aus ihm macht.“

„Der und ein richtiges Mannbild werden?“ zweifelt die Veronika. „Dazu ist er schon viel zu abgebrüht.“

„Und ich glaub es nicht, und ich glaub es nicht", verteidigt ihn die Mirl. „Verstehen muß es halt eine."

Die Veronika hat noch allerhand einzuwenden und wird erst anderen Sinnes, als der Sepp sie am andern Sonntag mitnimmt und sie mit der Seffi bekannt macht.

Es ist aber weniger die Seffi, die der Veronika so gut gefällt, sondern mehr deren Vetter Lambert Hollinger, der in der Nähe von Miesbach eine kleine Gastwirtschaft mit Metzgerei besitzt und zufällig zu kurzem Besuch gekommen ist. Dieser untersetzte, stämmige Bursche macht gar kein Hehl daraus, wie sehr ihm die Veronika gleich auf den ersten Blick gefällt. Ganz unkompliziert und ein wenig nach derber Viehhändlerart sagt er:

„So was Sauberes hat mir der Doktor von Miesbach für meinen Kreislauf verschrieben."

„Warum? Ist der nicht in Ordnung?" fragt Veronika in gleicher Art zurück und zwinkert mit dem linken Auge genauso wie er. „Gehört der Wagen dir?" will sie dann noch wissen und deutet mit dem Kinn auf das graue Auto hin, das mitten im Hof steht.

„Magst einmal hineinsitzen?"

Gleich will die Veronika nicht hineinsitzen. Erst nach dem Kaffeetrinken ist sie dazu bereit, als sie durch geschickt gestellte Fragen herausbekommen hat, daß er fünfunddreißig Jahre alt und noch ledig ist.

Sie fahren ein bißchen um den Hof herum, und der Lambert wird nicht müde zu erklären, daß er eigentlich nur hergekommen ist, um dem Stöcklmaier eine Kuh abzuhandeln — und nun habe ihm der Zufall seine künftige Wirtin zugeführt.

Die Veronika schaut ihn aus schmalen Augen von der Seite her an. „Gehst du immer so schnell ins Zeug?"

„Bin ich dir zu schnell?" Er legt den Arm um ihre Schultern, um noch einiges schneller ans Ziel zu kommen; zunächst möchte er wenigstens ein klares Ja bekommen für die Zusammenkunft, die er sich für den kommenden Samstagabend um neun Uhr bei der Wegkreuzung beim Schreiner Schedl erbittet.

Die Veronika will es ihm nicht ganz so leicht machen und läßt die Frage offen, ob sie kommen werde oder nicht. — —

Aber sie kommt dann, allerdings mit einer Viertelstunde Verspätung, weil dies so in ihre Berechnung paßt.

Rechts ist ein Bretterstapel und links einer, und dazwischen zeigt die Nacht einen schmalen Ausschnitt Himmel und flimmernde Sterne. Zu den Sternen sieht Veronika auf und findet es nun gar nicht mehr vermessen, daß Lambert Hollinger wiederum sehr schnell ins Zeug geht und mit aller Leidenschaft ihr Ja zur baldigen Hochzeit fordert. Und Veronika denkt dabei etwas ratlos, daß sie mit der Liebe bisher immer ein bißchen auf schiefen Wegen gegangen ist. Wird dies jetzt das Glück und die gesicherte Zukunft?

Sie will es glauben und begreift, daß der Mann es ernst meint, als er für seinen ehrlichen Willen die Sterne hoch über den zwei Bretterstapeln als Zeugen anruft.

*

Am Sonntag nach dem Hochamt verkündet der Pfarrer zum Erstaunen der ganzen Gemeinde, daß der

Bauernsohn Josef Hochreiter von hier mit der Josefa Stöcklmaier von Bruck die Ehe einzugehen gedenke.

Ja, das ist wirklich eine Überraschung, und die Weiber in den Kirchenstühlen heben ein verstohlenes Wispern an.

Nur eine rührt sich nicht. Eine hat diese Ankündigung getroffen wie ein Schlag. Kein Tropfen Blut ist mehr in ihrem Gesicht, und krampfhaft muß sie sich an den Betstuhl halten, um nicht vor Schwäche auf die Bank zurückzusinken.

Es ist Magdalena Enzinger, die Tochter des Schmiedes. Nach der Kirche sieht sie den Sepp unter den andern Burschen neben der Friedhofmauer stehen. Wie hätte sie ihn auch nicht sehen sollen! Er überragt ja fast alle um Haupteslänge. Er jedoch achtet nicht auf sie, obwohl sie ganz nahe an ihm vorbeigeht.

Das Mädchen weiß nicht recht, wie sie heimkommt. Es ist ihr zumute, als drehe sich die ganze Welt um sie. Der Kirchturm steht auf dem Kopf, und alle Menschen huschen an ihr vorbei wie Fledermäuse. Daheim angekommen, steht sie dann ratlos und von einem inneren Frösteln geschüttelt in der Küche und vergißt, daß es bald Mittag ist und das Essen auf dem Tisch stehen soll.

Die kleineren Geschwister stürmen herein und finden die Schwester auf die Ofenbank gekauert, so wie sie aus der Kirche gekommen ist, das spitze Hütl mit der Goldschnur noch auf dem Kopf, das Gebetbuch in den Händen, erschreckend blaß und mit verstörten Augen. Kein Wort spricht sie. Nur einmal springt ein mißtöniges Lachen aus ihr heraus.

Beim Zwölfuhrläuten kommt der Schmied mit seinem Gesellen vom Frühschoppen heim und findet sie immer noch starr und regungslos sitzen. Sie bewegt sich auch nicht beim Eintritt der beiden. Der Schmied, der so ungefähr ahnt, was in sie gefahren sein könnte, poltert los:

„Ja, was ist denn? Wann meinst du, daß wir heut essen?"

Nun hebt Magdalena den Kopf und schaut den Vater an, lächelt dann auf solch eigentümliche Art, daß es den Schmied ganz schreckhaft durchzuckt.

„Essen?" fragt sie mit leiser Stimme und lächelt wieder. „Ein Hochzeitsmahl, ja."

Der Schmied schaut den Gesellen an. Etwas Kaltes hat ihn angeweht aus den Worten der Magdalena. Irgendwie hat es ihn gepackt und ein wenig erschüttert. Und sich zum Gutsein zwingend, meint er:

„Geh, sei gescheit, Lenerl! Mußt doch nicht traurig sein, wenn der heiratet, das mußt dir nicht so zu Herzen nehmen."

„Weiß der Vater etwas von einem Herzen?" fragt sie nun etwas klarer. Aber dieses eigentümlich Verschleierte ist noch immer in ihrem Blick.

Nur für Sekunden, dann kommt eine emsige Geschäftigkeit in das Mädchen. Sie schürt das Feuer nach und deckt den Tisch — was sonst an gewöhnlichen Sonntagen nicht der Brauch ist — mit weißem Linnen und ziert ihn mit einem Geranienstock. Dabei plaudert sie mit heller, klingender Stimme wie ein Bergbach. Lauter verdrehtes Zeug. Von der Hochzeitsnacht, vom Brautkranz und Blumen auf dem Weg.

Kopfschüttelnd betrachtet der Schmied dieses Gebaren. Und eine maßlose Verbitterung steigt auf gegen den, der sein Spiel getrieben hat mit seinem Kinde. Doch tröstet er sich mit dem Gedanken, daß diese augenblickliche Verwirrtheit, von der Magdalena befallen ist, sich bald wieder legen wird, wenn sie sich erst mit der Tatsache abgefunden hat. Und er nimmt sich vor, recht besonnen und gut mit ihr umzugehen.

Mitten unter dem Essen aber wechselt sie die Farbe. Ihr Gesicht, das einen Augenblick rot und gesund war, ist plötzlich grau. Ihre Lippen zittern hilflos, und die Zähne schlagen aufeinander. Dann fällt ihr Kopf hart an die Tischkante herunter, Blut rinnt aus dem Mund und färbt das Linnen. Die Kinder springen erschrocken auf und flüchten sich hinter den Vater und den Gesellen.

Vater Enzingers Mund wird schmal wie ein Strich. Dann faßt er mit dem Gesellen an, und sie bringen Magdalena in ihre Kammer hinauf. Eine Viertelstunde später kommt bereits der Arzt.

Still und ruhig ist es im Schmiedehaus. Die Kinder hocken verschüchtert im Ofenwinkel, und selbst der Kanarienvogel verschlupft sich in die hinterste Ecke seines Bauers, als wüßte er, daß irgend etwas im Hause geschehen ist, das den gewohnten Gang der Dinge unterbricht.

Länger als eine halbe Stunde bleibt Doktor Dollinger oben in der Kammer bei Magdalena. Als er dann herunterkommt und die fragenden Augen des Schmiedes sieht, schüttelt er den Kopf und zuckt die Achseln.

„Sonderbar, sonderbar. Man muß erst abwarten, wie sich das weiter entwickelt“, sagt er. „Vielleicht sieht man klarer, wenn das Fieber sich etwas gelegt hat. Hat sie denn irgendeinen argen Schreck gehabt?“

Der Schmied überlegt zuerst lange, dann teilt er dem Arzt mit, was er meint, daß Magdalena so sehr erregt haben könnte, meint aber einschränkend, daß dies doch nicht gleich so stark auf sie gewirkt haben könne.

Der Arzt hat aufmerksam zugehört und klärt nun den Schmied auf. „Es kann ohne weiteres möglich sein, daß diese Enttäuschung, wie Sie da sagen, sie auf das schwerste erregt hat. So eine starke seelische Erschütterung wirkt sich oft nicht nur auf das Gehirn, sondern auch auf den ganzen Körper und seine Funktionen unheilvoll aus. Aber, wie gesagt, man muß erst abwarten, bis das Fieber sich gelegt hat. Vorerst einmal absolute Ruhe. Ich schicke Medizin. Davon gebt ihr alle zwei Stunden einen Teelöffel voll."

Es bleibt also ganz ruhig im Haus. Der Blasebalg faucht nicht mehr, die Hämmer schweigen drei Tage. Die Kinder huschen auf Strümpfen durch das Haus. Und da steht der Schmied am dritten Tag gerade unter der Tür und paßt eine schwere Eisenklammer an ein Wagenteil, als der Hochreiter Sepp vorübergeht.

Der Sepp hat keine Ahnung, was im Schmiedhaus vorgegangen ist, und fragt harmlos: „Tust einen Wagen richten?"

Ja, der Sepp zeigt gegen die ganze Welt ein freundliches Gesicht, seit er sein Schicksal schon so abgeschlossen sieht. Er hätte sicher auch mit der Magdalena gesprochen, wenn er sie gesehen hätte. Ganz vernünftig würde er mit ihr sprechen, würde ihr klarlegen, warum es mit ihm und ihr nichts sein kann, warum er die andere heiraten müsse. Und deshalb kann der Sepp gar nicht verstehen, warum der Schmied so zornig auf ihn zutritt, die Eisenklammer in der Faust.

„Es ist besser, wenn du mir nicht mehr unter die Augen kommst!“ sagt er drohend. „Und deine Roß, die kannst du beschlagen lassen, wo du willst. Zu mir brauchst du nimmer kommen.“

Sepp tritt verblüfft einen Schritt zurück und zieht die Augenbrauen hoch. „Geh, Schmied, was hast denn auf einmal?“

„Was ich hab? Du kannst noch fragen? Zuerst verdrehst du dem armen Mädel den Kopf, und dann —“ Die Stimme will ihm kaum mehr gehorchen. Von Empörung geschüttelt steht er vor dem Burschen.

„Wenn ich die Magdalena treffe, lege ich ihr schon alles klar“, verteidigt sich der Sepp kleinlaut.

„Als ob es da noch viel zum Klarlegen gäb! Wo du deine Pratzen hinstreckst, gibt's Verdruß und Elend.“

Der Schmied wendet sich zornig ab und verschwindet im Haus.

Sepp zuckt die Schultern und geht langsam weiter. „Dann kann ich dir auch nicht helfen, du narrischer Zamperl“, brummt er vor sich hin. „Ich kann doch schließlich nicht zwei heiraten. Herrgott, für was ist man denn jung? Meinen möcht man schon, früher hat es lauter Heilige gegeben.“

Damit ist für ihn die Angelegenheit mit dem Schmied und seiner Magdalena erledigt. Er sagt sich auch, daß über alles Gras wachsen müsse, und daß es die Magdalena über kurz oder lang vergessen haben werde.

*

Am sechsten Tag erst fällt das Fieber. Ein paar Tage danach steht Magdalena auf, geht an ihre Arbeit, als sei nichts gewesen. Aber es ist nicht mehr die Magdalena der früheren Tage. Es dauert nicht lange, da erzählt man es sich beim Kramer, beim Bäcker und Wirt, daß die Schmied Magdalena ein „Depperl“ geworden sei.

Freilich ist es nicht so, daß sie irgendwie gemeingefährlich wäre. Nein, ihre Welt ist gerundet und erfüllt von einer stillen Heiterkeit. Das Gesicht hat sich nicht verändert. Auch die Augen sind noch die gleichen. Freundliche, gute Menschenaugen, ganz ohne Angst. Aber wenn man näher und länger hineinblickt in diese Augen, dann merkt man, daß etwas anders geworden ist. Auf ihrem Grunde, innerhalb des grauen Kreises ist eine leise Starrheit, die manchmal flackert und manchmal erlischt.

Ihre Hände, die früher so rastlos fleißig waren, sind hilflos geworden. Sie wissen oft überhaupt nichts zu beginnen. Da sitzt sie dann in einem dunklen Winkel und faltet die Hände im Schoß. Oder sie spielt in der Schmiede mit den alten krummen Hufnägeln, die herumliegen. Oder sie lächelt in die Flamme der Esse, tritt den Blasebalg, und wenn das Feuer höher schlägt, beginnt sie in kindlicher Einfalt zu lachen.

Dazwischen gibt es Augenblicke, in denen es ganz licht in ihr zu sein scheint. Dann geht sie in ihre Kammer, setzt sich ans Fenster und schaut unentwegt zum Hochreiterhof hinauf. So bleibt sie sitzen, bis es Abend wird. Da verwirren sich ihre Bilder und Gedanken abermals, und sie steigt wieder hinab in die Welt ihres Trostes und ihrer kindlichen Spiele. Sie wirft sich den Brautschleier der Mutter übers Haar, geht in den Garten, wandert dort zwischen den kahl gewordenen Bäumen umher und singt, ganz hell und rein, als seien die

Lüfte tönend geworden. Immer ist es das gleiche Lied, immer wieder die gleiche Melodie.

„Die Wolken ziehen dahin,
sie ziehen auch wieder her.
Der Mensch lebt nur einmal
und dann nicht mehr —"

So singt sie oft lange Zeit, bis der Schmied sie zurückholt ins Haus. Manchmal gelingt es ihm durch gütiges Zureden. Manchmal braucht er Gewalt. Sie wehrt sich dann, wirft sich zu Boden und gräbt die Fingernägel in die Graswurzeln.

Es spricht sich natürlich schon herum, worauf die geistige Störung der Magdalena zurückzuführen ist, und die Sympathie für den Hochreiter Sepp wird immer geringer, obwohl er in letzter Zeit viel abgelegt hat von seiner früheren Wildheit. Er ist stiller geworden, überlegter, besonnener. — —

So kommt sein Hochzeitstag heran. Der Knecht wartet beim Adlerwirt mit dem Landauer und bringt das Brautpaar hernach gleich auf den Hof zurück.

Es ist ein stiller Wintermorgen. Der erste Schnee ist schon gefallen, und an den Fenstern blühen die ersten Eisblumen. Dahinter freilich kann man plattgedrückte Nasen sehen, als die Kutsche beim Wirt wegfährt.

Streng und herb sitzt der Sepp neben der Seffi. Die schweren Hufe der Pferde hämmern die hartgefrorene Straße. Im schlanken Trab biegt das Gefährt beim Schulhaus um die Ecke. Da schwebt eine Gestalt aus dem dunklen Schmiedetor heraus. Hinter ihr wehen die Fetzen eines weißen Schleiers. Beide Hände hat sie voll verrosteter Hufnägel, die sie auf die Straße streut, als seien es Blumen. Dazu singt die Magdalena in hellen, klagenden Tönen:

„Hab einen Schatz gekannt,
der dort im Grabe ruht.
Den hab ich mein genannt,
der war mir gut —"

Dem Sepp gibt es einen Riß. Er starrt an der Magdalena vorbei geradeaus.

„Wer ist das?" fragt die Seffi und betrachtet mit großen Augen die schwebende Gestalt.

„Sie hat es nicht ganz beieinander", sagt der Sepp kleinlaut. Es ist ihm absolut nicht wohl dabei zumute, und sein Gesicht ist ganz versteinert. Er spürt die Hand seiner Braut unter der Wolldecke, die beider Knie umschlungen hält.

„Das ist nicht schlimm, Sepp", sagt die Seffi. „So ein armes Wurm will nichts Böses. Wenn uns ein altes Weib oder eine schwarze Katze über den Weg gelaufen wäre, könnte es vielleicht Unglück bedeuten."

Er nickt zerstreut und atmet erst tief auf, als die klagenden Töne im Rädergerassel verklingen.

*

Der Winter hält diesmal lange an. Im März wirft es nochmals viel Schnee her, und die Bauern müssen ihre Schlitten wieder herausholen.

An so einem grauverhangenen Abend steigt ein einzelner Reisegast aus dem Bummelzug, der jeden Tag gegen sieben Uhr in Arlberg eintrifft.

Der Stationsvorsteher erkennt diesen Mann nicht gleich. Erst als er ihn aufmerksamer betrachtet, fällt es ihm ein, daß es der Hochreiter ist. Er hat sich ein wenig verändert in der Haft. Sein Haar, früher nur grau, ist schimmelweiß geworden. Seine Gestalt aber ist noch aufrecht, und mit festem Schritt geht er durch die Sperre.

Der zweite, der ihm begegnet, ist ausgerechnet der Achleitner Franz, der mit seinen Skiern über den Hang herunterkommt und den Weg überqueren muß, den der Hochreiter geht. Es ist ein merkwürdiger Augenblick. Der Hochreiter mißt den Jungen mit einem Blick, als ob er ihn durchbohren wolle.

Daheim angekommen, erzählt Franz es gleich seinem Vater und ist ein wenig niedergeschlagen bei dem Gedanken, daß diese Feindschaft ewig dauern werde. Ist er doch kürzlich erst auch der Veronika begegnet, und sie ist an ihm vorübergegangen wie an einem Fremden. Anders der Sepp. Der Sepp hat ihn tatsächlich kürzlich einmal gegrüßt, nicht höhnisch, aber auch nicht übertrieben freundlich. Aber er hat jedenfalls gegrüßt.

Ja, der Sepp ist ein anderer geworden. Das steht ohne Zweifel fest. Ihm selbst ist das freilich noch unbewußt. Zuweilen ist auch in seinen Gebärden noch etwas Wildes, Zügelloses, aber in seinen Reden ist er gemäßigt und von ruhiger Besonnenheit.

Das eine ist sicher: nur die Seffi ist so bestimmend in sein Leben getreten. Hat er sich in den letzten Wochen vor seiner Hochzeit noch manchmal zornvoll aufgelehnt, so spürt er jetzt, daß eine Zufriedenheit in ihm ist und die Erkenntnis, daß alles so hat kommen müssen, weil es im Buch seines Lebens von Anfang an geschrieben stand. Er hat gedacht, er gäbe seine Freiheit auf, wenn er heirate, und hat nicht gewußt, daß er als

Bauer erst wirklich frei wird, wenn er weiß, wer nach ihm einmal auf dem Hof sein wird, wenn er weiß, daß er sein Erbe weitergeben kann an die, die seines Blutes sind.

Die Wandlung des Hochreiter Sepp ist also in erster Linie der Seffi zuzuschreiben. Sie selbst hat es gleich am ersten Tag nach ihrer Hochzeit in einer einzigartigen Weise dargelegt, wie sie sich ihr künftiges Dasein denkt. Und das hat selbst dem kaltblütigen und absolut nicht zart besaiteten Sepp eigentümlich warm ans Herz gerührt.

Mit stolzer Genugtuung kann er sagen: „Herrgott, bin ich froh, daß ich dich hab, Seffi! Eine bessere hätte ich gar nicht erwischen können."

„Und hast es dir doch so lange überlegt. Wenn ich mich nicht selber gerührt hätte, liefen wir alle zwei noch einspännig durchs Leben."

„Weil ich dich halt nicht richtig kennt hab. Kennenlernen tut man sich erst richtig, wenn man zusammengespannt ist fürs ganze Leben."

Und so finden beide immer tiefer zueinander, wachsen immer fester in ihr junges Bauerntum und in alle Dinge ihres Lebenskreises. Am Abend sitzen sie oft hinter dem Haus oder gehen, die Hände ineinander verschlungen, langsam über die kahlen Wiesen hin. Sonderbar rieselt es da von einem Menschen zum andern, als sei ihr Blut von einem Blut und ströme von Hand zu Hand, aus einem Körper in den anderen, ein ungehemmter, freilaufender Strom von Kameradschaft.

In solch einer stillen Abendstunde, als man es schon merkt, daß der Frühling nicht mehr allzu weit ist, neigt die Seffi ihren Mund ganz nahe an sein Ohr und vertraut ihm das Wunder an, das sich in ihr bereitet, nimmt dann seine Hand und legt sie dorthin, wo unter ihrem Herzen ein kleines Wesen kaum hörbar ans Tor des Lebens klopft.

Das ist gerade eine Woche vorher gewesen, als der Luis aus dem Gefängnis kommt. — —

Ja, nun ist also dieser Hochreiter wieder da. Er kennt die Schwägerin noch nicht, und erst nachdem er das Glück des Daheimseins voll und ganz ausgekostet hat, macht er sich auf den Weg zum Stöcklmaierhof, um die Schwägerin kennenzulernen. Ganz nebenbei fragt er dann den Bruder, ob er vorhabe, in Zukunft keine Gams oder keinen Rehbock mehr zu schießen?

Der Sepp schaut ihn eine Weile an, dann schüttelt er den Kopf. „Das möcht ich der Seffi nicht antun. Und du, Luis, ist dir die Lust noch immer nicht vergangen?"

„Ich bin kuriert jetzt. Und wie ich so hinter den Gittern gesessen bin, hab ich mir viel durch den Kopf gehen lassen. Bruderherz, da kommt dir so manches zum Bewußtsein, vor allem, wie die Mirl unter alldem oft gelitten haben muß. Aber das wird jetzt alles anders werden. Im übrigen, wenn ich die Seffi so anschau, dann mein ich, du hast Glück gehabt, daß du sie erwischt hast."

Der Sepp schmunzelt und streichelt sich sein Bärtchen. „Hast du sie auch genau angeschaut, die Seffi?"

Der Hochreiter nickt. „Du warst ja immer schon der Schnellere von uns beiden."

Der Sepp stößt dem älteren Bruder in die Rippen und lacht. „Schau halt, daß du bald nachkommst!"

Dann macht sich der Luis wieder auf den Weg.

In den ersten Tagen ist er noch etwas unsicher, der Luis. Es ist, als hätte er die Vertrautheit verloren zum bäuerlichen Leben. Etwas Grüblerisches ist in seinem Wesen, etwas Stummes und Zornvolles, eine Unebenheit seiner Gedanken, die ihm keine klare und bündige Antwort geben auf seine Frage, ob er nun zu Recht oder Unrecht eingesperrt gewesen ist. So treibt er seine eigene Philosophie — die Philosophie der Gefangenen, die sich immer noch gefangen fühlen, auch wenn ihr Fuß schon wieder über Äcker und Wiesen schreitet oder die Hände sich um die Pflugsterze klammern.

Und da niemand ihn fragt nach den Monaten seiner Haft, nach seinem Ergehen dort, so muß er damit allein fertig werden. Es fragt ihn aber nur niemand, weil keiner daran rühren will, und weil jeder glaubt, daß man damit nur Bitteres aufreißen würde.

Und deshalb ist er sehr erstaunt, ja erschrickt fast, als die Mirl ihn plötzlich einmal daraufhin anspricht.

Beide sind sie allein auf dem Acker beim Kartoffelhacken, haben seit Stunden schweigend geschafft, bis Mirl sich dann ein wenig ausrastend auf den Stiel der Hacke stützt und ihn eine Weile betrachtet.

„Du hast so schneeweißes Haar, Luis."

Da richtet auch er sich auf, stemmt das Werkzeug vor sich hin und betrachtet seinerseits die Mirl mit einem gütigen Blick.

„Früher waren sie nicht weiß", sagt er. „Das hab ich denen da drunten zu verdanken", fügt er hinzu und deutet mit der Hand hinunter ins Dorf zum Försterhaus.

Die Mirl schüttelt den Kopf energisch.

„Das ist nicht ganz richtig, Luis. Ich meine, das hast du dir schon selber zuzuschreiben. Einmal hätten sie dich doch erwischt, und wer weiß, ob es dann noch so gut abgegangen wäre!“

Es ist nicht so, daß der Hochreiter diese klaren und offenen Worte nicht verstanden hätte. Aber es reizt ihn, daß jemand so einfach in seine Gedanken hineingreift und unverblümt durchblicken läßt, daß er im Unrecht gewesen ist.

Woran sie denn das Unrecht erkenne? will er wissen. Was ein Weib überhaupt davon verstehe? Wo denn nach ihrer Meinung die Grenze zwischen Recht und Unrecht sei?

„Das Recht ist dort, wo das Gesetz ist“, antwortet die Mirl zu seiner größten Verblüffung.

„Und wer macht die Gesetze? Der Staat. Der Herrgott hat doch die Welt für alle erschaffen. Auch das Wild, denk ich. Oder nicht?“

„Wenn du so denkst, Luis, dann freilich. Demnach könnte jeder hinausgehen und schießen, was er will. Dann gäb es schon lange kein Wild mehr, und Jäger brauchte man überhaupt keine mehr. Aber schau, Luis, ich glaub gar nicht, daß du das nicht begreifst. Du willst es nur nicht zugeben, daß du Unrechtes getan hast.“ Sie schweigt ein Weilchen und fügt hinzu: „Ich will dir nie einen Vorwurf machen, Luis, aber heut will ich dir einmal sagen, was ich alles gelitten hab um deinetwillen. Will dir sagen von den langen Nächten, in denen ich gezittert hab vor Angst und Sorge, wenn du ‚draußen‘ gewesen bist. Und ich sag dir ganz ehrlich, Luis: wir müssen alle zwei unserem Herrgott danken, daß es so gekommen ist.“

Daraufhin weiß der Hochreiter nichts mehr zu sagen. Sie hat an sich schon recht, denkt er. Auch mit den letzten Worten hat sie recht, daß man Gott danken müsse. Er bückt sich wieder und hackt weiter. Erst nach einem gewissen Zeitraum fragt er:

„Und meinst du, daß die Seffi den Sepp halten kann?"

„Ja, Luis, die kann ihn halten." — —

Von diesem Tag an sieht man die beiden öfter beisammensein und reden. Manchmal ist es so, als suche der Mann die Frau mit ihrer ruhevollen Sicherheit und Kraft. In ihr sieht er das Fortleben seines Geschlechtes, und wenn er dieses bedenkt, dann fühlt er etwas wie Dank und Verpflichtung ihr gegenüber.

Nur eines hat sie ihm noch nicht ausreden können: seine Verbitterung gegen die Förstersleute. Allmählich gelingt es aber Mirl, auch diesem verborgenen Haß die Spitze abzubiegen. So ganz von ungefähr kommt einmal die Sprache auf jenen verhängnisvollen Sonntag, und da fragt sie ihn geradezu:

„Setzen wir den Fall, du wärst der Jäger gewesen. Was hättest du da gemacht? Hättest du deine Pflicht erfüllt, oder hättest du den Wildschütz laufen lassen?"

Der Bauer drückt sich zuerst lange um eine Antwort herum, dann muß er schließlich gestehen, daß auch er seine Pflicht erfüllt hätte.

„Ja, also, dann mußt du doch auch zugeben, daß es nicht recht ist von dir, wenn du auf den jungen Jäger da unten so voller Zorn bist. Er hat doch auch nichts anderes getan als seine Pflicht."

„Das versteht ihr Weiber nicht", versucht er sich aus der Schlinge zu ziehen.

Aber es ist nun doch so, daß er immer öfter darüber nachdenken muß. Die Lust, wieder einmal hinauszugehen auf frischfröhliche Wildschützenjagd, packt ihn in diesen Frühlingstagen of ganz gewaltig. Es balzt der Auerhahn so schön. Doch es werden in solchen Augenblicken gleichzeitig die Monate der Haft in ihm lebendig, die jedes Verlangen dann zum Schweigen bringen.

*

Während sich auf dem Hochreiterhof diese Wandlung vollzieht, ist im Försterhaus das alte Leben wieder eingezogen. Der Franzl ist nun fest angestellter Jäger und geht ganz in seinem Beruf auf. Das kommt in erster Linie dem Förster selber zugute, der sich immer mehr dem Kanzleidienst widmet und den Jungen im Revier werken läßt.

Es ist gerade so, als ob Franz in diesem einen Jahr erst zu einem ganzen Mann geworden wäre. In seinem Gesicht hat der jungenhafte Ausdruck einem gewissen Ernst Platz gemacht. Nur manchmal fliegt ein heiterer Schein über seine Züge, so gleichsam von innen heraus. Das ist immer dann, wenn eins von den rosaroten Brieflein ins Försterhaus kommt. Das nimmt er dann, zieht sich in seine Kammer zurück, und seine Mutter wartet vergebens, daß er ihr irgendeine Erklärung gebe.

„Seit er in der Schul gewesen ist, ist er noch verstockter“, klagt sie einmal ihrem Mann. „Weißt du auch nicht, von wem er die Briefe immer kriegt?“

„Steht doch der Absender immer drauf: Gisela Heydenreich.“

„Ja, aber wer ist denn das?"

„Das sagt er mir auch nicht."

„Die halbe Nacht schreibt er dann in seiner Kammer", sagt die Försterin. „Ich hab ihm schon ein paarmal durch das Schlüsselloch zugeschaut. Soviel Licht verbrennen, als ob der Strom nichts kosten tät!"

Der Förster verbeißt sich ein Lachen.

„Der Strom tät dich nicht reuen, wenn dir der Bub sagen tät, wo er hinschreibt. Ein Weibsbild steckt halt dahinter, das mußt du doch merken."

„Es ist nicht schön von ihm, daß er das vor uns so verheimlicht. Wenn es ein richtiges Mädl ist, kann er es doch ruhig sagen."

„Einmal hat er sich die Finger verbrannt. Das zweite Mal wird er besser achtgeben. Und wenn die Zeit dafür reif ist, Mutter, dann wird er es uns schon sagen. Ich hab es ja auch meinen Leuten nicht gleich auf die Nase gebunden, wie ich mit dir angebandelt hab." — —

Eines Tages ist es aber dann doch so, daß Franzl es seinen Eltern sagen muß. Vielleicht hätte er sein Geheimnis noch eine Zeitlang herumgetragen, aber in dem heutigen Brief hat ihm Gisela mitgeteilt, daß sie heuer ihren Urlaub früher nehmen wolle und deshalb am nächsten Tag wegfahre zu ihm. Ob er ihr nicht nach München entgegenkommen könne?

Das wäre also morgen. Morgen aber ist Samstag, ein Tag, wo es im Forsthaus lebhaft hergeht. Die Forstarbeiter kommen, um ihren Wochenlohn zu holen, die Partieführer wollen neue Anweisungen für die kommende Woche, und der Akkord muß ausgerechnet werden. Für den Förster also ein Tag, an dem er alle Hände voll zu tun hat. Seit kurzem hat er auch den Sohn zu dieser Arbeit zugezogen, und nun sagt ihm dieser Sohn, daß er morgen frei haben müsse.

Die Mutter fragt: „Warum?"

Der Vater sagt: „Müssen gibt es überhaupt nicht bei mir!"

„Entschuldige, ich wollte sagen: frei haben möchte."

„Das hört sich anders an", brummt der Förster. „Und warum möchtest du frei haben? Du weißt doch, daß morgen Samstag ist, also viel Arbeit für uns."

Und so bleibt dem Sohn nichts anderes übrig, als sich zu erklären. Die Mutter rückt sogleich vertrauensvoll an seine Seite und hängt ganz begeistert an seinem Mund, damit sie ja jedes seiner Worte verstehe. Der Vater ist da ganz anders.

„So, also nach München möchte der Herr fahren. Um seine Braut abzuholen. Sonst braucht es ja weiter nichts, meinst du?"

„Geh, Vater, das mußt doch verstehen, wo doch das Fräulein Gisela so weit herkommt und sich nicht auskennt", antwortet die Försterin heftig und steht damit schon völlig hilfsbereit an der Seite des Sohnes.

„Gar nichts muß ich verstehen", trotzt der Vater. „Wie stellst du dir denn das eigentlich vor, Franzl? Jemand ins Haus bringen, den wir gar nicht kennen? Und vierzehn Tag, sagst du, will sie bleiben. Das sag ich dir gleich: die vierzehn Tage schläfst du in der kleinen Kammer neben uns. Ich mag nicht haben, daß da bei Nacht umeinandergeschlichen wird. Und im übrigen hättest du deine Eltern schon früher verständigen dürfen."

„Wenn er es doch nun gesagt hat! Sei doch nicht gar so bockbeinig, Vater! Du hast ja selber erst vor ein paar Tagen gemeint, daß er es schon sagen wird, unser Bub, wenn es sein muß. Und jetzt hat es eben sein müssen."

„So? Das hätt ich gesagt? Das ist mir nicht bekannt." Der Förster wischt sich über den Bart und verbirgt ein Lächeln. „Richtig, jetzt weiß ich es wieder. Das war damals, wie du gesagt hast, daß er soviel Licht verbrennt bei seinem Briefschreiben und daß dich der Strom reut. Aber jetzt braucht er ja nicht mehr schreiben, wenn das Weibs —, wenn das Fräulein kommt", verbessert er sich rasch und geht dann in die Kanzlei hinüber.

Die Försterin rückt nun an ihren Buben heran. Alles muß er ihr erzählen: wo er das Mädchen kennengelernt habe, ob sie hübsch sei, ob ihre Eltern noch leben, und alles, was halt eine Mutter in solchen Fällen wissen will.

Ach, da gibt es eine ganze Menge zu erzählen. Angefangen von jenem Rettungsruf bis zum letzten Sichfinden. Es dauert über eine Stunde, bis Franzl damit fertig ist. Und gerade als er den Schlußsatz hinter sein Erzählen setzen will, da steckt der Vater den Kopf zur Tür herein und sagt:

„Wenn ihr fertig seid mit euerer Geheimsitzung, dann kommst zu mir 'rüber, Franzl."

„Denk dir nur nichts, wenn er ein bißl grob wird!" flüstert die Mutter ihm ermutigend zu. „Nach allem, was du mir gerade von dem Mädl erzählt hast, hast du mich ganz auf deiner Seite." — —

Der Förster steht am Fenster und dreht sich gar nicht um, als Franz eintritt. Franz erinnert sich einer ähnlichen Situation. Das ist damals gewesen, als ihm der Vater den Verdacht gegen die Hochreiters geäußert hat. Und der Sohn ist nun sehr begierig, was der Vater ihm diesmal zu sagen haben wird. Er braucht gar nicht lange darauf zu warten. Der Alte dreht sich ihm zu und beginnt:

„Also, Franzl, jetzt paß einmal auf. Du mußt nicht meinen, daß ich etwas dagegen hätte, wenn du uns den Besuch ins Haus bringst. Daß du das Mädl überhaupt ins Haus bringst, sagt mir, daß du ernste Absichten hast. Na ja, jeder sucht sich das Kreuz, das ihm gefällt. Schleppen muß er es selber, in Gottes Namen. Aber jetzt paß auf: jeder legt sich so, wie er sich bettet. Darauf mußt du schon ein bißl schauen. Oft kommt das so einem verliebten Lappen erst zum Bewußtsein, wenn das Süßholzraspeln vorbei ist. Geld ist zwar nicht die Hauptsache, aber es ist ganz gut, wenn es da ist."

Franz hätte ja nun allen Grund, über die Sorge des Vaters zu lächeln, denn so nebenbei hat Gisela einmal erwähnt, daß sie immerhin an die 50 000 Mark zu erwarten hat. Aber er sagt jetzt nur, daß seines Wissens die Mutter auch nicht mit Glücksgütern gesegnet gewesen sei.

„Nein, Franzl, das war sie nicht. Aber ein Paar starke Arme hat sie mitgebracht, die jede Arbeit anpacken können."

„Wenn du die Gisela erst kennst, Vater, wirst du auch anders denken."

„Kann schon sein. Will es abwarten. Und wenn sie mir nicht gefällt, bin ich schon so frei und sag dir meine Meinung. Im übrigen mußt du nicht denken, daß du mich gegen dich hättest. Ich meine es nur gut mit dir.“

„Ja, das weiß ich, Vater“, sagt Franz und drückt dem Vater die Hand. Dann geht er wieder in seine Kammer hinauf und nimmt Giselas letzten Brief noch einmal heraus, um ganz allein den Atem zu spüren, der aus den Zeilen weht in phrasenlosen Geständnissen ihrer Liebe.

Morgen! denkt er. Morgen ist sie schon bei mir! Nur noch einen Tag und eine Nacht bin ich allein — —

Am andern Tag, als die Zeit näherrückt, zu der Franz mit Gisela eintreffen soll, wird die Försterin immer zappeliger. Sie trippelt von der Küche in die gute Stube, von dort in die Kanzlei und dann wieder hinauf in das Fremdenzimmer, wo das Fräulein schlafen soll. Immer und überall entdeckt sie noch eine Kleinigkeit, die noch in Ordnung gebracht werden muß. Und dabei steckt sie selbst den Förster ein wenig an mit ihrer Nervosität. Der läßt es sich nur nicht anmerken und poltert:

„Was rennst denn immer umeinander wie ein Wiesel, das sein Loch nicht finden kann? Meinen möcht man schon, es käme eine Prinzessin auf Besuch.“

„Na ja, man muß doch alles sauber beisammen haben, nicht wahr? Du hättest schon auch deinen Bart ein bissl zuschneiden dürfen. Hängst ihn grad ’rein wie ein Seebär.“

„Ja, freilich, sonst nichts mehr? Daß ich nicht lach!

Schön machen werd ich mich auch noch wegen so einem fremden Frauenzimmer, das ich überhaupt nicht kenne!"

„Aber du weißt so gut wie ich, daß das Mädel aus einem besseren Haus ist. Aus einem Gutshof sogar."

„Deswegen reiß ich mir noch lang keinen Haxen aus. Wenn es ihr bei uns nicht gut genug ist, braucht sie bloß in den ‚Adler' zu ziehen oder zum Hirschwirt. Die haben Fremdenzimmer genug."

„Geh, mit dir kann man ja nicht reden", schließt die Frau das Gespräch ab und rennt wieder in die gute Stube.

Eine Weile später findet sich auch Achleitner dort ein, angetan mit der neuen, hellgrauen Försterjoppe mit den großen Hirschhornknöpfen. Die Mutter hat ihr Schwarzseidenes angelegt, und so sitzen sie nun einträchtig wartend vor dem großen Fenster in der Stube. Eine verheißungsvolle Stille breitet sich aus. Bis die Försterin lauschend den Kopf hebt und zum Fenster hinausschaut.

„Jetzt, mein ich, ist der Zug eingefahren, Vater."

„Dann werden's bald kommen", antwortet er, zieht aus seinem Westentascherl ein kleines Bartbürstchen und streicht seinen Bart zurecht. Dann stellt er sich vor den Spiegel und kämmt sich die Haare.

„Daß du dich jetzt auf einmal so schön machst?" fragt die Frau.

Er fährt herum und poltert wie ein ertappter Sünder.

„Hast denn du nicht grad selber vorhin gesagt, daß ich ausschau wie ein Seebär? Ich möcht nicht haben, daß der Besuch vor mir erschrickt, oder daß der Bub sich mit seinem Vater schämen müßte. Du hast ja auch dein Schwarzseidenes angezogen."

„Aber bloß, daß es wieder einmal vom Kasten 'rauskommt. Seit der Primiz vom Karpfinger Ludwig hab ich es schon nimmer angehabt."

Wieder ist es eine ganze Weile still in der Stube. Die Uhr zeigt halb sechs.

„Meinst, daß wir ihnen nicht entgegengehen sollen, Vater?" fragt die Försterin.

„Die werden doch allein herfinden. Kleine Kinder sind es ja nimmer. Weißt es noch, wie wir zwei zum erstenmal zu deinen Eltern gegangen sind? Das war an einem Dreifaltigkeitssonntag. Du hast ein blaukariertes Dirndlkleid angehabt."

„Ja — und du einen dunklen Lodenanzug mit grünen Streifen in der Hose. Und 's Herz hat dir geschlagen wie ein Mühlhammer vor lauter Angst."

„Weil du immer gesagt hast, dein Vater könnte recht grob sein."

„Er hat dich aber auch nicht gefressen. Grad poltert hat er immer recht laut, aber im Herzen war er ein kreuzbraver Mann, das mußt selber sagen."

„Sag ich auch", gibt der Förster zu und lächelt erinnerungsselig. „Einmal haben wir einen solchen Rausch gehabt, dein Vater und ich, daß wir uns in Reichenhall auf den Floriansbrunnen hingehockt und recht laut die Wacht am Rhein gesungen haben."

„Ja, und hernach habt ihr jeder fünf Mark zahlen müssen wegen nächtlicher Ruhestörung."

„Das war wurscht. Aber schön war's."

Der Förster zieht seine Taschenuhr und vergleicht sie mit der Standuhr im Zimmer.

„Jetzt müßten sie eigentlich bald kommen. Und daß ich's nicht vergesse, Alte: einlassen tun wir uns vorerst einmal auf gar nichts mit dem Mädl. Wir kennen sie noch nicht und müssen abwarten, ob sie nicht recht überspannt ist. Weißt, solche aus den besseren Häusern haben oft Mucken."

Das Gartentürchen knarrt.

„Sei still jetzt!" wispert die Försterin. „Sie kommen!"

„Also, wie gesagt, Alte, nur nicht gleich zu freundlich sein mit ihr!"

„Und du sag ja nicht ‚Alte' zu mir. Das schickt sich nicht vor fremden Menschen, und überhaupt bin ich nicht so alt."

Die Haustür geht jetzt. Der Förster gibt sich einen Ruck.

Dann öffnet sich zaghaft die Stubentür. Franz stellt zuerst einen Koffer herein, dann schiebt er das Mädchen vor sich her, schließt die Tür hinter sich und sagt einfach und schlicht:

„So — da sind wir jetzt, Vater und Mutter. Und das ist Gisela."

Gisela geht ein paar Schritte vor und sagt mit ihrer hellen, freundlichen Stimme: „Ich freue mich sehr, Sie kennenzulernen."

„Wir auch", sagt die Försterin und zupft nervös an ihrer Halskette.

Achleitner aber streckt dem Mädchen die Hand hin. „Willkommen, Fräulein."

„Ziehen S' nur Ihren Mantel aus", sagt die Mutter, nachdem auch sie dem Mädchen die Hand gegeben hat. „Und tun Sie grad so, als wenn Sie zu Hause wären."

„Selbstverständlich", pflichtet der Förster eifrig bei. „Nur nicht genieren! Geh zu, Franzl, und zeig ihr das Zimmer. Und dann tun wir gleich zu Abend essen, gelt, Al — Mutter?" — —

Als Franz und Gisela oben im Zimmer sind, nimmt sie ihn um den Hals und küßt ihn herzhaft ab. Und er sie wieder, bis sie sich endlich in glückseligem Müdsein gegenseitig die Haare aus der Stirn streichen.

„Deine Eltern sind doch so liebe und nette Menschen", flüstert sie. „Ich habe den Empfang nicht so herzlich erwartet."

„Wer könnte dir schon böse sein?"

„Jetzt mach, daß du 'rauskommst, du Schmeichler! Ich will mich schnell waschen und umziehen. Wart, nimm das gleich mit. Es ist eine kleine Aufmerksamkeit für deine Eltern. Für die Mutter ist ein seidenes Schultertuch und für den Vater ein Kistchen Zigarren drin." — —

Drunten in der Stube sagt der Förster gerade:

„Hätt ich mich eigentlich rasieren sollen, meinst nicht?"

„Jetzt kannst nimmer anfangen. Und schließlich ist das Mädl ja nicht zu dir, sondern zu unserm Buben gekommen."

Da kommt der Franzl herein und überreicht die Geschenke.

„Geh, das hätte es doch nicht gebraucht", sagt die Mutter gerührt.

„Hast du ihr gesagt, daß die ‚Dicke Wolf' meine Hausmarke ist?" fragt der Vater.

„Ich weiß nicht, Vater. Möglich ist es, daß sie mich

einmal gefragt hat", antwortet Franz und schmunzelt. — —

Als Gisela nach etwa zehn Minuten die Stube wieder betritt, ist die Suppe schon aufgetragen. Die Försterin ist gerade noch schnell in den Keller gegangen um eine Flasche Wein. Indes weist Vater Achleitner dem Besuch seinen Platz zu an seiner rechten Seite. Dabei sagt er:

„Ich dank halt vielmals, Fräulein, für die Zigarren."

Gisela überhört es und fragt lächelnd:

„Darf ich Ihnen Suppe 'rausschöpfen?"

„Bitt schön, bitte sehr", sagt der Förster und wirft seinem Sohn einen Blick zu, mit dem sich dieser aber nicht auskennt.

Frau Achleitner betrachtet während des Essens immer wieder das Mädchen. Wie der Bub zu so etwas kommt! muß sie denken. Zu so was Schönem, Reinem, zu einem Mädchen wie diesem da, mit ihrem lieben Gesichtl — und Augen so blank, die den Frieden ihrer Seele spiegeln. Dann betrachtet sie wieder den Franz. Wie einzig schön sie zusammenpassen, als hätte der Herrgott selber sie zusammengefügt!

Der Mutter Herz ist geweitet von glückhafter Freude.

Der Förster hat weniger Zeit, die beiden zusammen zu betrachten. Er widmet sich ausschließlich dem Besuch. Es schmeckt ihm so gut, was das Mädchen ihm mit einem herzgewinnenden Lächeln auf den Teller legt, und es ist ihm zumute, als kenne er sie nicht erst seit heute. Es hört sich nur so ulkig an, wenn er dabei hochdeutsch sprechen will.

„Tun Sie sich Ihnen nur was 'raus", sagt er und fragt dann weiter, wie lange die Fahrt gedauert habe, welche Gegenden sie dabei berührt hat, und wie es in ihrer Heimat mit der Jagd aussehe. Nicht besonders? So, so, schlecht also. Ja, da müsse sie einmal mit ihm auf den Hochsitz gehen. Er streicht wieder seinen Bart, hebt sein Glas und prostet dem Mädchen zu. Auf daß es ihr recht gut gefallen möge hier!

Am liebsten hätte er die beiden jungen Leute in den „Adler" geschleppt. Die Stammtischbrüder sollen sich wundern, wie er sich gewundert hat! Daraus wird aber nichts, denn Franz sagt, daß er Gisela die Gegend noch ein wenig zeigen wolle. Und zu diesem Zweck würden sie auf den Glasberg gehen, eine Wegstunde entfernt. —

Eine halbe Stunde später verlassen sie das Haus. In allen Farben leuchtet der Abend über dem frühlingstrunkenen Land. Der Förster begleitet sie bis zur Gartentür, dann geht er lustig pfeifend im Garten hin und her und zündet sich eine von den „Präsentzigarren" an. Auf einmal steht die Försterin vor ihm.

„Was sagst jetzt?" fragt sie.

Er schaut gleichgültig über Haus und Garten hinweg zu den Bergen hinauf, über denen der Himmel in feurigem Gelb zittert.

„Mei, was kann man da schon sagen?"

„Ja, ja, ich kenn mich schon aus. Tun Sie Ihnen nur 'raus! Und zuerst hast gesagt: nur nicht zu freundlich sein mit ihr. Dabei hättest du dir bald die Zung ausgekegelt vor lauter Freundlichsein."

„Na ja, man kann doch nicht grob sein mit ihr. Das fordert doch der Anstand."

„Ja, ja, ist schon recht“, antwortet die Försterin mit einer Stimme wie von Schluchzen geschüttelt. „Du bist ein ganz Feiner, du! Ich bin überhaupt nicht zum Reden gekommen mit ihr, weil du immer deinen Brotladen offen gehabt hast. Nimm sie nur mit auf den Hochsitz, das ist viel wichtiger, als wenn ich mich als Mutter mit ihr unterhalte!“

Da muß der Förster Achleitner nun doch recht herzlich lachen. Er zieht seine Frau in die Arme und streichelt über ihren ergrauten Scheitel hin.

„Geh, Mutter, Kindskopf, du alter! Bist jetzt nicht gleich still? Wir werden uns doch nicht streiten, bloß deswegen, weil sie uns allen beiden so gut gefällt. Du bist noch lang genug um sie herum, sie bleibt ja vierzehn Tage da. Geh zu, hör zu weinen auf, und sind wir wieder gut!“

Unter Tränen lacht sie zu ihm auf.

„Ich bin ja noch gar nie bös gewesen. Ich wein ja bloß aus lauter Freud, daß unser Bub so gut gewählt hat. Wenn sie es nur ehrlich meint mit ihm!“

„Da mach dir nur keine Sorgen, Mutter. Das Mädel hab ich genau angeschaut. Das ist eine von den Sonnenseitigen, von den Guten, wie sie der Herrgott nicht alle Tage schickt. Auf die ist ein Verlaß, das sag ich dir.“

„Unser Franzl paßt aber schon auch gut zu ihr. Ich hab mir's heut gedacht, wie er so neben ihr gesessen ist. So männlich ist er, so stramm und blitzsauber.“

Der Förster schaut den Rauchwölkchen seiner Zigarre nach und sagt dann voller Selbstgefallen:

„Ist das ein Wunder? Bei dem Vater?“

*

Währenddessen gehen Franz und Gisela langsam Arm in Arm durch das abendstille Dörflein. Die Bauern sitzen auf den Hausbänken und genießen den Feierabend. Von überallher wird er freundlich begrüßt und merkt gar wohl die Blicke, die hinter ihm und seinem Mädchen hergehen. Aber er verhält sich nirgends, grüßt freundlich zurück und geht weiter.

Nur bei der Schmiede bleibt er einen Augenblick stehen, denn dort sitzt die Magdalena im blühenden Apfelgarten und spielt mit einer Schachtel Streichhölzer, indem sie immer eines anstreicht und dann die Hand darüber hält. Es ist ein sinnloses Spiel, beinahe lächerlich wirkt es.

„Was machst denn da, Magdalena?“ fragt der Franz freundlich.

Das Mädchen erschrickt wie ein Tier, das viel gejagt worden ist. Das angebrannte Streichholz entfällt ihrer Hand.

Franz zertritt die kleine Flamme mit dem Fuß.

„Schau, Magdalena, wie leicht könnt da was passieren“, klärt er gütig auf.

Magdalena lächelt nun nicht mehr. Ihre Lippen beginnen zu zittern, und ihre Augen sehen aus wie ein Spiegel, hinter dem ein Feuer brennt.

„Vergönnst mir auch nichts, du“, sagt sie in weinerlichem Ton. „Und 's Feuer ist doch das einzig Warme auf dieser Welt. Alles ist kalt sonst.“

„Armes Mädl!“ sagt Franz, sonderbar angeweht von der Tragik dieses enttäuschten Menschenherzens.

„Was ist mit dem Mädchen?“ fragt Gisela im Weitergehen.

Franz berichtet ihr die Geschichte, soweit sie ihm bekannt ist, und Gisela antwortet darauf: „Das seid ihr Männer ja gar nicht wert."

Sie haben nun die Häuser hinter sich und wandern über einen Wiesenweg zum Wald empor. Die Magdalena verfolgt sie mit gierigen Augen, bis sie im Wald verschwinden. Ihr Sinn erfaßt dieses trauliche Nebeneinanderwandern zweier Menschen nicht voll. Aber doch dringt Wunsch und Begehr mächtig bei ihr durch, auch so dahinzuwandern, Hand in Hand, durch den rotleuchtenden Sommerabend. Diese Vision ist so stark, daß sie für kurze Zeit wieder herausfindet aus ihrer verschleierten Welt. Ganz klar überdenkt sie alles, was ihr durch den Sepp geschehen ist. Ein böser Funke springt in ihren Augen auf. Die Fäuste geballt, steht sie hinter der Hecke und starrt zum Hochreiterhof hinauf. Sie spürt dabei einen Schmerz in der rechten Hand, und als sie hinblickt, sind es die Kanten der Streichholzschachtel, die sich in ihre Handflächen gedrückt haben. — —

Der dunkle Hochwald hat die beiden nun aufgenommen. Hier streicht schon die Dämmerung durch die Stämme und das Gezweig. Nur in einer kleinen Lichtung ist zuweilen das feuerschöne Glänzen des Abends zu gewahren. Ringsum ist heller Vogelsang. In das helle Gejubel schlägt der dunkle Lockruf des Kuckucks. Dreimal zuerst — dann nach einer kleinen Pause wohl zweidutzendmal. Gisela bleibt stehen und lacht.

„Nein, so lange will ich doch nicht mehr warten!" Und als sie sein erstauntes Gesicht sieht, erklärt sie ihm: „Als wir noch Backfische waren, haben wir immer die Rufe des Kuckucks gezählt. So oft er gerufen, soviele Jahre hat man warten müssen, bis man an den Traualtar geführt wird. Und jetzt hätte er gleich über zwanzigmal gerufen!“

„Man könnte auch in Tagen oder Wochen rechnen“, meint Franz. „Warum müssen es immer gleich Jahre sein?“

„Am liebsten gar nicht mehr.“

„So lieb hast du mich?“

„Muß ich dir's denn immer wieder sagen?“ lächelt sie und läßt sich von seiner Hand über einen steilen Buckel hinaufziehen.

Auf dem Glasberg steht eine Bank, von der man weit ins Land hinaussehen kann. Die Bäume im Dorf stehen schon schwarz im matten Dämmerlicht. Bald erlöscht dann über den Bergen der letzte Schein, aber was auch jetzt wieder herunterzuwehen beginnt in der Stunde zwischen Dämmerung und Nacht, das ist der Föhn, jener schmeichelnd warme Fallwind, der die Menschen auf eine wunderliche Weise anrührt und sie verwirrt oder verzaubert.

Die beiden auf der Bank rücken noch enger zusammen. Es ist eine schöne und große Stunde, in der sich ihre Herzen weit geöffnet haben, so daß eins dem andern hineinsieht bis auf den letzten Winkel. Jedes ihrer Worte ist wie ein Schlüssel, mit dem sie Unbekanntes und Langersehntes öffnen. Es ist merkwürdig, herrlich beinahe, welch hohe und schöne Sprache die Liebe findet. Jedes Wort, so einfach es klingt, ist wie ein Zauberwort, das sie unlösbar aneinander bindet, das in ihren Seelen klingt und tönende Kraft hat, weil es seinen tiefen Sinn durch die Liebe erhält.

Ein später Falter flattert auf Giselas Haar. Franz

beugt sich tiefer. Der Falter bleibt ruhig sitzen, wie auf einer Insel des Friedens. Er bleibt auch noch sitzen, als der Mann sein Mädchen küßt. Auch als sie die Arme von neuem um ihn schlingt.

Dann heben die Abendglocken an. Zuerst die von Arlberg, dann die von Riedering und dann die von Bruck. Droben bei den schattendunklen Wänden vereinigen sich die verschiedenen Akkorde zu einem mächtigen Klang, der sich rauschend in die Echogründe des Waldes stürzt.

Längst ist der erste Stern aufgeflackert. Und immer mehr werden es. Tausend und abertausend weißer Sternblüten duften im warmen Wind. Wie die Kuppel eines Domes wölbt sich der Himmel über den beiden Menschen, die schweigsam mit gefalteten Händen im Schoß der Nacht sitzen und kein Wort mehr finden vor dem großen Schöpfungswunder der Bergnacht.

Aber sie wissen es nicht, es gibt für sie nichts mehr auf der Welt, das nicht schön und groß wäre für ihre liebestrunkenen Augen. Ob es nun ein Morgen ist oder der Tag in seinem Sonnenglanz, das Geheimnisvolle der Dämmerung oder die sterndurchwirkte Nacht mit ihrer feierlichen Stille, alles ist ihnen schön und freudvoll, weil sie lieben. Es gibt nichts Häßliches mehr für sie, denn in allem, was sie sehen und fühlen, liegt der Funke des Schöpferwillens, den nur Liebende erkennen.

Und als Franz nun die Frage stellt, ob sie sich denn wird wohlfühlen können in den kleinen Verhältnissen, antwortet Gisela, ohne sich lange zu besinnen:

„Kann man denn aus Liebe nicht alles? Wo sie einmal verzichtet, gewinnt sie auf der anderen Seite wieder hundertfach, weil alles, was aus Liebe geschieht, von einem Leuchten überstrahlt wird. Hast du denn das damals nicht gefühlt, bei dem Mädchen —"

„Du meinst Veronika?" Sein Blick geht zum Hohen Wank hinüber. „Ich habe Veronika geliebt, aber — es war doch alles ganz anders. Heute weiß ich längst, daß sie nicht der andere Teil meiner Seele gewesen ist. Sie war ganz anders — war nicht du —"

Ach, so vergeht eine lange Zeit. Die Stunden werden zu einem klingenden Wunder. Und gerade, als es vom Kirchturm zu Arlberg elf Uhr schlägt, geschieht etwas sehr Merkwürdiges. Ein Geruch ist plötzlich in der Luft.

Im Dorf erlöscht ein Licht nach dem anderen. Irgendwo jault ein Hund langgezogen, und einmal hört man aus der Tiefe des Waldes das klagende Weinen eines Nachtvogels.

„Merkst du nichts?" fragt Franz und richtet sich auf.

„Doch, der Geruch, nicht wahr? Wie Rauch."

Im selben Augenblick springt drunten aus einem Hof eine funkensprühende Feuergarbe in den Himmel.

„Das ist der Hochreiterhof!" schreit Franz und faßt Gisela beim Handgelenk. „Komm!"

Schon rennen sie den weiten Hang hinunter und sind die ersten, die bei dem brennenden Gehöft ankommen. Es ist noch alles still dort. Man scheint in tiefem Schlaf zu liegen und hat keine Ahnung von der Katastrophe. Nur aus dem Stall klingt jetzt ein dumpfes Brüllen und das Klirren der Ketten.

Tatsächlich, die Menschen im Hochreiterhof liegen gerade im ersten tiefen Schlaf und haben keine Ahnung, daß Stall und Stadel schon in hellen Flammen stehen.

Franz schlägt nun heftig Alarm. Dann sprengt er gewaltsam die Stalltüren auf, löst in fieberhafter Hast die Ketten des unruhig gewordenen Viehes. Beglückt fühlt er die Nähe des Mädchens Gisela, das ihm rasch und sicher behilflich ist.

Jetzt kommen auch die übrigen Hausbewohner. Einen Augenblick stutzt der Hochreiter, als er den Jäger und das fremde Mädchen sieht. Aber es wird kein Wort gesprochen. Man hat alle Hände voll zu tun; das Vieh, das von den grellen Flammen wie geblendet scheint, will immer wieder in den Bereich des Feuers zurückrennen.

Drunten im Dorf beginnt jetzt die Feuerglocke zu läuten. Und obwohl nun alles sehr rasch und exakt geht, die Feuerwehr von Arlberg und die der umliegenden Dörfer schnell am Platz sind, kann es doch nicht mehr verhindert werden, daß das Feuer nun auch auf das Wohnhaus übergreift. Der ganze Dachstuhl ist schon umwirbelt von Flammen. Der ausströmende Rauch zeigt die rote Färbung, die vom Feuer im Innern herrührt. In fiebernder Hast werden Einrichtungsgegenstände aus dem Haus getragen. Aber als einer der Feuerwehrleute über die Treppe in das obere Stockwerk hinauf will, schlagen ihm bereits die Flammen entgegen.

Plötzlich ein gellender Schrei. Die Hochreiterin hat ihn ausgestoßen. Und wieder schreit die Bäuerin entsetzt und angstvoll nach Veronika.

In diesem Wirrwarr hat niemand darauf geachtet, daß Veronika fehlt. Schon kann niemand mehr ins Haus, um den restlichen Hausrat zu bergen. Soeben kommt die Mirl noch mit einem Armvoll heraus, taumelnd und hüstelnd, das Kleid zerrissen, das Haar zerzaust, klatschnaß am ganzen Körper von den stürzenden Wassern der Feuerspritzen.

Franz Achleitner hat gehört, daß Veronika noch im brennenden Haus sein muß. Er wirft einen Blick auf seinen Vater, der inzwischen längst anwesend ist und nun kräftig zugepackt hat. Er schaut das Mädchen Gisela an. Sein Mund zuckt ein wenig.

„Um Gottes willen, man kann sie doch nicht verbrennen lassen!“ sagt Gisela.

Der Förster schaut seinem Sohn fest in die Augen. „Ich weiß, was du willst, Franzl. Aber es wird schwer sein, noch hineinzukommen.“

„Versuchen müßte man es auf alle Fälle, bevor es wirklich zu spät ist.“

In diesem Augenblick läßt der Kommandant das Signal blasen: „Alles zurück.“

Der Hochreiter stürzt zu ihm und faßt ihn an der Brust. „Mensch, hörst denn nicht! Die Veronika ist noch drinnen im Haus! Eine Leiter laß anlehnen dort am dritten Fenster!“

Da reckt sich Franz Achleitner in den Schultern.

„Ich muß es tun, Vater. Es ließe mir nie mehr im Leben Ruhe, wenn ich es nicht wenigstens versucht hätte.“

„Aber komm zurück, wenn du siehst, daß es nicht geht, Franz.“

Gisela sagt gar nichts. Sie sieht den Franzl nur an,

mit einem Blick, der ihm sagen soll: Ich versteh dich schon, Franzl.

Vor der Haustür liegen eine Menge Decken und Tücher, völlig durchnäßt vom Löschwasser. Im Hinstürzen reißt Franz so eine Decke heraus, wirft sie über Kopf und Schultern und rennt ins Haus.

Der Feuerwehrkommandant schreit: „Wer war denn das? Der ist ja verrückt!"

„Halt dein Maul!" fährt ihn der Hochreiter an. „Eine Leiter her jetzt! Wir müssen ihm helfen, so gut es geht."

„Nein, Hochreiter", sagt jetzt der Förster. „Anders wird es leichter gehen. Alle Betten und Kissen, Stroh und alles, was zu haben ist, hierher unter das Fenster!"

Man versteht nicht gleich. Aber da packt das Mädchen Gisela schon an. Mit ihr die Mirl und der Hochreiter. Und dann begreifen alle, was geschehen soll. Nur der Feuerwehrkommandant hat wieder zu nörgeln.

„Ich übernehm keine Verantwortung, das sag ich euch!"

„Geh weg, sonst wirst noch naß mit deiner schönen Uniform", antwortet der Hochreiter und schiebt den andern mit dem Ellbogen zur Seite.

Bange Minuten vergehen. Gisela fühlt, wie ihr plötzlich kalter Schweiß auf der Stirn steht. Es ist Angst, eine tödliche Angst um den Geliebten.

Bleich und mit zusammengebissenen Zähnen beobachtet der Förster den Fensterstock da oben, aus dem dichter Rauch quillt.

Da, plötzlich neigt sich ein Körper über die Fensterbrüstung heraus. Einen Augenblick reißt der Wind die Rauchfahne zur Seite, und man kann nun sehen, daß da oben sich einer bemüht, mit seiner Last auf den Armen über die Brüstung zu kommen. Nun steht er geduckt auf dem Fenstersims.

„Spring, Franzl!" schreit der Achleitner mit voller Kraft.

Da springt er. Fällt mit seiner Last ins Leere und dann in die aufgeschichteten Betten hinein, die über ihm und dem Mädchen Veronika zusammenschlagen.

Noch ehe jemand zugreifen kann, erhebt sich Franz taumelnd und streckt wie ein Blinder die Hände aus, so brennt und beißt es ihn in den Augen. Da fühlt er schon, daß jemand seine Hände faßt, ihn behutsam abseits führt von Lärm und Feuer. Er hört die ruhige, klare Stimme des Vaters und spürt die weichen, linden Hände des Mädchens Gisela. Und dann wird das Brennen in seinen Augen leichter.

„Du darfst nicht daran reiben, Franzl", sagt sie zu ihm. „Sonst entzünden sie sich erst recht."

Endlich kann er die Augen aufmachen und sieht in das lächelnde Gesicht seines Mädchens Gisela. Was mit Veronika los ist, weiß er immer noch nicht.

Er hat sie in ihrem Bett gefunden, wie leblos, fast ohne Atem. Der Rauch muß ihr das Bewußtsein geraubt haben. Mit dem letzten Rest seiner Kraft hat er sie dann heruntergebracht ins Freie. Ein Arzt bemüht sich bereits um sie und bringt sie mit unsäglicher Mühe wieder zu sich. Dann ordnet er wegen schwerer Rauchvergiftung die Überführung in ein Krankenhaus an.

An der Brandstätte ist nun nicht mehr viel zu tun.

Das Feuer ist auf seinen Herd beschränkt und sinkt merklich zusammen. Aber der Schaden ist enorm groß. Stall und Stadel sind vollständig eingeäschert, das Wohnhaus halb niedergebrannt und vom Wasser der Feuerspritzen so beschädigt, daß man auch hier wohl an einen völligen Neuaufbau wird denken müssen.

Und erst jetzt, nachdem sich die größte Aufregung etwas gelegt hat, taucht die Frage nach der Brandursache auf. Ein Glück, daß es noch rechtzeitig bemerkt worden ist, denn sonst wäre unweigerlich auch das ganze Vieh ein Raub der Flammen geworden.

„Wer hat es denn zuerst gemerkt?" fragt der Bürgermeister den Hochreiter.

Und da wird es erst bekannt, daß der Achleitner Franz und das fremde Mädchen die ersten am Brandplatz gewesen sind, daß die beiden die Hausbewohner erst haben wecken müssen, und daß sie schon die Hälfte des Viehes ins Freie gebracht hatten, bevor die Hochreiters zum Eingreifen kamen.

Der Achleitner Franz und ein fremdes Mädchen. Das hört die Veronika gerade noch, als man sie auf einer Bahre ins Krankenauto hebt. Sie erfährt auch noch, daß der Franzl sie vor dem sicheren Erstickungstod gerettet hat. Und nun weint sie lautlos in die Kissen hinein. Wahrscheinlich fühlt sie, daß sie diesem Menschen viel abzubitten hätte.

Als aber der Bürgermeister und der Hochreiter den Förster und die Seinen suchen wollen, gehen die drei schon den Berg hinunter.

Es will Tag werden. Im Osten verblassen die Sterne, und über den Himmel zieht ein heller, freundlicher Schein. Er kündet einen schönen Sonntag an.

Als die Glocken mit vollem Hall zum Hochamt läuten, weiß man auch bereits, wer den Brand auf dem Hochreiterhof gelegt hat; denn bei den Aufräumungsarbeiten findet man die verkohlte Leiche der Schmied Magdalena unter den rauchenden Balken und Trümmern.

*

Am Sonntagnachmittag sitzen Försters im Gartenhäusl und trinken Kaffee, als auf dem Gartenweg schwere Schritte zu hören sind.

„Wer kommt denn jetzt?“ fragt die Försterin.

„Schau vor und sag, ich bin nicht daheim, wenn's niemand Gescheites ist.“

Aber bevor die Försterin noch um das Hauseck gehen kann, biegen die Schritte schon herum. Es ist der Hochreiterbauer.

Der Förster steht rasch auf. „Du bist es?“ fragt er und streicht über seinen Bart.

Der Luis ist ein wenig verlegen. Man merkt ihm die Aufregung und die Strapazen der vergangenen Nacht an. Das Gesicht des Bauern scheint um Jahre gealtert. Endlich sagt er:

„Ich bin gekommen, Förster, um meine Danksagung zu machen. Wer weiß, wie alles gekommen wäre, wenn der Franzl —“ er wirft einen Blick auf Gisela, „und das Fräulein nicht gewesen wären.“

Nun steht auch Franz auf und macht eine abwehrende Handbewegung. „Das hätte jeder andere auch getan.“

„Ich glaub es nicht", sagt der Hochreiter. „Es hat keiner mehr hinein wollen ins brennende Haus. Franzl — das vergeß ich dir nie. Obwohl du hast wissen müssen, wie wir dir gesonnen waren, hast du es dir keine Minute überlegt und hast mehr getan, als was man einem Menschen zumuten dürfte. Wie ich das gesehen habe, da ist mir alles wieder eingefallen, was ich euch für Sorgen gemacht hab. Mein Haß ist mir eingefallen und alles, was ich Unrechtes getan hab."

„Hochreiter, sprich jetzt nicht von dem", unterbricht ihn der Förster. „Wir wollen auch keinen Dank. Aber es freut mich, wenn du einsieht, daß wir als Förster eben auch nur unsere Pflicht getan haben. Das ist so selbstverständlich wie das, daß wir dir gestern helfen mußten."

Der Hochreiter steht eine Weile mit gesenktem Kopf, bis er mit einem Ruck die Augen hebt und den Förster anschaut.

„Du wirst es mir nicht glauben, Förster, wenn ich dir sag, daß ich und mein Bruder Sepp keinen unrechten Schritt mehr ins Revier machen."

„Hochreiter, wenn das wahr wäre!" ruft Franz. „Die ganze Dankesschuld wäre abgetragen."

„Ich meine es ehrlich, ihr dürft es mir glauben. Ich möchte die Hand hinstrecken, wenn ihr einschlagen wollt."

Der Förster richtet seine scharfen Augen zuerst eine Weile auf den Hochreiter. Dann nickt er und schlägt in die dargebotene Hand ein. „Ich glaube dir, Hochreiter."

Es ist wie ein Schwur, der da an diesem Sonntagnachmittag im Garten des Försterhauses geleistet wird.

Dann tritt der Hochreiter an das Mädchen Gisela heran.

„Ich dank auch Ihnen recht von Herzen, Fräulein. Sie haben viel getan für mich, für alle am Hof. Vergelt's Gott!"

Endlich kommt auch die Försterin zu Wort und kann fragen, was sie wissen will: Wo denn die Hochreiters jetzt ein Unterkommen haben, bis der Hof wieder neu ersteht? Zur Not könne sie schon die zwei Dachkammern zur Verfügung stellen.

Der Hochreiter versichert, daß sie leicht in dem geräumigen Zuhaus Platz finden werden. Das Vieh wäre ohnehin am Montag zur Alm getrieben worden, nun sei dies eben heute früh schon geschehen.

„Ja, aber, wenn wir sonst irgendwie behilflich sein können?"

„Auch das noch?" fragt der Bauer. „Habt ihr nicht schon genug an uns getan? Es darf nimmer mehr sein, sonst wird es beschämend."

„Was man für seine Mitmenschen tut, ist niemals zuviel", antwortet Franz. „Es gibt da ein Wort, Hochreiter, das heißt Kameradschaft. Und die wollen wir in Zukunft auch halten. Oder denkt ihr anders?"

„Nein, Franzl, du hast recht."

Impulsiv umklammert der Hochreiter die Hand des jungen Jägers. Und in beider Blicken ist es zu lesen, daß alles, was einmal war, vergessen und begraben sein soll.

Tief atmend streicht sich der Hochreiter mit gespreizten Fingern über das weiße Haar.

„So, ein Schweres hab ich jetzt hinter mir. Gott sei Dank. Aber der Weg, den ich jetzt noch gehen muß, der wird mir noch schwerer. Da unten in der Schmiede wartet ein Vater auf ein gutes Wort. Heut' soll gleich einmal alles aus der Welt geschafft werden."

Langsam wendet sich der Hochreiter um und geht mit schweren Schritten davon.

*

Es ist doch merkwürdig, wie schnell vierzehn Tage vergehen. Das Mädchen Gisela soll nun wieder zurück, und der Förster Achleitner ist noch nicht einmal dazu gekommen, sie auf den Hochsitz mitzunehmen. So versucht er, der sich am Anfang so heftig gegen den Besuch gesträubt hat, das Mädchen zu bewegen, noch vierzehn Tage zu bleiben. Leider läßt sich das aber nicht mehr ermöglichen, da man ihr bereits von zu Hause ein paarmal geschrieben hat, wie sehr man sie gerade jetzt vermisse, da der Buchhalter plötzlich krank geworden sei. Auch ist man daheim offenbar ein wenig verschnupft, weil sie ihre Verlobung den Brüdern so kurzfristig mitgeteilt hat.

So ist der Tag der Abreise plötzlich da. Gisela hat es durchgesetzt, daß Frau Achleitner mit ihr fährt. Der Förster sträubt sich zwar erst dagegen, gibt aber dann doch friedlich bei, als Gisela ihm ein wenig um den Bart streicht. Die Mutter, sagt sie, habe sich nun so viele Jahre abgemüht und gesorgt, und nun sollte sie einmal mit ihr kommen und sich ein wenig ausrasten und erholen auf dem großen Gut im Hannoverschen. Es werde ihr sicher gefallen dort.

„Aber wird es denn deinen Brüdern recht sein?" zweifelt die Försterin selbst noch ein wenig.

„Was soll denn denen das nicht recht sein? Erstens brauchen sie mich im Augenblick notwendig, und zweitens sind wir so erzogen worden, daß eins auf die Wünsche des anderen Rücksicht nimmt.“ — —

An einem Samstagmorgen fahren nun beide ab. Achleitner und sein Sohn Franz gehen mit an die Bahn.

„Bleib mir gut!“ flüstert Gisela Franz auf dem Bahnsteig ins Ohr und küßt ihn mitten auf den Mund, ungeachtet der Leute, die anwesend sind.

„Ich vergesse dich nicht, Gisela.“

„Ich paß schon auf, daß er keine Dummheiten macht“, verspricht der Vater schmunzelnd.

Langsam fährt der Zug an und verschwindet bald darauf hinter einem Waldstück. Gisela winkt aus dem Fenster, so lange es geht. Zuletzt sieht sie nur noch einen Teil des Dorfes. Aber das Hohe Wank sieht sie noch lange über den dunklen Fichtenwäldern leuchten.

*

Nur noch einmal begegnen sich Franz und Veronika, auf dem Steig, der zur Almhütte hinaufführt.

Zuerst wollen sie aneinander vorbeigehen. Aber dann bleibt Veronika abrupt stehen und lacht ihn an.

„Das paßt sich gut, Franzl, daß ich dich treffe. Hab dir ja noch gar nicht Vergelt's Gott gesagt, weil du mich aus dem Feuer geholt hast.“

„Ist doch nicht der Rede wert.“

„Doch, doch. Gerade weil du es getan hast, wo du doch am wenigsten Grund gehabt hättest. Nein, nur keine Widerrede, Franzl. Ich hab nicht ganz schön gehandelt an dir.“

„Reden wir nicht mehr davon, Veronika."

„Gut, davon reden wir nicht mehr. Bloß eines muß ich dir noch sagen. Ich hab das Mädl gesehen — Gisela, oder wie sie heißt. Sie paßt viel besser zu dir wie ich."

Sie sitzen auf einem gefällten Baumstamm in der Sonne. Schmetterlinge gaukeln um ihre Gesichter, und in den Himbeerstauden spielt der Wind.

„Ich hab gehört, daß du auch bald heiratest."

„Ja, den Hollinger Lambert von Trux. Im Herbst heiraten wir."

„Ich wünsch dir alles Glück, Veronika."

„Dank dir schön, Franzl. Ich glaub, daß ich es ganz gut haben werde. Manchmal muß halt der Mensch ein bißl umeinandersuchen, bis er das Richtige gefunden hat."

So ein Versuchskaninchen bin ich auch gewesen, denkt Franz. Aber er nimmt nichts mehr krumm. Sie sitzen im besten Einvernehmen an die zwei Stunden in der Stille, in die wie ganz von fern etwas hineinklingt von der Betriebsamkeit der Welt draußen, das Geknatter eines Traktors oder der klingende Hammerschlag aus der Schmiede.

Und sie sprechen nicht mehr von sich, sondern von denen, die einmal in ihrem Leben eine Rolle gespielt haben, sei es in der heiteren oder in der tragischen Form. Vom immer noch hungrigen Sebastian Bächle, der die Liesl geheiratet und mit ihr eine Bergwirtschaft auf dem Galnstein betreibt. Oder vom Hochreiter Sepp, der als Stöcklmaierbauer die Wandlung vom wilden Jäger zum seßhaften Bauern erlebt hat. Vom Hochreiter Luis, der gerade den abgebrannten Hof wieder aufbauen läßt, schöner und mächtiger, als er jemals gewesen, und von dessen Frau, der Mirl, die erst jetzt aus ihrer stumpfen Verdrossenheit herausgewachsen ist zu einem blühend schönen Weib in der Mittagsstunde ihres Lebens, seit sie nicht mehr in Angst und Sorge um den Mann bangen muß, wenn sie ihn nachts in den Wäldern wußte. Im übrigen erwartet die Mirl nach zwölf Ehejahren ihr erstes Kind.

Dann sprechen sie noch von der Zeit der Zukunft, die noch verhüllt vor ihnen liegt und von der sie nicht wissen, was sie ihnen bringen wird an Freude und Leid. Von Leid und Bitterkeit wollen sie nicht sprechen, weil sie glauben, daß dies schon an ihnen vorübergezogen sei, so wie die große weiße Wolke, die soeben neben der Sonne hinzieht und wie eine weiße Wollhaube eine Weile über dem Hohen Wank steht, an den westlichen Rändern schon rötlich beglänzt von der sinkenden Sonne.

* *

*